FOCO

A marca FSC® é a garantia de que a madeira utilizada na fabricação do papel deste livro provém de florestas que foram gerenciadas de maneira ambientalmente correta, socialmente justa e economicamente viável, além de outras fontes de origem controlada.

ARTHUR MILLER

Foco

Tradução
José Rubens Siqueira

COMPANHIA DAS LETRAS

Grafia atualizada segundo o Acordo Ortográfico da Língua Portuguesa de 1990, que entrou em vigor no Brasil em 2009.

Título original
Focus

Capa
Sabine Dowek

Preparação
Alexandre Boide

Revisão
Carmen T. S. Costa
Camila Saraiva

Dados Internacionais de Catalogação na Publicação (CIP)
(Câmara Brasileira do Livro, SP, Brasil)

Miller, Arthur
Foco / Arthur Miller ; tradução José Rubens Siqueira. — 1ª ed. — São Paulo : Companhia das Letras, 2012.

Título original: Focus.
ISBN 978-85-359-2132-8

1. Ficção norte-americana I. Título.

12-07304 CDD-813

Índice para catálogo sistemático:
1. Ficção : Literatura norte-americana 813

[2012]
Todos os direitos desta edição reservados à
EDITORA SCHWARCZ S.A.
Rua Bandeira Paulista, 702, cj. 32
04532-002 — São Paulo — SP
Telefone (11) 3707-3500
Fax (11) 3707-3501
www.companhiadasletras.com.br
www.blogdacompanhia.com.br

FOCO

Apresentação

Arthur Miller

Uma parte da gênese deste livro deve se situar no Pátio da Marinha no Brooklyn, onde eu fazia o turno da noite no setor de equipamento náutico durante a Segunda Guerra Mundial e era um dos cerca de sessenta mil homens e poucas mulheres de todos os grupos étnicos de Nova York ali alocados. Não é mais possível determinar se foi minha própria sensibilidade influenciada por Hitler ou o antissemitismo em si que tantas vezes me fez questionar se, quando viesse a paz, não seríamos atirados numa dura política de raça e religião, e não no Sul, mas em Nova York. De qualquer forma, qualquer que fosse o nível real de hostilidade contra os judeus testemunhado por mim, na minha cabeça isso ficava intensamente exacerbado pela existência ameaçadora do nazismo e pela quase ausência de compreensão do significado do nazismo entre os homens com quem eu trabalhava catorze horas por dia — na prática estávamos lutando contra a Alemanha porque ela havia se aliado aos japoneses, que tinham atacado Pearl Harbor. Além disso, não era nada incomum a observação de que tínhamos sido empurrados a essa guerra por poderosos judeus que controlavam secretamente o governo federal. Só quando as tropas aliadas entraram nos campos de concentração alemães e os jornais publicaram fotos das pilhas de corpos esqueléticos e às vezes parcialmente queimados, o nazismo passou de fato a ser considerado uma desgraça entre gente decente e nossas baixas foram justificadas. (No meu entender, é uma ficção que a unidade nacional em torno da guerra tenha tocado profundamente um grande número de pessoas naquela época.)

Não consigo olhar este romance sem ter novamente a sensação de emergência que cercou sua escritura. Pelo que eu sabia na época, o antissemitismo nos Estados Unidos era um assunto vedado, senão proibido, à ficção — sem dúvida, nenhum romance o havia abordado como tema principal, e muito menos a existência, entre o clero católico, de militantes cujo dever e prazer era alimentar o ódio aos judeus. Quando a gente se sente tentado a dizer que tudo no mundo piorou, surge uma brilhante exceção.

Só me lembrei disso há pouco tempo, quando por acaso sintonizei uma estação de rádio de Connecticut e ouvi um padre católico tentando transmitir um pouco de bom senso a um homem evidentemente antissemita que culpava os próprios judeus por diversos atentados a bomba a casas de judeus e sinagogas na região de Hartford. Havia uma busca generalizada pelos criminosos, de forma que o homem havia telefonado ao programa do padre para oferecer suas ideias sobre quem podia ser o responsável. Ele não tinha dúvidas de que era alguém que havia sido maltratado por algum judeu, ou um de seus empregados, ou alguém que comprara de um judeu algum produto defeituoso, ou alguém de quem o judeu havia tirado dinheiro, ou talvez fosse obra do cliente de algum advogado judeu, indignado por ter sido enganado. Ele achava que havia toda sorte de possibilidades interessantes, uma vez que os judeus, como todos sabiam, tinham o hábito de enganar e explorar seus funcionários, no geral não respeitavam certo e errado e se sentiam responsáveis apenas uns pelos outros. (O incendiário foi preso semanas depois: um jovem judeu com problemas mentais.)

Eu não escutava essa litania desde os anos 1930, começo dos 40. Desde antes de as fotos dos corpos serem publicadas nos jornais. Mas ali estava de novo, como se recém-cunhadas, descobertas absolutamente novas que o homem do telefonema tinha absoluta confiança de que todo mundo conhecia muito bem, mas achava de mau gosto comentar em público. E a maneira como falava denotava tamanha convicção que ele logo encurralou o padre e afirmou com absoluta segurança que estava sendo simplesmente factual, e não antissemita.

As diferenças agora, claro, são que não há nenhum Hitler à frente da maior força armada do mundo jurando destruir o povo judeu, e a existência de Israel, que, não obstante toda a futilidade de grande parte de sua visão atual, ainda é capaz de defender a existência dos direitos dos judeus. Este livro, em resumo, foi escrito num momento em que uma pessoa sensata podia se perguntar se esse direito tinha alguma relação com a realidade.

É inevitável que se questione se algo como o contexto deste romance poderia ocorrer, e ninguém pode responder a essa pergunta. Nos anos 1950 e 60, eu posso ter me convencido de que era pouco provável que essa situação recrudescesse, e teria baseado essa conclusão no que começara a parecer uma mudança realmente profunda na forma como o mundo como um todo enxergava os judeus. Por um lado, o antissemitismo, ligado como era ao totalitarismo, era visto como uma das chaves no desmantelamento da democracia e pelo menos em suas formas políticas não era mais opção para pessoas que, quaisquer que fossem suas queixas contra judeus, ainda estavam comprometidas com o Estado liberal. Essa conjunção entre mero preconceito privado e calamidade pública não havia nem sido abordada quando este livro foi escrito, e ela é o próprio centro de sua forma e ação. No fim da Segunda Guerra Mundial o antissemitismo não era mais uma questão puramente pessoal.

Mas havia também a mudança, por mais paradoxal que fosse, na forma como os judeus eram vistos, uma consequência das primeiras décadas da vida de Israel como um Estado. Numa palavra, o judeu não era mais um habitante sombrio e misterioso dos guetos, mas um fazendeiro, piloto, operário. Ao se livrar do papel de vítima, ele se ergueu e, de repente, passou a ser encarado como um dos povos perigosos do mundo — perigosos no sentido convencional, militar e caracterológico. Ele era como todo mundo agora, e durante algum tempo seria difícil imaginar as atitudes antissemitas tradicionais se voltando contra guerreiros, e não contra vítimas passivas. Durante algum tempo, as missões técnicas e militares de Israel se espalharam pela África, e seu exemplo parecia a ponto de se tornar uma inspiração para qualquer país pobre que tentasse ingressar neste século.

Essa condição exemplar não haveria de durar. Uma ironia gigantesca a ponto de mergulhar a mente em explicações de misticismo levou Israel a passar, na verdade só parcialmente, mas na totalidade de acordo com a percepção mundial, de uma terra colonizada por socialistas pastoris e soldados-fazendeiros internacionalistas a um campo armado belicoso, cuja inflexível defesa tribal havia inevitavelmente se voltado contra os povos vizinhos, chegando às raias do fanatismo. O isolamento do judeu voltou à tona, mas agora ele está armado. Mais uma personificação foi acrescentada à longa lista histórica que forneceu tantas imagens contraditórias: Einstein e Freud e/ou Meyer Lansky ou outro gângster; Karl Marx e/ou Rothschild; o chefe comunista de Praga, Slansky, governando a Tchecoslováquia para Stálin, e/ou o judeu Slansky enforcado como tributo ao antissemitismo paranoico de Stálin.

Foco trata muito das personificações. Sua imagem central é a guinada do pensamento de um homem antissemita, forçado pelas circunstâncias a rever sua própria relação com o judeu. Até certo ponto, me parece que o avanço de Newman na direção de uma identificação humana com alguma parte da situação judaica efetivamente ocorreu, ao menos em setores do mundo democrático, desde meados dos anos 1940, de forma que a projeção da mudança que ocorre na história não é inteiramente romântica e improvável.

Mas, nas quatro décadas que se passaram desde que *Foco* foi escrito, abriram-se certas perspectivas novas na situação judaica, a partir de ângulos surpreendentes. Em particular, a atitude de alguns povos asiáticos em relação ao estabelecimento de certos estrangeiros bem-sucedidos em seu meio, por exemplo, os chineses na Tailândia e os vietnamitas no Camboja de Sihanouk antes da ocupação vietnamita daquele país. Em Bangkok, eu costumava me divertir ouvindo descrições dos chineses locais, muito semelhantes às que costumavam fazer dos judeus, e que sem dúvida ainda fazem, no Ocidente. "Os chineses só têm mesmo uma lealdade: um com o outro. São inteligentes, estudam com afinco na escola, tentam ser sempre os primeiros nos estudos. São muitos os banqueiros chineses na Tailândia, demasiados; na verdade, foi um erro dar a cidadania tailandesa aos chineses, porque, secretamente, eles tomaram conta do setor bancário. Além disso, são espiões para a China, pelo menos em tempo de guerra. Na verdade, o que eles querem é uma revolução na Tailândia (apesar de serem banqueiros e capitalistas), para terminarmos dependentes da China."

Muitas das mesmas coisas contraditórias eram ditas sobre os vietnamitas que há gerações vinham se estabelecendo no Camboja, e eles também eram mais esforçados que os nativos, de lealdade duvidosa, no limiar de serem espiões para o Vietnã comunista, apesar de serem capitalistas convictos, e por aí vai. Existem duas similaridades notáveis nesses exemplos: os chineses na Tailândia e os vietnamitas no Camboja eram frequentemente vistos como comerciantes, proprietários de lojas e de pequenas casas de aluguel, mascates, e um número desproporcional deles era de professores, advogados e intelectuais, coisa invejável num país agrícola. Eles, por assim dizer, visivelmente impunham as injustiças da vida aos olhos do tailandês ou cambojano médio, uma vez que era a eles que se pagava o aluguel ou os preços ilimitadamente inflacionado de comidas e outros artigos básicos, e era possível testemunhar com os próprios olhos a boa vida que levavam como intelectuais.

É importante também ressaltar que o povo hospedeiro se autocaracterizava como bem mais ingênuo que esses estrangeiros, menos interessado em ganhar dinheiro e mais "natural" — isto é, menos propensos a se tornarem intelectuais. Na União Soviética e nas terras governadas por suas armas e cultura na Europa Oriental, o mesmo tipo de acusação é feito aberta ou implicitamente. *Foco* é uma visão do antissemitismo profundamente social nesse sentido particular: o judeu é visto pela mentalidade antissemita como símbolo daquela mesma alienação de que o povo nativo se ressente e teme, da mesma exploração conivente. Eu acrescentaria apenas que eles a temem porque essa é uma alienação que sentem em si mesmos, uma não vinculação, um individualismo desamparadamente antissocial que esconde um ardente desejo de ser parte útil do todo mítico, a essência sublime do nacional. Muitas vezes, parece que eles temem o judeu da mesma forma como temem o real. E talvez por isso seja demais esperar um fim definitivo para os sentimentos antissemitas. No espelho da realidade, do mundo não belo, olhar e observar a si mesmo dificilmente é tranquilizador, e é preciso muita força de caráter para tanto.

1.

Ele tinha ido dormir exausto pelo calor; seus ossos doíam. Durante um longo tempo ficou deitado, decidido a encontrar um sonho que pudesse arrastá-lo para a inconsciência. E, ao buscá-lo, adormeceu e um sonho surgiu.

Estava em uma espécie de parque de diversões. Uma multidão ouvia um vendedor ambulante que tinha o rosto molhado de suor. Ele se afastou da multidão e caminhou sem rumo. O mar ficava perto. Depois, à sua frente, havia um grande carrossel, estranhamente colorido de manchas verdes e roxas. Por alguma razão, não havia pessoas ali. Tudo estava deserto quilômetros em torno dele. E no entanto o carrossel girava. Os carrinhos de cores berrantes, todos vazios, rodavam. E então pararam e giraram para trás. Pararam de novo e foram para a frente. Ele se deteve, perplexo, olhando o vaivém do carrossel, e entendeu que embaixo, no subsolo, havia uma máquina gigantesca funcionando: se deu conta de que era uma fábrica. Alguma coisa estava sendo manufaturada debaixo do carrossel, e tentando imaginar o que era, ficou assustado. O carrossel vazio ia para a frente e para trás, e ele começou a se afastar. Foi quando pela primeira vez ouviu um barulho vindo dele, um som crescente, um grito... "*Alícia! Alícia! Alícia!*"

Acordou com um choque. Soava como uma mulher. Que agudo! Ele estava ofegante. Com os olhos abertos ficou deitado na cama, escutando.

A noite estava silenciosa. Uma lenta brisa de verão agitava a cortina agradavelmente. Ele olhou a janela e lamentou tê-la deixado escancarada. De repente, o grito de novo. "*Alícia! Alícia!*" Os braços volumosos se contraíram junto ao corpo. Ele ficou perfeitamente imóvel. Outra vez o som penetrou o quarto. "*Alícia!*" Vinha da rua. Ainda estava sonhando? Tentou levantar uma perna. Saiu da cama e caminhou descalço pelo quarto, seguiu o corredor até a janela do quarto da frente. Silenciosamente, ergueu a veneziana.

Junto ao poste de luz do outro lado da rua, percebeu dois vultos se movimentando. O grito soou de novo, mas dessa vez o sr. Newman identificou o que dizia: "*Polícia! Polícia! Por favor, polícia!*". Tentou enxergar na escuridão, agachou-se à janela e tentou não fazer nenhum movimento. Parecia ser uma mulher lá fora, lutando contra o que parecia um homem grande. O sr. Newman ouviu a voz do homem. Rosnava, ameaçadora, embriagadamente grave. A mulher escapou dele e correu para a rua, na direção da casa do sr. Newman. Em cima da tampa do bueiro do meio da rua, o homem a alcançou e bateu com o braço em sua cabeça. A tampa do bueiro retiniu com o peso dele. Quando ele a agarrou, ela começou um discurso agudo em algo que soava como espanhol. Talvez porto-riquenha, o sr. Newman concluiu. Os sons do homem, porém, eram ingleses, identificou aliviado. O braço livre do bêbado se ergueu de novo como se fosse bater na mulher e mais uma vez ela gritou pela polícia. Mas agora implorava, chorando no escuro. O sr. Newman, a vinte metros dela, podia ouvir a respiração frenética saindo de seu corpo enquanto gritava pela polícia. Ela então se voltou para a janela. Devia ter notado que um momento antes a veneziana havia subido. Rapidamente, o sr. Newman deu um passo para dentro do quarto. "*Polícia!*" Pensou com seus pés descalços; sem chinelos, não se podia esperar que saísse para impedir aquilo. De qualquer forma, ninguém do quarteirão estava lá fora. Se chamasse a polícia, a mulher e o homem provavelmente já teriam ido embora quando chegasse, e ele passaria a vergonha de explicar por que havia armado tamanha cena. O casal se engalfinhava a não mais que três metros da borda do pequeno gramado da frente. Não conseguia ver o rosto da mulher porque a luz da rua estava atrás, mas na escuridão da noite, e despertado brutalmente do sono, pensou ver os olhos dela. O branco dos olhos brilhava contra a pele escura, e ela lançava olhares desamparados à casa dele e a todas as outras de onde as pessoas sem dúvida a observavam. Mas ele recuou da janela, a mulher gritando "*Polícia! Polícia!*" com seu sotaque. Ele se virou no escuro e saiu do quarto.

"*Polícia!*" Em seu quarto, baixou a janela até estar fechada o suficiente para que ninguém se esgueirasse para dentro. Deitado de costas, escutou. A noite estava silenciosa outra vez. Ele esperou um longo tempo. A seis quarteirões, o trem elevado grunhiu e ribombou em direção a Manhattan. Não havia mais nenhum som na rua. Na cama, ele balançou a cabeça, tentando imaginar que tipo de mulher estaria na rua a essa hora da noite, e sozinha. Ou, se não sozinha, com aquele tipo de homem. Talvez estivesse voltando do trabalho no turno da noite e fora incomodada pelo homem, um estranho. Pouco provável. O sotaque dela garantia ao sr. Newman que estava na rua com propósitos nada bons, e de alguma forma isso o convenceu de que ela era capaz de cuidar de si mesma, porque estava acostumada a esse tipo de tratamento. Os porto-riquenhos eram assim, ele sabia.

Exausto, atordoado de novo, mal se dando conta de que tinha acordado, fechou os olhos e tentou dormir. Lentamente seus dedos roliços e pequenos se abriram, os lábios se separaram e aspiraram como a boca de um peixe, porque o nariz fino impedia que entrasse ar suficiente para ele. Como sempre, estava deitado de costas, com uma das mãos apoiada na saliência da barriga, as pernas curtas, ligeiramente arqueadas, estendidas com os dedos dos pés erguendo o lençol como uma tenda. Mesmo adormecido, ele parecia não se desligar de seu senso de retidão, porque quando a brisa parou logo em seguida, sua mão delicadamente afastou do corpo o lençol e voltou ao seu lugar quente na barriga. Quando ele acordasse não haveria praticamente nenhuma ruga na roupa de cama, e seu cabelo avermelhado, lambido a partir de uma risca do lado esquerdo, quase não precisaria ser penteado.

2.

Houve um tempo — até poucas semanas antes — em que ele tinha prazer em emergir da casa de manhã. Saía para a alta varanda da frente com o vigor ligeiro de um pássaro e descendo a escada de tijolo examinava seus três metros quadrados de gramado em busca de qualquer pedaço de papel que a noite pudesse ter soprado para ali. Depois, pegava depressa o lixo e jogava na lata da calçada, lançava um breve mas afetuoso olhar à casa e seguia para o metrô. Tinha um jeito rápido de andar, meio inclinado para a frente, como alguns cachorros que perambulam pela rua sem olhar nem para a direita nem para a esquerda. Era um homem que parecia ter medo de ser visto passeando à toa.

Mas, quando pisou na varanda essa manhã, o calor tocou suas faces claras, infantilmente inchadas, lembrando-o de seu corpo e seu problema, e por um momento ele se sentiu enfraquecido e temeroso. Foi até os degraus da entrada e parou ao ouvir um estralejar debaixo do sapato. Curvou-se até a cintura, olhou o piso de tijolos da varanda, ergueu o sapato lustrado de bico redondo e viu um pedaço de celofane. Pegou-o com dois dedos, desceu a escada e seguiu o caminhozinho de cimento até a calçada, onde abriu a lata de lixo e depositou o celofane. Durante um momento, ficou parado ajeitando o paletó azul-marinho de verão em cima da barriga — que estava começando a formar um promontório, como ele dizia — e sentiu a transpiração por dentro do colarinho engomado. Olhou a casa, sem expressão.

Um estranho ao quarteirão nunca teria notado nenhuma diferença entre a casa do sr. Newman e as outras. Elas formavam uma linha de topo reto, dois andares de tijolos geminados, com garagens embutidas debaixo das varandas altas. Diante de cada casa crescia um olmo esguio, nem mais grosso nem mais fino que o do vizinho, plantados todos na mesma semana sete anos antes, quando concluíram o projeto imobiliário. Para o sr. Newman, porém, havia certas diferenças fundamentais. Parado por um momento ao lado da lata de lixo, ergueu o olhar para as venezianas que havia pintado de verde-claro. As outras casas todas tinham venezianas verde-escuro. Seus olhos então foram para as telas das janelas, que ele havia prendido com dobradiças laterais, de forma que se abriam como portas, e não penduradas do alto como as outras do quarteirão. Muitas vezes desejou, levianamente, que a casa fosse construída com madeira, de modo a ter maior superfície para pintar. Diante disso, ele só podia trabalhar em seu carro, que ficava sobre blocos de concreto na garagem. Antes da guerra, aos domingos, ele tirava o carro e limpava com um pano encerado, espanava o interior e levava sua mãe à igreja. Ele não admitia, porém gostava muito mais do carro agora que estava em cima dos blocos, pois é bem sabido que a ferrugem é uma ameaça terrível para uma máquina fora de uso. Nesses domingos de guerra, ele pegava uma novíssima bateria de reserva que guardava no porão, instalava-a no carro e fazia o motor funcionar por alguns momentos. Então desligava a bateria, levava de volta para o porão e caminhava em torno do carro procurando manchas de ferrugem, girava um pouco as rodas com as mãos para circular a graxa, e geralmente fazia todo domingo o que o fabricante aconselhava ser realizado duas vezes por ano. No fim do dia, gostava de lavar as mãos com Gre-Solvent e sentar para um bom jantar, sentindo a presença de seus músculos e da boa saúde.

Deu uma olhada na lata de lixo para se certificar de que estava bem fechada, e seguiu pela rua com seu passo ativo. Mas, apesar do caminhar uniforme e da postura confiante e determinada da cabeça, sentiu as entranhas se movimentarem, e para se acalmar pensou na mãe, que agora estava sentada na cozinha, esperando a chegada da diarista para fazer o café da manhã. Ela era paralítica da cintura para baixo e não falava em nada além da dor e da Califórnia. Ele tentou se envolver na lembrança dela, mas ao chegar perto do metrô seu abdome estava duro, e ele ficou contente de ter de parar um momento na confeitaria da esquina para comprar o jornal. Disse bom-dia ao proprietário e pagou com uma moeda, com o cuidado de não tocar a mão do homem com a sua. Ele não ficaria especialmente horrorizado de tocá-la, mas não gostava da ideia. Achava que havia certo odor de comida velha vindo do sr. Finkelstein. Não queria tocar aquele cheiro. O sr. Finkelstein respondeu ao bom-dia, como sempre, o sr. Newman avançou alguns metros até a esquina, fez uma breve pausa para segurar com firmeza o corrimão da escada do metrô e desceu.

Tinha outra moeda separada para a catraca e inseriu-a depois de tatear habilmente pela fenda, embora, se achasse conveniente baixar a cabeça, pudesse tê-la enxergado com facilidade. Ele não gostava de ser visto baixando a cabeça.

Ao chegar à plataforma, virou à esquerda e caminhou com tranquilidade, notando ao passar que, como sempre, a maior parte das pessoas ficava aglomerada no centro da plataforma. Ele sempre ia à parte da frente — como deviam fazer todos se tivessem o bom senso de observar que o primeiro vagão era sempre o mais vazio. Quando um espaço de uns vinte metros o separava das pessoas à espera, ele foi andando mais devagar e parou ao lado de uma coluna de aço. Virou-se para ela discretamente e ficou com o rosto a um palmo do centro dentado da viga em I.

Apertando com firmeza os olhos, focalizou as pupilas. Levantando e abaixando a cabeça, examinou a superfície pintada de branco da coluna. Então o movimento cessou. Alguém tinha escrito ali. Enquanto lia, a expectativa fez sua pele esquentar. Num rabisco a lápis, escrito depressa entre a chegada e partida de trens, havia a inscrição *Venha a LA 4-4409 linda e burra*. Como muitas vezes antes, ficou se perguntando se aquilo era realmente um anúncio ou uma pretensa piada. Um sopro de aventura o alcançou, e ele visualizou um apartamento em algum lugar... escuro e com cheiro de mulher.

Seus olhos procuraram mais abaixo. Uma orelha bem desenhada. Várias marcas de √ √. Era uma coluna bem prolífica, pensou. Muitas vezes, eram lavadas antes de ele chegar de manhã. *Meu nome* NÃO *É ELSIE* prendeu sua atenção um momento, ele sacudiu a cabeça e quase sorriu. Com quanta raiva Elsie — ou fosse qual fosse seu nome — havia escrito aquilo. Por que a chamavam de Elsie?, imaginou. E onde estaria agora essa Elsie? Dormindo em algum lugar? Ou a caminho do trabalho. Estaria alegre ou tristonha? O sr. Newman sentia um vínculo, uma ligação com as pessoas que escreviam naquelas colunas, pois parecia-lhe que eram sinceras. Era como abrir a correspondência de alguém...

Sua cabeça parou de se mexer. Acima de seus olhos estava escrito cuidadosamente: *Os judeus começaram a* GUERRA. E logo abaixo: *Morte aos judeus morte aos ju*. Aparentemente, o autor havia sido interrompido pela chegada de seu trem. O sr. Newman engoliu em seco e olhou como se captado por uma luz hipnótica. Acima da frase feroz havia a exclamação: *Fascistas!* com uma flecha para baixo, denunciando a exortação ao assassinato.

Desviou o foco da coluna e ficou olhando os trilhos. Seu coração estava maior, a respiração mais rápida, quando uma vibração de perigo dançou em sua cabeça. Era como se tivesse acabado de assistir a uma luta sangrenta. Em torno da coluna, o ar havia testemunhado uma disputa silenciosa, mas terrível. Enquanto lá em cima, na rua, o tráfego fluía tranquilamente e as pessoas tinham dormido durante a noite, ali embaixo uma corrente furiosa correra, sombria, deixara suas marcas e desaparecera.

Ficou imóvel, concentrado. Nada do que havia lido antes o afetara com tamanha intensidade como aquelas ameaças rabiscadas. Para ele, eram uma espécie de registro mudo de que a cidade escrevia autonomamente durante o sono; um jornal secreto que publicava o que as pessoas realmente pensavam, sem a diluição dos medos provenientes da retidão moral e do interesse pessoal. Era como encontrar os olhos fugidios da cidade e contemplar sua verdadeira mente. Os primeiros rugidos de um trem que se aproximava o despertaram.

Virou-se de novo para a coluna como para um membro decepado e parou quando duas mulheres cheirando a sabonete de cereja pararam a seu lado. Olhou para elas. Por que, perguntou-se, essas coisas tinham de ser escritas sempre por mãos tão evidentemente ignorantes? Aquelas duas mulheres agora — elas compartilhavam da indignação de quem escrevera a frase e no entanto cabia às pessoas mais baixas dar um passo à frente e externar a verdade. O ar começou a girar e subir em torno de suas pernas quando o trem penetrou como um pistão na estação cilíndrica. O sr. Newman recuou um metro e tocou com o cotovelo o vestido de uma das mulheres. O cheiro de cereja aumentou de intensidade por um instante, e ele ficou contente de ela ser uma mulher bem cuidada. Gostava de viajar com pessoas bem cuidadas.

As portas se abriram com um chiado e as mulheres entraram. O sr. Newman esperou um instante e seguiu-as cuidadosamente, lembrando-se que, uma semana antes, havia entrado antes de as portas estarem inteiramente abertas e colidira com elas. Ao erguer a mão e agarrar um apoio de porcelana acima da cabeça, seu rosto ficou mais vermelho com a lembrança daquele momento. O sangue começou a correr depressa. Baixou o braço quando o trem partiu e puxou o punho branco da camisa por baixo da manga do paletó. O trem seguia depressa para Manhattan. Implacável, impiedoso, levava-o para aquela ilha, e ele fechou os olhos um momento como que para conter a si mesmo e ao medo.

O jornal ainda estava preso debaixo do braço. Lembrou-se dele, abriu-o e fingiu ler. Não havia nenhuma grande manchete. Tudo engatinhava debaixo de seus olhos. Segurando o jornal como se estivesse concentrado nele, olhou por cima da folha o passageiro sentado à sua frente. Ucraniano-polonês, registrou sem pensar. Estudou o homem o melhor possível. Boné de trabalhador. Blusão sujo. Não conseguia distinguir os olhos do homem. Provavelmente pequenos, completou. Ucraniano-polonês... taciturno, trabalhador, com tendência à bebida forte e à burrice.

Seus olhos passaram para o homem sentado ao lado do trabalhador. Negro. Seus olhos prosseguiram para o seguinte e ali ficaram. Conseguindo dar um passo mais para perto, perdeu toda a noção do que o cercava. Ali estava um homem cujo tipo era para ele como um relógio raro para um colecionador. O homem lia calmamente o *Times*. Tinha a pele clara, a nuca lisa e reta, o cabelo provavelmente loiro debaixo do chapéu novo e, apertando os olhos, o sr. Newman captou um vestígio de bolsas debaixo dos olhos de seu objeto de estudo. A boca, não conseguiu ver com clareza, então supôs: grande, de lábios grossos. Relaxou com uma certa satisfação, que sempre lhe vinha quando fazia esse jogo secreto a caminho do trabalho. Provavelmente, só ele naquele trem sabia que aquele cavalheiro de cabeça quadrada e pele clara não era nem sueco, nem alemão, nem norueguês, mas judeu.

Voltou-se de novo para o negro e ficou olhando. Algum dia, pensou, como sempre pensava quando se defrontava com um rosto negro, algum dia terá de observar os vários tipos de negros. Era um interesse acadêmico, ele sabia, porque não precisava dessa informação para seu trabalho, mas mesmo assim...

Uma mão tocou-lhe o ombro. Instantaneamente seu corpo enrijeceu e virou para trás.

"Olá, Newman. Olhei para cima e vi você."

Com a expressão de afável condescendência que transformava seu rosto sempre que encontrava Fred, perguntou: "Como estava na sua casa ontem à noite, calor?".

"Sempre entra uma brisa pelas janelas dos fundos." Fred morava na casa vizinha. "Sentiram a brisa?", perguntou como se morassem na parte mais arejada da cidade.

"Ah, claro", o sr. Newman respondeu, "dormi com cobertor."

"Vou pôr uma cama no porão", disse Fred, cutucando o braço do sr. Newman. "Agora que terminei tudo lá embaixo, ficou ótimo."

Newman ficou pensativo. "Deve ser úmido lá embaixo."

"Não agora que terminei", Fred afirmou, taxativo.

O sr. Newman desviou os olhos, sem saber o que pensar. Por um lado, Fred trabalhava no departamento de manutenção da mesma companhia, se bem que em outro prédio, e usava um macacão para trabalhar, portanto tinha os modos de um trabalhador braçal. Como sempre ocorria quando se confrontava com Fred, o sr. Newman sentiu uma irritada determinação de terminar o próprio porão, tivesse ou não dinheiro para isso. Nunca conseguira entender por que aquele porco corpulento valia duas vezes mais do que ele para a companhia, considerando a importância de seu trabalho e a natureza excepcional de seus talentos.

Também não gostava de ser visto no metrô com Fred, que invariavelmente o cutucava com o dedo ao falar.

"O que achou da bagunça na rua ontem à noite?", Fred perguntou. Havia um sorriso contido de malícia em seu queixo pesado, preso ao rosto por duas rugas longas e profundas de ambos os lados.

"Eu ouvi. No que é que deu?", o sr. Newman perguntou, o belo lábio inferior projetado judiciosamente, como sempre ocorria quando ele prestava atenção.

"Ah, nós saímos e levamos Petey para a cama. Rapaz, como ele estava bêbado."

"Era o Ahearn aquele lá?", ele sussurrou, surpreso.

"É, ele estava voltando para casa chumbado e viu aquela latina. Ela não era feia, pelo que eu vi." Fred tinha o costume de olhar para trás quando falava.

"E a polícia veio?"

"Nada, a gente pôs ela para correr do quarteirão e botou Pete na cama."

O trem parou numa estação e eles se separaram por um momento. Quando as portas se fecharam, Fred voltou até o sr. Newman. Ficaram em silêncio durante vários minutos. O sr. Newman olhava o pulso peludo de Fred, que era muito grosso e provavelmente forte. Lembrou que Fred havia se saído muito bem no boliche no verão anterior. Estranho como às vezes ele gostava de estar com Fred, e com a turma de Fred no quarteirão, e às vezes, como agora, não suportava a proximidade dele. Lembrou-se de um piquenique que fizeram no Marine Park e da briga que Fred tivera...

"O que acha do que está rolando?" O sorriso de Fred havia desaparecido, mas as duas rugas longas permaneciam como cicatrizes em seu rosto. Ele examinou o rosto de Newman com os olhos inchados e apertados.

"Como assim, rolando?", Newman perguntou.

"No bairro. Daqui a pouco, os negros é que vão se mudar para perto da gente."

"Acho que as coisas são assim mesmo."

"Está todo mundo falando do novo elemento mudando para lá."

"É mesmo?"

"A única razão do quarteirão inteiro ter mudado para lá foi para se livrar do elemento, e agora eles vão atrás da gente lá. Sabe aquele Finkelstein?"

"Da confeitaria?"

"Levou os parentes dele todos para morar na casa da esquina. Do lado esquerdo, vizinho da loja." Fred deu uma olhada para trás.

Era isso que o fascinava em Fred. Queria que ele fosse mais contido, mas de alguma forma queria que continuasse, porque ele dizia as coisas que todo mundo sentia e não tinha coragem de expressar. Um presságio de algum tipo de ação sempre pairava sobre ele quando Fred falava. Era a mesma sensação que teve diante da coluna: alguma coisa estava crescendo dentro da cidade, alguma coisa ruidosa e estimulante.

"Estamos pensando em fazer uma reunião. Jerry Buhl estava falando disso com Petey."

"Achei que essa atitude estivesse fora de questão."

"Fora nada", Fred exclamou, orgulhoso, baixando os cantos da boca. Sobretudo de manhã, suas pálpebras ficavam tão inchadas que quase fechavam os olhos. "Assim que a guerra acabar e os meninos voltarem, você vai ver fogos de artifício como nunca se viu por aqui. Estamos só esperando os meninos voltarem para casa. Essa reunião parece que é o primeiro passo, sabe? Não dá para saber, a guerra pode acabar qualquer dia, pelo que parece. Nós queremos estar de pé e a postos. Sabe?"

Ele parecia precisar da confirmação de Newman, porque tinha no rosto uma expressão incerta.

"A-hã", Newman resmungou, esperando que ele continuasse.

"Quer ir? Eu levo você de carro."

"Deixo as reuniões para vocês", o sr. Newman sorriu, como se desse sua aprovação em deferência ao corpo poderoso de Fred. Mas na verdade ele não gostava do tipo de gente que havia nessas reuniões. Metade era de bêbados e a outra metade parecia que não trocava de roupa havia anos. "Não sou muito bom em reuniões."

Fred assentiu com a cabeça, não muito convencido. Passou a língua pelos dentes amarelos de charuto e olhou pela janela as luzes que passavam ligeiro.

"Tudo bem", disse, piscando, bastante magoado, "achei que devia convidar você. Nós só queremos limpar o nosso bairro, só isso. Achei que estava interessado. É só a gente dar uma apertada neles e eles fazem as malas."

"Quem?", o sr. Newman perguntou avidamente, o rosto redondo bem interessado.

"Os judeus do nosso quarteirão. E depois a gente ajuda os meninos do outro lado da avenida com os hispânicos. Já, já vai ter carrocinha de mão na rua." Ele pareceu indignado com Newman. Tinha um queixo duplo, que agora mostrava pequenas manchas vermelhas.

Mais uma vez a excitação do perigo tomou conta do sr. Newman. Ia responder quando olhou para baixo e viu o judeu com as bolsas debaixo dos olhos a estudá-lo. O homem parecia a ponto de se levantar e empurrá-lo ou coisa parecida. Virou-se para Fred.

"Eu aviso você. Talvez tenha de trabalhar até tarde na quinta", disse, sem elevar o tom de voz, dando as costas para o judeu. O trem estava chegando à estação. Fred tocou seu braço e disse que tudo bem. As portas se abriram e o sr. Newman desceu depressa para a plataforma. Imediatamente, ao virar na direção da escada, seu corpo começou a tremer por dentro outra vez. O trem partiu e ele se dirigiu à saída, cuidando de ficar longe dos trilhos, e subiu a escada.

Na calçada, ficou um momento parado ao sol e recuperou o fôlego. Ao levantar o braço para firmar melhor o chapéu-panamá na cabeça, uma gota de suor frio escorreu de sua axila para as costelas. Todos os dias durante as semanas anteriores ele fizera uma pausa nessa esquina, temendo o que podia estar à sua espera no escritório, e como sempre durante essas pausas sua pele ficava pastosa ao calor do sol e de sua imaginação. Caminhando já sem dificuldades, percorrendo com cautela a calçada já muito quente, tentou pensar em seu quarteirão e nas casas todas idênticas, lado a lado como as estacas de uma cerca. A lembrança de sua uniformidade aplacava sua necessidade de ordem, e ele caminhou para seu prédio recuperando judiciosamente o pleno domínio de seu juízo.

3.

Com poucas e antigas exceções, ele havia contratado todas as setenta moças que trabalhavam nas setenta mesas do décimo sexto andar daquele edifício.

A um quarteirão dali, ele parecia distraído, os lábios se movendo espasmodicamente como se procurassem um jeito de compor seu rosto. Ao passar pela entrada gótica do arranha-céu da companhia, seus lábios pareceram morrer e se imobilizar; quando o elevador o levou para cima, seus lábios enrijeceram e, quando as portas se abriram e ele desceu no décimo sexto andar, estava com a boca cerrada tão severamente como se estivesse recusando comida.

A transformação era muito mais antiga que seu medo recente. Durante mais de vinte anos o tamanho ciclópico da companhia se impusera a ele. Sabia que a companhia era dona de cem arranha-céus como aquele, em quase todos os estados e países estrangeiros, e a ideia de seu tamanho o deprimia, se tornara um peso sobre ele sempre que surgia a possibilidade de ter de se defender dela. Tinha visto outros homens tentarem se defender dela, e serem esmagados, então desceu no décimo sexto andar com os traços fixos numa máscara de responsabilidade, como que para mostrar a qualquer um que pudesse estar olhando que estava de fato preocupado com o trabalho da manhã. Era o rosto de um pastor se encaminhando para o altar em uma grande ocasião, e as moças em suas mesas reagiram baixando os olhos e se calando como se a cerimônia estivesse para começar.

Ele atravessou toda a sala com suas fileiras de mesas e entrou no escritório. Imediatamente, ao pendurar o chapéu, uma profunda irritação começou a arranhar dentro dele. Foi até a mesa e sentou-se. Como se estivesse a ponto de pronunciar um palavrão, se recusou a olhar para a direita ou para a esquerda e manteve os olhos baixos. Fora vítima de uma brincadeira horrível, que ele mesmo fizera.

Muitos anos antes, no empenho de servir seus empregadores como nunca tinham sido servidos, concebera um escritório com paredes de vidro a ser instalado em um canto do andar. O arranjo foi adotado, e desde então ele podia trabalhar em sua mesa e simplesmente levantar os olhos para saber se todo o andar estava em ordem. Quando uma moça tinha alguma pergunta, não podia mais se levantar de sua mesa, desviar para o banheiro feminino e lá ficar meia hora antes de chegar a sua sala para pedir uma informação. Ela agora só precisava levantar a mão e num momento ele estava a seu lado. A inovação sanara o escritório de um de seus males mais sérios. Porque ele notara que, assim que uma moça saía da mesa, outra a seguia e logo todo o andar estava em polvorosa, com o vaivém de um terminal ferroviário.

Sua sala de vidro havia sido uma grande satisfação para ele. Era a coisa que tinha realizado ali. Atraíra comentários de um vice-presidente uns nove anos antes. Muitas vezes, durante a depressão, ele tivera certeza de que seu salário não havia sido reduzido só porque os altos funcionários se davam conta de que o tipo de homem que dava origem a tal ideia não devia ser penalizado sob nenhuma circunstância.

Mas ultimamente ficar sentado a plena vista das estenógrafas passara a ser uma experiência aterrorizante. Pois quando levantava os olhos não conseguia enxergar nada através do vidro. Naquele momento, alguém podia estar acenando para ele lá fora, sem obter resposta. Passava os dias andando entre as fileiras de mesas como se estivesse ocupado com coisas importantes, quando na verdade procurava desesperadamente estar onde pudesse ser chamado vocalmente.

Então sentou-se à sua mesa essa manhã até que se passasse um tempo considerável antes de se aventurar pelo andar em uma de suas pesarosas rondas. E sabia que as moças riam dele pelo fingimento. Mas circulava entre elas mesmo assim. Era horrível, mas ele ia mesmo assim, porque, à medida que se passavam as semanas, sentia surgir em seu pavimento a sombra inefável de um gigantesco equívoco. Um erro por parte de certas moças ali poderia ir crescendo até que, quando tivesse passado pelo labiríntico intestino da companhia, explodisse numa catástrofe que o deixaria parado na calçada lá embaixo, sem emprego.

Fingindo estudar uma pilha de papéis em sua mesa, estava para se levantar e partir para o canto noroeste do andar quando o telefone vibrou na mesa. Estava com o volume muito baixo, para não incomodar as moças. Pegou o receptor como se fosse muito comum receber um chamado cinco minutos depois de ter chegado de manhã. Mas não era nada comum, e sua garganta já estava fechando por causa do bater apressado do coração.

"Senhor Newman."

"Senhorita Keller falando."

"Sim, senhorita Keller."

"O senhor Gargan gostaria de falar com o senhor na sala dele. Imediatamente, se possível. Ele tem um compromisso logo mais."

"Estou indo."

Desligou o telefone. Era impossível negar que estava assustado. Levantou-se e atravessou o andar até a porta pintada de cor de creme. Através dela, entrou na sala da srta. Keller. Ela acenou com a cabeça e deu um sorriso aberto quando ele passou e chegou a outra porta creme. Abriu e entrou na sala do sr. Gargan. O sr. Gargan estava sentado à sua longa mesa, de costas para uma janela ampla que dava para o rio. O sr. Gargan tinha cabelos pretos repartidos ao meio, brilhando sob a luz matinal da janela. Os únicos sinais da importância do sr. Gargan era as duas fotografias em cima de sua mesa; ninguém mais tinha permissão para deixar qualquer objeto pessoal em cima da mesa. Uma foto era da pequena lancha do sr. Gargan, que ele mantinha em Oyster Bay, Long Island, e a outra era de seus dois cachorros schnauzer. Atrás dos cães, via-se ao fundo a casa de seis cômodos em que vivia com a esposa perto de Elizabeth, Nova Jersey. Quando o sr. Newman entrou, o sr. Gargan não estava fazendo nada além de olhar o rio. Virou-se para o sr. Newman.

"m'dia", ele disse. E nada mais.

"Como vai, senhor Gargan?"

"Muito bem. Sente-se."

O sr. Newman sentou numa cadeira de couro ao lado da mesa do sr. Gargan. Ele não gostava de afundar tanto no assento. Isso sempre o fazia pensar em perder peso. O sr. Gargan pegou um jornal, que parecia estar lendo antes, e o jogou para o lado do sr. Newman na mesa.

"O que acha dessa notícia?"

O sr. Newman, ansioso por dar uma resposta inteligente, imediatamente se curvou sobre o jornal. "Ainda não olhei o jornal esta manhã. O que...?"

"Não consegue ler, não é mesmo?"

O sr. Newman parou de se mexer. Olhou nos olhos do sr. Gargan, penetrantes e profundamente raivosos.

"Por que diabos não manda fazer uns óculos? Por favor, homem!", exclamou o sr. Gargan, exasperado.

O sr. Newman não ouviu nada, mas entendeu tudo. Sentiu o suor escorrendo pelo corpo.

"Está me vendo aqui, pelo amor de Deus?"

O sr. Newman sentiu uma picada de raiva. "Não estou tão mal assim, é que..."

"Está mal, sim. Está. Duvido que esteja me vendo com clareza." O sr. Gargan inclinou-se para a frente, desafiador.

"Vejo, vejo o senhor, sim. Só que um pouco..."

"Você fez uma entrevista pessoal com a senhorita Kapp? Aquela que contratou sexta-feira passada?"

O ritmo da conversa era cada vez mais intenso.

"Eu sempre entrevisto todo mundo. Nunca selecionei ninguém sem entrevista."

"Então não pode estar me enxergando com clareza agora." O sr. Gargan encostou-se na cadeira, convencido.

O sr. Newman fez um esforço para enxergá-lo. Parecia, sim, um pouco borrado em torno da boca, mas a luz brilhava em seus olhos...

"A senhorita Kapp evidentemente não é o tipo de pessoa que procuramos, Newman. Quero dizer, é tão óbvio. O nome dela deve ser Kapinsky, ou alguma coisa assim."

"Mas não pode ser, eu..."

"Não vou ficar aqui discutindo com você..."

"Não senhor, não estou discutindo. Só não posso acreditar que ela..."

"Você não *enxerga*, Newman. Pode me dizer por que cargas d'água não manda fazer uns óculos?" De repente, o tom de voz do sr. Gargan mudou. "Não é nada sério, é? Não estou querendo..."

"Não, eu só não tive tempo, só isso. Aqueles colírios e tudo mais. Deixam a gente acabado um ou dois dias..." O sr. Newman inclinou a cabeça para o lado e começou a sorrir, para dissipar a importância de não ter mandado fazer os óculos.

"Bom, tire o tempo que for necessário. Porque você sabe como são essas coisas. Perturba todo o escritório, uma pessoa dessas aqui. As moças passam metade do tempo no banheiro falando dela. E você sabe o trabalho que dá nos livrar delas. Não quero que isso aconteça outra vez. Simplesmente não estamos dispostos a contratar pessoas desse tipo."

"Ah, eu sei..."

Gargan esticou o pescoço, inclinou a cabeça para mais perto de Newman e sorriu, encantador.

"Bem, não deixe acontecer outra vez, tudo bem?"

"Não vai acontecer. Vou falar com ela hoje mesmo."

"Tudo bem, eu cuido disso desta vez", disse ele, satisfeito, e se levantou. "Acho que eu posso explicar melhor. Alguém desse tipo pode sair daqui e aprontar alguma nos jornais, sabe-se lá. Eu cuido disso."

O sr. Newman assentiu com a cabeça. Estavam de novo como antes — conectados, por assim dizer. Quanto menos fosse dito agora, melhor. Ele sentiu uma certa importância e, em vez de sorrir com a alegria que havia dentro dele, ergueu as sobrancelhas. Na porta, o sr. Gargan olhou-o de cima.

"Porque realmente não queremos que isso aconteça. O senhor me entende."

"Ah, sem dúvida. Vou ao médico hoje mesmo."

"Tire o dia de folga se precisar."

"Muito trabalho na mesa. Vou sair às quatro."

"Ótimo." A porta foi aberta pela mão do sr. Gargan. "Você sabe que não é nada pessoal, não é?"

"Ah, meu Deus, claro", o sr. Newman deu uma risada.

Sorrindo, passou depressa com seus passos curtos pela sala da srta. Keller e saiu para o ambiente amplo do andar. Uma vez fora do escritório, o clima de camaradagem que sentira com o sr. Gargan desapareceu, e com isso o seu sorriso. Seguiu calado até seu cubículo e entrou. Ficou um longo tempo sentado, olhando fixo. Impossível trabalhar. Por fim, mexeu-se, levou o relógio ao nariz e estudou o mostrador. Só mais sete horas para ir embora. O relógio escorregou de sua mão e caiu na mesa. Ele o pegou e encostou no ouvido, depois observou o vidro que estava viscoso de suor.

4.

Ele não foi às quatro. Esperou até as cinco.

O consultório do optometrista ficava no andar de cima de uma loja sofisticada de artigos de couro. O sr. Newman encontrou uma grande sala de espera quadrada vazia. De um lado, havia uma porta mascarada por uma grande cortina preta. Atrás dela era feito o exame. Sentou-se numa cadeira ao lado da janela panorâmica da frente da sala de espera e, com o segundo lenço do dia, enxugou o forro do chapéu, que colocou de novo na cabeça, horizontalmente, como era de sua predileção. (Como sua cabeça era achatada dos lados, nunca conseguia usar o chapéu inclinado, porque ele, de qualquer forma, deslizava para a horizontal minutos depois. Com o tempo passara a acreditar, e teimosamente a aconselhar a outros, que o uso inclinado na cabeça deformava o chapéu.)

Cuidadosamente, para não umedecer o vinco da calça, pousou as mãos nas coxas e olhou pela ampla janela a rua lá embaixo. O calor do dia o atordoara. Havia muitos e muitos dias vinha se atormentando com o horror da perspectiva de ficar sentado assim à espera do optometrista. Mas, como uma planta ao sol, ele honrou a ocasião quando a luz da autoridade brilhou sobre ele. Gargan tinha mandado que fosse até ali e ali estava, o horror que havia dentro dele não podia se erguer e tomar forma, contanto que continuasse fazendo o que fora ordenado. Ele esperou, olhando pela janela, vendo borrões. Pensamentos se encadeavam e se afastavam e ele os perseguia, lembrando de homens que tinham pulado fora para se estabelecer por conta própria e fracassado, enquanto ele ficara na companhia, mal pago mas com um emprego digno, e mantivera-se empregado durante toda a depressão, durante toda a guerra. Porque havia seguido as regras, cumprido seu dever, suportado as incessantes indignidades que vinham de cima. Estava em segurança, sempre estaria. Talvez, quando essa guerra monstruosa terminasse, ele até pudesse encontrar uma mulher e se casar. Talvez sua mãe se deixasse convencer a ir para a casa do irmão dela, em Syracuse. Talvez...

Sentado na sala tranquila, olhando a rua enevoada aos seus olhos, uma visão rara, mas persistente, se impunha a ele: a forma de uma mulher. Era grande, quase gorda, e não conseguia discernir seu rosto, porém sabia que combinava com ele. Era uma antiga habitante de sua mente e parecia surgir na sua frente mais prontamente em momentos como esse, em que se via pressionado pelo dever. E o corpo dela em sua visão o fazia recordar, como sempre, da primeira vez que viera a ele. Estava sentado numa trincheira, perto da fronteira da França, e ali estivera, dentro da água, por três dias. O coronel Taffrey apareceu na trincheira essa noite e disse que iriam atacar ao amanhecer, depois foi embora. Durante essas poucas horas antes do amanhecer é que ela tomara forma para o sr. Newman, suas coxas e reentrâncias quase tocando sua mão. E, quando chegou a hora, ele escalou o parapeito, jurou conservar seu desejo por ela e por tudo o que ela significava, porque era o desejo mais bonito que conhecera na vida. Se um dia voltasse para casa, encontraria um bom trabalho e trabalharia até possuir uma casa boa, como aquelas dos anúncios, depois a teria, uma mulher com sua forma, adequada a ele. Mas, quando voltou para casa, sentou-se com sua mãe na saleta no Brooklyn e ela lhe contou calmamente, e com as persianas abaixadas, que estava perdendo o movimento das pernas...

Vozes na sala o surpreenderam, e ele se voltou. Não viu ninguém. Deu-se conta de que as vozes vinham de trás da cortina preta no canto da sala. Seu ouvido estava ficando assustadoramente afiado...

Virou-se para a janela. Seu corpo estava latejando. O que ia acontecer, pensou, se um homem como ele simplesmente saísse à rua e desaparecesse? Nunca chegasse aonde era esperado. Simplesmente se deslocasse pelo país, em busca da felicidade, da... bem, da mulher certa? Suponhamos que bem agora, por aquela porta...

Um vulto entrou na sala. Ele se virou depressa para ver o optometrista vindo em sua direção. Alguém — uma mulher? — estava saindo pela porta. Levantou-se, pedindo a Deus que fosse feliz, e esqueceu se devia chamar o optometrista de doutor ou de senhor.

"Bom! Eu estava imaginando por que estaria demorando tanto, senhor Newman. Conseguiu chegar direitinho?"

"Tudo bem. Meus...?"

"Estão prontos já faz três semanas", a voz do optometrista vinha da mesa do outro lado da sala. O sr. Newman foi até ela e viu o homem procurando numa gaveta cheia de envelopes contendo óculos. Encontrou o do sr. Newman, pegou o envelope e tirou os óculos.

"Sente aqui", o optometrista indicou uma cadeira na frente da mesa e começou a puxar uma para si.

"Estou com pressa, doutor, eu..."

"Não demora mais que um minuto, vou ver se está tudo certo."

"Tudo bem. Experimentei a armação da última vez", ele disse, impaciente. O optometrista começou a falar de novo, mas o sr. Newman pegou os óculos da mão dele e interrompeu: "Realmente tenho de ir agora mesmo. Era dezoito, não?". Entregou ao optometrista duas notas de dez dólares que tinha enrolado juntas no escritório.

O optometrista olhou para ele, virou-se e entrou na sala de exames com as notas na mão.

Havia um espelho redondo na parede ao lado da mesa. O optometrista mal havia desaparecido atrás da cortina preta e o sr. Newman foi até o espelho silenciosamente e pôs os óculos. Não viu nada além de um mundo líquido de mercúrio com as cores de sua gravata azul boiando. Ao ouvir os passos do optometrista atrás da cortina, tirou os óculos do rosto e enfiou no bolso do peito.

"Estive pensando no seu caso", disse o optometrista ao entregar o troco do sr. Newman.

"É mesmo, é?", perguntou o sr. Newman, controlando seu novo interesse.

Ao falar, o optometrista inclinou-se, tirou da gaveta da mesa uma caixinha e de dentro dela dois pedaços de plástico côncavos. Colocou-os na palma da mão, estendeu a mão aberta na frente da barriga, encostou-se na cadeira e disse: "Tempo virá em que ninguém mais vai usar lentes externas, senhor Newman...".

"Eu sei, mas..."

"O senhor não experimentou direito estas aqui. Um homem interessado no aspecto cosmético dos óculos deve se permitir experimentar propriamente as lentes de contato."

Como se já tivesse ouvido isso muitas vezes, o sr. Newman virou-se para sair e disse: "Usei as lentes toda noite durante quatro semanas. Simplesmente não suporto".

"É isso o que diz uma porção de gente até se acostumar", o optometrista rebateu em um tom quase queixoso. "O globo ocular se ressente naturalmente do contato com qualquer corpo estranho, mas o olho é um músculo, e os músculos..."

A arrogância do homem empurrou o sr. Newman para a porta. "Não precisa me..."

"Não estou vendendo nada, estou só dizendo que..."

"Não suporto as lentes", disse o sr. Newman sacudindo a cabeça, realmente incomodado. "Quando ponho no olho, cada vez que pisco fico aflito. Não me parece natural grudar isso no olho toda manhã e pingar aquele líquido a cada três horas... eu... bom, simplesmente me deixa nervoso. Parece que elas se *mexem* dentro do meu olho..."

"Mas não podem se mexer..."

"Bom, mas mexem." Falava agora com a terrível decepção que sofrera durante as semanas que sentara em sua sala tentando acostumar os olhos ao contato com as lentes. Saía a andar sozinho à noite com elas nos olhos e uma vez foi ao cinema para descobrir se conseguia esquecer delas durante o uso. "Eu até fui ao cinema com as lentes", estava dizendo. "Tentei de tudo, mas simplesmente não consigo parar de pensar nas lentes quando estou com elas. Quer dizer, eu toco a pálpebra e não sinto nada por baixo. Me deixa... nervoso."

"Bom", disse o optometrista fechando os dedos sobre as pequenas taças e baixando a mão, "o senhor é o primeiro a apresentar essa reação."

"Ouvi falar de outros", concordou o sr. Newman. "Mesmo que essas coisas cheguem a ter milhões de usuários, o senhor vai ver que tem gente que não suporta lentes."

"Bom, boa sorte com os óculos de qualquer forma", despediu-se o optometrista, levando-o até a porta.

"Obrigado", disse o sr. Newman e abriu a porta.

"Está vendo?", o optometrista riu, derrubando uma lente no chão. "Ela pula como uma bola de pingue-pongue." Ficou apontando a lente que quicou sonoramente até ficar imóvel no piso.

Por sorte, encontrou um lugar para sentar no metrô. Estaria além de suas forças ir de pé até Queens essa noite. Em seu espasmo de excitação, o cheiro dos passageiros amontoados, ao qual era especialmente sensível, o teria enjoado. Mesmo sentado, sentia-se fraco. Os óculos novos estavam no bolso como um pequeno animal vivo. Como se apostasse uma corrida com o trem que corria para a casa, ele tentou imaginar uma alternativa ao uso dos óculos, mas quanto mais perto chegava da estação mais inevitável se tornava a conclusão de que sem eles logo seria incapaz de sair à rua. Para aliviar a ansiedade, tentou evocar a imagem da mulher sem rosto de sua recorrente visão de felicidade, mas ela se apagou assim que apareceu, e tudo o que ele conseguiu ver com clareza e maior constância foi o espelho acima da pia do banheiro.

Desceu em sua estação e subiu para a rua, vendo apenas o espelho. Sem notar o sr. Finkelstein sentado na frente da confeitaria tomando o ar quente da noite, atravessou para o seu lado da rua e virou no caminho que cortava em dois seu minúsculo gramado. A porta de tela estava destrancada e a outra aberta. Esqueceu-se de tirar o chapéu, passou diante da mãe, sentada junto ao rádio na sala de estar, e subiu a escada rapidamente, porque conhecia aqueles degraus. Gritou um boa-noite para ela ao entrar no banheiro e acender a luz. Pôs o chapéu na beirada plana da banheira e pegou os óculos. As hastes se abriram com dificuldade em sua mão e ele tomou cuidado para não forçá-las. Pôs os óculos e olhou no espelho. O borrão mercurial girou diante de seus olhos outra vez, granulado pelas cores da gravata. Olhou fixamente aquela massa prateada. Piscou e olhou de novo. Começou a ver a moldura do espelho do lado direito. Ficou muito nítida. Então o lado esquerdo clareou. Toda a moldura do espelho ficou incrivelmente nítida, a tal ponto que ele esqueceu seu propósito e virou-se para olhar o banheiro. De repente, parecia que estava soltando a respiração que havia prendido durante tantos anos. As cerdas da escova de dentes... como eram definidas! Os ladrilhos do chão, a textura da toalha... E então se lembrou...

Ficou um longo tempo olhando para si mesmo, a testa, o queixo, o nariz. Levou muitos momentos em detalhada inspeção de suas partes antes de conseguir se olhar por inteiro. E sentiu como se estivesse se erguendo acima do chão. O bater do coração fazia a cabeça oscilar ligeiramente no mesmo ritmo. A saliva formou uma piscina na garganta e ele tossiu. No espelho do banheiro, o banheiro que ele usava havia quase sete anos, ficou olhando o que poderia tranquilamente ser considerado o rosto de um judeu. Um judeu, com efeito, havia entrado em seu banheiro. Os óculos tinham feito exatamente o que ele temia que fossem fazer ao seu rosto, mas aquilo era pior porque era real. Era um choque pior do que aquele que vivenciara no optometrista três semanas antes, quando experimentou a armação sozinho. Naquele momento, a armação o fizera parecer mais com o judeu tipo Hindenburgo, pois tinha as faces planas e verticais, a cabeça meio quadrada, a pele muito clara e — algo mais revelador — sugestões de bolsas debaixo dos olhos, as severas bolsas Hindenburgo. E aquilo seria ruim, mas não impossível, não como agora. Agora, com as lentes ampliando as órbitas, as bolsas que não tinham cor perdiam destaque, e os olhos saltavam, intensos. A armação parecia achatar sua cabeça de cabelos brilhantes e realçar seu nariz, de forma que o que antes tinha a aparência um tanto aguda agora se projetava como um bico da ponte central. Tirou os óculos e lentamente os pôs de novo para observar a distorção. Tentou sorrir. Era o sorriso de alguém forçado a posar diante de uma câmera, mas ele o sustentou até não ser mais um sorriso. Debaixo dos olhos bulbosos, era uma careta, e os dentes, que haviam sido sempre irregulares, agora pareciam conferir um caráter de insulto ao sorriso e distorcê-lo numa imitação insincera e maliciosa de sorriso, uma expressão cuja tentativa de simular alegria era deformada, em sua opinião, pela saliência semítica do nariz, o par de olhos saltados, a postura atenta das orelhas. Seu rosto se projetava para a frente, ele achou, como a cara de um peixe.

Tirou os óculos do rosto. Agora enxergava menos claramente que nunca, e seus olhos vaguearam, tontos, por um momento. Saiu do banheiro com os joelhos fracos e seguiu pelo corredor até o armário onde pendurava o paletó, depois desceu a escada para a sala. Sua mãe, com o *Eagle* do Brooklyn no colo, acendera o abajur de coluna atrás dela, coisa que só fazia depois que o filho chegava à noite, e ficou olhando para ele na porta, esperando começar a breve conversa noturna que funcionava como uma espécie de cumprimento entre os dois.

Ele sentiu o cheiro de seu jantar no fogão. Conhecia cada peça da mobília, sabia quanto tinha custado e quanto tempo ainda faltava para pintar o teto outra vez. Era sua casa, seu lar, e aquela velha sentada na cadeira de rodas ao lado do rádio desligado era sua mãe, e no entanto ele se movimentava com menos naturalidade do que se fosse um estranho ali. Sentou-se no sofá na frente dela e conversaram.

"Pendurou o paletó? Estava muito calor na cidade hoje? Empurraram você no trem? Ficou muito ocupado? E o senhor Gargan?"

Ele respondeu às perguntas, entrou e comeu seu jantar, que a diarista havia deixado para ele. Sem saborear de nada e sem digerir nada, era como se não tivesse comido. Quando acabou, lavou o rosto na pia da cozinha e enxugou com uma toalha que mantinha no andar debaixo com essa finalidade. Estranhamente, só conseguia pensar em como tinha enxergado com nitidez as cerdas da escova de dentes. Pegou o jornal da noite anterior que não havia terminado de ler — ele sempre terminava o da noite anterior antes de começar o do dia — sentou no sofá debaixo do abajur e pôs os óculos. Sentindo a pressão em torno dos braços, tirou os elásticos pretos de segurar as mangas e deixou de lado. A mãe chamou seu nome. Ele levantou os olhos e olhou diretamente para ela. Ela o estudou, inclinando-se gradualmente para a frente na cadeira. Ele deu um sorriso fraco, como sempre fazia quando comprava um terno novo.

"Nossa", ela riu, afinal, "você está parecendo quase um judeu."

Ele riu com ela, sentindo os dentes saírem da boca.

"Por que não comprou do tipo sem aros?"

"Experimentei. Para mim é tudo a mesma coisa. Este está muito bom."

"Acho que ninguém vai notar", ela disse, pegou seu *Eagle* e o levantou para posicioná-lo sob a luz.

"Acho que não", ele disse, e pegou o seu *Eagle*. Estava com o corpo molhado e o rosto seco e fresco. Uma brisa atravessava a casa, vinda dos fundos. Da rua entravam gritos de crianças, que diminuíam quando saíam correndo umas atrás das outras. Aborrecido, ele trocou um olhar escandalizado com sua mãe, diante dessa infração ao tom pacífico do quarteirão. A sensação de tradição do momento era como um sopro de sanidade, que o tranquilizava. Voltou ao jornal, e parecia que pela primeira vez na vida conseguia ler com conforto. Normalmente, como seus olhos se cansavam depressa, ele não passava da matéria principal sobre a guerra, muitas vezes se perdendo nas lembranças do ano desolado que passara na França. Esta noite, porém, mergulhou até nas notinhas ao pé das páginas. E leu uma delas talvez cinco vezes. Era uma nota curta. Dizia que vândalos haviam invadido o cemitério judaico na noite anterior, derrubado três lápides e pintado suásticas em outras. Ao ler isso, sentiu-se envolvido como antigamente se envolvia nas histórias de detetive. Havia um tom de violência na história, a mesma ameaça de atos obscuros e força implacável que sentia fluírem das colunas do metrô. Seus olhos continuaram massageando os dois parágrafos, como que para extrair deles a última onda de emoção.

Uma tranquilidade profunda baixou sobre ele, as marés de seu corpo pareceram assentar numa poça espelhada. E o sonho do carrossel desabrochou em sua mente. "*Polícia! Polícia!*" Viu os carrinhos vazios avançando, depois recuando de repente, depois avançando de novo. Que diabos estaria sendo fabricado ali no subsolo? O que tinha na cabeça para sonhar uma coisa assim? Mentalmente, entrou num dos carrinhos vazios, um grande cisne amarelo e enfeitado. Foi para a frente, depois para trás, depois para a frente... Sentia o ronronar e a força do motor abaixo dele sob o chão. Uma textura escura de medo tatalou em seu pescoço, e com raiva ele expulsou o carrossel e concentrou-se no jornal... O editorial elogiando os bombeiros, outro sobre moral, depois uma matéria sobre diamantes que eram usados na fabricação de equipamento de guerra. Mas, enquanto lia, as palavras despencavam de sua cabeça, e tudo o que restava era uma visão de lápides derrubadas e vândalos com pés de cabra e ferros pesados nas mãos, quebrando estrelas de davi de mármore na terra.

Quando a mãe terminou de ler seu *Eagle*, rodou a cadeira até perto dele. Ele estava dormindo. Ela o sacudiu. Ele abriu o sofá para ela ajudou-a a deitar. Depois subiu e despiu-se. Seu chapéu continuava na borda da banheira. Nunca havia passado uma única noite fora de sua caixa oval.

5.

Na manhã seguinte, ele foi ao trabalho como sempre, voltou para casa, jantou e deitou-se cedo como de costume. Passaram-se o segundo dia e o terceiro. No quarto dia, à tarde, sentado à mesa atrás das paredes de vidro de sua sala, sentiu um minúsculo espasmo de alegria. Era uma sensação rara para ele.

Ninguém havia notado nada de diferente nele. Só isso teria sido suficiente para levantar o pesado manto de medo com o qual havia vivido tanto tempo. Mas havia outras coisas. Sensações novas e fortes tinham começado a vibrar em seu mundo sossegado. Durante três dias, ele entrevistara moças para a vaga deixada pela srta. Kapp — *née* Kapinsky — e embora várias candidatas pudessem satisfazer o sr. Newman antigamente, agora ele as recusara. Enxergava tão bem que queria apresentar ao sr. Gargan alguma coisa fora do comum, alguma coisa que, de qualquer modo, representasse a apoteose de sua capacidade de seleção. Os ritmos de seu corpo se aceleraram como se diante de um desafio — seu próprio emprego parecia novo. Além disso, sentia uma nova admiração — quase uma sensação de irmandade —

com o sr. Gargan. Pois o homem o forçara a enxergar, tomara as coisas nas próprias mãos e o fizera se livrar da desgraça de sua existência. A moça que selecionasse compensaria a conduta equivocada do passado, inclusive a contratação de Kapinsky. A moça tinha de ser perfeita.

Ainda mais agora que durante os últimos dois dias o sr. George Lorsch havia passado muitas horas no edifício. O sr. Lorsch era o vice-presidente da companhia, encarregado de operações. Sua foto sempre aparecia nas colunas sociais dos jornais. E, como ele passava apenas alguns dias por ano no edifício, inspecionando e conferindo a eficiência dos vários departamentos, o sr. Newman podia facilmente imaginar a gratidão do sr. Gargan com a contratação de uma funcionária excepcional naquele momento específico. Porque, segundo rumores bem fundamentados, o sr. Lorsch é que havia estabelecido as especificações para o tipo de pessoa a ser empregado pela companhia. O homem nunca entrava num andar sem examinar minuciosamente as moças ao passar de escritório em escritório. Nos dois dias anteriores, ele havia olhado diretamente no rosto do sr. Newman ao passar por seu cubículo e uma vez lhe dera um sorriso. O sr. Newman se debruçou sobre a busca da moça perfeita.

Olhou as três fichas de candidatas que ainda restavam em cima de sua mesa. O nome do primeiro formulário o agradou. Gertrude Hart, idade trinta e seis anos, três anos de colegial. Solteira, episcopal. Nascida em Rochester, Nova York. Ligou para a recepcionista e pediu que mandasse entrar Gertrude Hart.

A chegada dela diante de sua mesa causou estranhamento. Moças que procuravam emprego raramente exalavam algum cheiro forte, nem mesmo de colônia; o perfume dela pairava pesado à sua volta. Elas nunca vinham com flores no cabelo; ela usava uma rosa cor-de-rosa de verdade em cima do topete castanho. E, no entanto, era digna, muito ereta e refinada. Parada ali, pousou as mãos soltas e graciosas no encosto da cadeira, olhando para ele, e tinha um jeito de se apoiar em um lado do quadril que não era provocante, mas apenas uma postura de total naturalidade. O mais surpreendente de tudo — ainda mais que o vestido preto e brilhante — era o sorriso, que fazia a sobrancelha esquerda ficar um pouquinho mais alta que a outra: sem curvar os lábios cheios, ela estava sorrindo. O sr. Newman ouviu a própria voz dizendo: "Por favor, sente-se".

Sentiu o estômago retorcer quando ela passou mais perto dele e sentou-se ao lado da mesa. Quando ela repousou o braço na beirada, ele ficou paralisado, como se ela tivesse estendido a mão e alisado seu rosto, porque a mesa era uma parte tão pessoal e viva como qualquer membro de seu corpo. De repente, se deu conta do incrível torneado de suas pernas e coxas, uma das quais tocava a mesa. Ele sentiu o pescoço, o peito, os braços incharem.

Baixou os olhos, como se estudasse a ficha da candidata. As palavras no papel ficaram cinzentas e desapareceram. Sem ousar olhar para ela, tentou lembrar como era seu rosto. O que o surpreendia ainda mais, agora que fixava o formulário, era que não havia deduzido nada a partir do rosto dela. Ela era como a mulher de sua visão — um odor, coxas e as costas eretas. Levantou os olhos e encontrou sua face.

"Quanto tempo trabalhou para a companhia Markwell?"

Ela falou. Ele não ouviu mais nada depois da primeira frase: "Bom, trabalhei lá uns três anos e depois..."

Rochester! Ele ficou de queixo caído quando a boca da moça pronunciou o horrível sotaque de lábios rígidos do Brooklyn. O vestido preto brilhante que parecera envolver o corpo de uma mulher inatingivelmente digna do norte do estado tornara-se agora uma roupa comprada especialmente para a entrevista; parecia ter custado uns cinco dólares e noventa e cinco.

Ela continuou falando. E aos poucos uma outra inversão de impressões o abalou. Apesar do sotaque rosnado, ela era realmente digna. Pela primeira vez, ele conseguiu inspecionar seu rosto. O que o intrigava era o arco da sobrancelha esquerda. Dava a impressão de que estava a ponto de sorrir, mas agora ele sabia que não. Ela o estudava e, em algum lugar em seus olhos castanhos, ele havia perdido o controle da entrevista.

Ela parou de falar, e a sobrancelha permaneceu implacavelmente erguida. Ele se pôs de pé e parou atrás de sua cadeira — coisa que nunca tinha feito em presença de uma candidata. Mas não podia conduzir as coisas com os olhos no mesmo nível dos dela.

Seu rosto era comprido, ele viu agora, e parecia ainda mais comprido por causa do penteado alto. Mas não era um rosto magro. Os lábios eram cheios — e vermelhos — e o pescoço largo se arredondava suavemente nas curvas do maxilar. As pálpebras superiores dos olhos fundos eram naturalmente escuras, e ele imaginou que quando ela dormia seus olhos deviam parecer ligeiramente saltados. A testa, porém, foi o que o intrigou quando tentou decidir o que achava do rosto dela. Era tão alta e curva, com uma extensão tão grande de pele empoada, que o cabelo parecia quase querer se afastar dela; ele ficou tentando destruir a sensação de que sua testa ocupava o escritório inteiro.

Tirando a testa, ele pensou, era bem bonita. Nunca na vida encontrara uma mulher assim, porém a conhecia pelo efeito que tinha sobre ele, porque sonhara com parte dela — a parte que o aquecia e irrompia no ritmo uniforme de sua respiração. A parte dela que tinha tornado a entrevista tão pessoal logo de início... Aquela coisa que agora lhe dava tanta certeza de que era acessível a ele. Ela era. Ele sabia disso.

"Já usou máquina de escrever elétrica?", perguntou, como se isso fosse de imensa importância para ele.

"De vez em quando tínhamos a oportunidade de usar, mas só havia uma no escritório inteiro. Não era como aqui", disse ela com um pequeno assombro. E ao indicar "aqui" virou a cabeça para o andar cheio de moças atrás dela. O sr. Newman deteve qualquer movimento. Ela olhou diretamente para ele de novo, e ele caminhou até o armário de arquivo, de onde podia ver outra vez o perfil dela. Ela esperou por um momento considerável, como se lhe desse tempo de procurar numa gaveta, mas como não ouviu nenhum som virou-se e o viu parado ali, olhando para ela.

A sobrancelha dela baixou de repente. O sr. Newman voltou depressa a sua cadeira junto à mesa e sentou enquanto o rosto dela se incendiava.

Por um longo momento, não ousou levantar os olhos. Sabia que ela estava olhando e manteve a expressão imóvel. Nem um vislumbre de sua indignação e decepção se tornou visível em sua pele.

"Como deve saber", ele disse, complacente, "precisamos de pessoas com experiência em máquinas de escrever elétricas. Achei que a senhorita tivesse."

Ele olhou para ela com seu bem treinado ar de dispensa. Ela virou a cabeça extravagantemente para o andar cheio de moças datilografando em máquinas comuns e então, a seu próprio tempo, olhou para ele e esperou.

"Vamos substituir essas o mais depressa possível", ele explicou. "A guerra comprometeu a produção delas, mas pretendemos usar as máquinas exclusivamente neste departamento..."

Suas palavras valentes despencaram diante da contração do rosto dela. Seus lábios se separaram, as sobrancelhas subiram ligeiramente em ângulo, e ela parecia a ponto ou de implorar ou de cuspir na cara dele, ele não sabia bem o quê.

"Com um dia de prática sou capaz de usar perfeitamente uma máquina elétrica. Não tem nada de especial no uso delas se a pessoa já sabe datilografar tão bem como eu." Ela parecia teatral, ele pensou, inclinada sobre a mesa daquele jeito.

"Preferimos pessoas que..."

Seu queixo rosado e liso estava se aproximando dele. "Nasci na Igreja episcopal, senhor Newman", ela disse, sibilante, e uma furiosa mancha vermelha apareceu em sua pele, perto do nariz.

Nada do que ela dizia era novo para ele. Era o discurso padrão que ele tinha ouvido muitas vezes antes (só que a maioria delas escolhia ser unitarista — a caminho do elevador). E no entanto ele sentiu o coração gelar ao olhar para seu rosto furioso. Estava sendo dominado pelo medo e não sabia por quê. Havia alguma coisa nos olhos dela... na maneira como esperava sentada, tão furiosamente segura, por uma resposta dele. Ela não se mexia, fuzilando-o com o olhar... A intimidade... era isso que o assustava... sim, a intimidade era algo novo. A malevolência dela intimidava. Sentada ali, parecia saber tudo sobre ele, parecia...

Ela o estava tomando por judeu.

Ele entreabriu os lábios. Queria sair correndo do escritório e queria bater nela. Ela não devia fazer aquilo com os olhos!

Ficou ali sentado, incapaz de falar em sua raiva. E no entanto a transpiração na palma das mãos era para ele sinal de embaraço também, pois era polido ao extremo e não podia dizer a ela que não era judeu sem colorir a palavra com sua repugnância pelo termo e, portanto, por ela. E, em sua incapacidade de falar, em seu embaraço, ela pareceu ver uma prova conclusiva, e estranhamente — quase loucamente — ele concordou, desamparado, que era quase uma prova. Para ele, judeu sempre significara impostor. Desde o começo. Era a única coisa que sempre significara. Os judeus pobres fingiam ser mais pobres do que eram, e os ricos, mais ricos. Ele nunca conseguira passar por um bairro judeu sem enxergar somas de dinheiro escondidas por trás das cortinas miseráveis. Nunca tinha visto um judeu dirigindo um carro caro sem compará-lo a um negro dirigindo um carro caro. Para ele, os judeus não tinham nada da tradição de nobreza que tentavam ostentar. Se tivesse um carro caro ele instantaneamente pareceria alguém que nasceu para aquilo. Qualquer gentio seria assim. Nunca um judeu. Suas casas cheiravam mal e quando não cheiravam mal era apenas porque eles queriam parecer gentios. Para ele, tudo o que fizessem de agradável nunca era feito naturalmente, mas por um desejo de se beneficiarem. Esse conhecimento era tão antigo como sua vida, que havia começado numa rua do Brooklyn a um quarteirão do bairro judeu. Naquela época como agora, não conseguia pensar neles sem uma sensação de poder e autopurificação. Os relatos que ouvia sobre sua avareza insensivelmente o levavam mais para perto de uma apreciação da própria liberalidade, que parecia comprovada pelo simples fato de não ser judeu. E, quando encontrava um judeu mão aberta, sua própria natureza parcimoniosa ficava indignada e, como via todos os homens apenas através dos próprios olhos, na mão aberta de um judeu ele enxergava apenas falsidade ou exibicionismo. Fingidores, impostores. Sempre.

E agora, em seu embaraço, ela lia a prova desse fingimento, ele pensou. O desprezo nos olhos dela era insuportável, e no entanto ele ainda não conseguia falar. Procurou amenidades e não conseguiu evocá-las. Desviou o olhar dela, impaciente, e voltou a olhá-la. Levou apenas um momento para entender que, pela primeira vez na vida, não era a polidez que sufocava suas palavras. Estava sentado ali imerso na culpa pelo fato de que a natureza perversa dos judeus e seus incontáveis enganos, especialmente a lascívia sensual pelas mulheres — fato do qual tinha prova diária nas dobras escuras de seus olhos e em sua pele amorenada —, tudo isso era reflexo de seus próprios desejos projetados neles. Nesse momento, ele teve certeza disso, e talvez nunca mais tivesse, porque nesse momento os olhos dela fizeram dele um judeu; e seu desejo monstruoso impedia a sua negação. Ele se viu querendo que ela pensasse isso dele naquele momento, ali sozinhos no escritório, querendo que ela permitisse que ele mergulhasse naquela poça escura cuja profundidade buscara tantas vezes, e sempre voltara atrás. Só naquele momento em particular se rebaixar, e descobrir...

Enojado consigo mesmo, ele se levantou. Travou o maxilar contra a dor da própria corrupção, e ela percebeu, pareceu tomar o gesto por uma expressão de perigo. Com a bolsa grande batendo contra a coxa, ela se levantou ruidosamente.

"Sabe o que deviam fazer com gente como o senhor?", ela ameaçou. "Deviam enforcar vocês!"

Ela estava forçando uma discussão. Observando, ele achou que o rosto dela parecia quase irlandês projetado assim para a frente...

"Em todo lugar que eu vou é a mesma idiotice. Tive empregos de secretária em que não tinha nem de datilografar! Tive empregos em que..."

Ele não estava mais ouvindo, pois, quando ela olhou por cima do ombro para ver se vinha vindo alguém para interrompê-la, ele viu a curva hebraica do nariz e a melancolia dos olhos tristes sobre a parte superior do rosto... Virando-se para ele, ela se inclinou e fincou os dedos rígidos na mesa, que tremeram diante dele como dez flechas de pontas vermelhas. "Um dia desses vão enforcar você!", ela gritou num sussurro ofegante, exigindo que ele respondesse na mesma moeda.

Ele sentiu a coluna explodindo em arrepios. Desde que sua mãe gritara com ele em menino, nunca havia estado com uma mulher em tal estado. Não conseguia ignorar o brilho de seu vestido, o broche cintilante que usava entre os seios, e a emoção nua em seus olhos dilacerantes o seduzia e ao mesmo tempo alimentava seu medo.

Para si mesmo, para sua confusão e detestável desejo, ele murmurou "Sinto muito" e sacudiu a cabeça numa recusa.

Ela se virou, abriu a porta de vidro e atravessou o andar por um corredor entre as mesas. Tinha a causticidade dos hebreus, ele pensou, e a mesma falta de gosto. Ficou olhando suas panturrilhas se afastarem. Estava produzida demais, maquiada demais. Quando se afastou, ele notou pela primeira vez a estola de pele pendurada em seu braço. De certa forma aquilo definia tudo: era um dia muito quente. Enquanto ela desaparecia na sala de espera, ele viu o rabo de pele roçando em sua perna...

Exausto, deixou-se cair na cadeira. Sentia-se mole, viscoso. Uma sensação de maldade pairava sobre ele. Enfiou as mãos por baixo do paletó quente e puxou para baixo os elásticos dos braços, sentindo o sangue circular nas mãos frias. Delicadamente, tirou os óculos, guardou no bolso do peito e ficou contemplando o nada. A música áspera da voz dela ressoava em seus ouvidos, e seu perfume ainda permanecia no ar.

Quando tempo e espaço mais uma vez confluíram em sua mente, a mão sobressaltou-se em surpresa; estava olhando a parede sólida dos fundos do cubículo. Raivosamente girou e sentou-se de frente para as paredes de vidro, olhando através delas o andar cheio de moças. Um momento depois, pegou o telefone e ordenou: "Por favor, mande entrar...". Interrompeu-se e, impaciente, agarrou o formulário da srta. Hart. As palavras estavam intoleravelmente borradas. Seu queixo pequeno se franziu furiosamente debaixo dos lábios quando ele levou o papel até o nariz. No receptor em sua mão, a voz da telefonista estralejava. Deixou o formulário na mesa, procurou no bolso, pegou os óculos e pôs no rosto.

"Senhorita Blanche Bolland", disse, em voz baixa, e desligou. Até ouvir os passos da srta. Bolland se aproximando, ficou olhando sua ficha, como se a estudasse.

Ele não *viu* de fato as outras que vieram até sua mesa e contaram suas histórias esse dia; contratou uma moça de aspecto inofensivo, de cabelo preto e rosto brilhante. O perfume de Gertrude Hart atravessou sua tarde, e a visão de suas coxas. E lentamente o rosto desapareceu da imagem dela até restar apenas o corpo para preencher a figura sem rosto de seu sonho. Ao longo desse dia, ele se viu olhando a porta da sala da recepcionista, como se desejasse refazer e preservar cada movimento que ela fizera. Às vezes, sonhava com a trincheira na França e por um momento captava de novo o desejo pleno, tormentoso que conhecera naquele amanhecer... E, sonhando, notou o sr. Lorsch parado bem na frente de sua sala, apertando a mão do sr. Gargan. O sr. Lorsch disse alguma coisa e afastou-se pelo andar, desaparecendo na direção dos elevadores. O sr. Gargan esperou até o vice-presidente sumir de vista. Então voltou-se para o sr. Newman e entrou em sua sala. Estava com o queixo para cima e coçava o pescoço, pensando.

6.

"Lawrence", ele disse...

O sr. Newman cruzou as mãos em cima da mesa. O sr. Gargan nunca o tinha chamado pelo primeiro nome.

O sr. Gargan terminou de coçar o pescoço. Olhou apenas uma vez para o sr. Newman e bateu uma vez na mesa com os dedos, abandonando-se à sua maneira de inclinar a cabeça e olhar por cima do ombro, coisa que fazia sempre que estava pensando em algo bem específico. Manteve essa posição ao falar.

"O senhor Lorsch está fazendo uma certa reorganização." Aspirou, cansado, pelo nariz entupido de Jersey. "Não vou entrar em detalhes agora, mas parece que você vai ter de mudar seu escritório para o escritório ali do canto."

"Para o escritório de Hogan?"

"Isso mesmo. O senhor Lorsch acha que o melhor seria que você e Hogan de certa forma..." Ele olhou para o sr. Newman. "...trocassem de posição."

"De trabalho?"

"Bom, é, sim. Trocar de trabalho. Mudar."

O sr. Newman fez que sim com a cabeça, tinha entendido. Esperou.

"Acho que você sabe que Hogan não ganha o seu salário, mas não vamos cortar o seu. Vai continuar recebendo a mesma coisa que agora."

O sr. Newman fez que sim.

O sr. Gargan esperou que falasse. Ele não tinha palavras. A coisa monstruosa o devorava.

"Eu fiz alguma coisa para...?"

"Ah, não, nada disso. Você não deve pensar que foi rebaixado, Lawrence..." Gargan sorriu carinhosamente, seu rosto — com o cabelo formando um arco a partir da risca que repartia a cabeça ao meio — assumindo a forma de uma abóbora desbotada. "Não faz nem cinco anos que Hogan está aqui..."

O que ele estava dizendo? De qual caverna havia muito trancada em seu corpo fluía tanta raiva feroz? "Não sei como dizer isso, senhor Gargan..."

"Eu entendo, Lawrence, mas..."

Nunca na vida ele havia interrompido Gargan. "O que eu quero dizer é que não vou ficar feliz no posto de Hogan. Ele não passa de um escriturário, ele..."

"É um equívoco da sua parte. Hogan faz um importante..."

"Mas por quê?" (E por que ele tinha tanta certeza de que as coxas e o perfume de Gertrude Hart tinham começado aquilo, tinham destampado sua fúria? Deus do céu, como ousava falar com o sr. Gargan daquele jeito? O próprio chão parecia estar tremendo!) "Por que, senhor Gargan? Eu não fiz meu trabalho? Mandei fazer os óculos, acabei de contratar uma ótima moça, eu..."

O sr. Gargan estava de pé. Estava de pé em toda a sua estatura, que era muito maior que a do sr. Newman. O sr. Newman parou de falar ao se ver aos pés dele.

"O senhor Lorsch... e eu..." Agora ele também estava zangado. Era horrível. "O senhor Lorsch e eu achamos que seria melhor para todo mundo se você trabalhasse no escritório do senhor Hogan. Não é preciso ter pressa, mas tente mudar para lá até o dia primeiro."

O sr. Newman ouviu o nítido som da autoridade. O sr. Gargan virou e caminhou em meio a seu eco.

Ele se sentou à mesa olhando o vasto andar de mesas e moças, olhando a porta fechada de Hogan. Um escriturário agora, depois de tantos anos. Um escriturário sem nenhuma autoridade, nem compromissos, nem telefone. Ele iria *ser* Hogan, em certo sentido...

Depois de todos esses anos.

Levantou-se, engasgado com lágrimas não vertidas, respirou fundo e tornou a se sentar. Não podia ser definitivo. Não depois de todos esses anos. Umas poucas palavras e todas as partes importantes de sua vida estilhaçadas, seu escritório de paredes de vidro, seu domínio, que se estendia diante dele cheio de mesas e moças que dependiam só dele. Não podia ser definitivo...

Abriu a gaveta da esquerda de sua mesa, tirou um espelhinho e se olhou nele. Seu rosto estava brilhando de suor. O nariz parecia um bico, horrível. Levantou-se e olhou no espelho para ter uma visão mais ampla. Estava mal, sim, estava mal.

Mas não tão mal. Não depois de todos esses anos. Dirigiu-se ao escritório do sr. Gargan, atravessando o da srta. Keller, e em um momento estava parado diante do chefe.

Gargan olhou para ele e se pôs de pé. O sr. Newman ergueu o queixo como se houvesse água subindo em torno dele.

"Senhor Gargan, sinceramente não entendo que mal eu possa estar fazendo em minha sala", disse com sinceridade.

"Isso não é você quem determina, certo, Newman?"

"Não, mas se quer se livrar de mim, por que não...?"

"Francamente, Newman, devo dizer que eu não tinha notado nada até o senhor Lorsch chamar minha atenção. Mas entendo o que ele sente. Sentimos que você pode não causar boa impressão nas pessoas que entrarem no escritório pela primeira vez. Nós entendemos sua situação e estamos dispostos a pagar seu antigo salário para fazer o trabalho de Hogan. Não sei mais o que dizer, meu amigo."

O "meu amigo" para o sr. Newman foi o nefasto gesto final de amizade entre eles. Ficou sem fôlego ao ouvir aquelas palavras saírem da boca do sr. Gargan.

Seu primeiro movimento foi em direção à porta. Mas deteve-se, virou para o sr. Gargan e disse: "Não vejo como aceitar essa troca, senhor Gargan. Gostaria que o senhor reconsiderasse".

Os olhos do sr. Gargan pararam de olhar a esmo. "Não posso reconsiderar, Newman."

O sr. Newman sentiu a pressão que havia sobre a atitude de seu chefe, e entendia. "Não que eu não saiba quem sou. Sei que não sou..."

"O senhor Lorsch só sabe o que vê. E não gostou do que viu. Outros também não gostarão, talvez, ao entrar no escritório pela primeira vez. O senhor Lorsch tem o seu modo de determinar qual aspecto o escritório deve ter, e tem direito a isso. Não tem?"

"Bom, então tenho de ir embora."

"Você é quem sabe, Newman. Acho bobagem sua, mas não quero você aqui se vai ficar infeliz."

"Não, tenho de ir embora."

"Por que não pensa até amanhã?"

"Não posso. Eu..."

Ele engasgou e ficou parado ali. Esperando. Esperando por...

Uma olhada no rosto fechado, de pedra, do sr. Gargan lhe disse que estava esperando à toa.

"Vou me despedir então", disse com gravidade.

"Pense bem."

"Não, acho que tenho de me despedir", disse ele, temendo começar a chorar.

Saiu da sala sem nem esperar a resposta do sr. Gargan. No fim do dia, parou diante da entrada do edifício por um instante. O batalhão das cinco horas passava trovejando para o metrô. Ele acertou o passo e seguiu com a maré. No bolso, o suporte de caneta-tinteiro que tinha comprado para sua mesa muito tempo antes. A base pesada repuxava o bolso, incômoda. Acabou tirando-o do bolso e levando na mão.

7.

Ao sair do metrô, pôs o suporte de caneta de volta no bolso e andou um pouco mais devagar que o normal. No metrô, tinha tirado os óculos, mas conseguiu enxergar a sra. Depaw regando o gramado e acenou com a cabeça para ela com o recato habitual. A gorda sra. Bligh estava sentada no alto de sua varanda de tijolos, esperando o marido. Ela falou com ele, perguntou se na cidade estava tão quente quanto ali. Com um sacudir de cabeça e uma risada, ele respondeu que claro, estava, sim, e prosseguiu. O pequeno órfão que os Kennedy tinham adotado o cumprimentou da escada da casa. Olhando cegamente as janelas para ver se algum Kennedy estava olhando, ele deu uma piscadela encorajadora para o infeliz menino e perguntou: "Como vai você hoje?". Não havia mais ninguém na rua em todo o quarteirão. Apertou os olhos outra vez ao caminhar e seu braço estava ligeiramente arqueado sobre o bolso pesado. Uma fina névoa e empoeirada pairava sobre a rua, e ele sentiu estar coberto de suor e fuligem. O chuveiro o chamava como uma nova vida cintilante.

“Não vai pendurar seu paletó?”, perguntou a mãe, enquanto ele subia a escada para o quarto.

“Vou mandar este terno para a lavanderia”, ele resmungou e seguiu em frente. No quarto, tirou do bolso o suporte de caneta e guardou bem no fundo da gaveta que continha lençóis de reserva. No chuveiro, ficou com o rosto erguido e deixou a água bater nos olhos.

Depois de se vestir, parou na porta do quarto, voltou, tirou o suporte de caneta da gaveta e ficou olhando o quarto. Então, lembrando, pegou uma cadeira, subiu nela dentro do armário e guardou o suporte na prateleira de cima, que a empregada nunca arrumava. Sua mãe estava chamando. Ele desceu, colocando os óculos, e sentiu o cheiro das almôndegas esquentando. Encheu uma panela de água e sentou à mesa, enquanto sua mãe esperava ao lado do fogão para despejar dois punhados de espaguete na panela.

Ela perguntou: “Estava quente na cidade hoje?”.

“Estava, sim”, ele disse, passando a mão no rosto acalorado. Tirou os óculos e limpou no guardanapo de pano.

“Disseram que tinha gente caindo morta na rua.”

“Não duvido”, ele respondeu.

Ela esperou até ele estar com o prato servido à sua frente e começar a comer, depois rodou a cadeira para trás dele e ficou olhando pela porta de tela o quintalzinho dos fundos.

“A casa de praia do senhor Gargan deve estar agradável agora”, ela disse.

Ele resmungou qualquer coisa com a boca cheia.

“Seria de se esperar que ele convidasse você para ir lá alguma vez.”

Ele deu de ombros e tentou lembrar se na prateleira de cima do armário poderia haver alguma coisa que a empregada quisesse procurar.

Depois do jantar saiu para a varanda e sentou em uma das duas cadeiras de praia. As varandas do outro lado da rua estavam ficando cheias de grupos de pessoas. Bligh chamou por ele, cinco casas adiante. Ele sorriu de volta e acenou.

"Está gostando do calor hoje?", Bligh riu.

Newman deu uma risada e sacudiu a cabeça, como era de se esperar. Depois virou-se para o outro lado, tirou os óculos depressa e segurou na mão. Aqui e ali ao longo da rua as mangueiras começaram a jorrar, enquanto das varandas altas as pessoas observavam, sonhadoras, os arcos de água. Uma onda de risos de moças veio de algum lugar e desapareceu. As janelas estavam todas abertas. Uma panela derrubada numa cozinha ressoou pela rua. O sr. Newman ouviu sua mãe atrás dele, na sala. Ela ligou o rádio e uma soprano cantou.

"Melhor regar a grama", ela alertou através da janela, atrás dele. "Vai queimar com certeza."

Ele assentiu com a cabeça, mas continuou sentado ali. Não seria bom descer da varanda agora: estava todo mundo na rua, e se alguém parasse e falasse com ele sabia que ia ficar nervoso. Até agora não tinha tido problema para usar os óculos na rua; um ou dois dias antes ele teria conseguido superar os novos olhares. No dia anterior ele era o homem que trabalhava na companhia. Quando conversava com Carlson, com Blight ou com Fred, seu vizinho, sobre as coisas em geral, ele era sempre o homem que trabalhava na companhia. Isso definia quem ele era. Qualquer coisa que vissem em seus óculos se dissiparia pelo simples fato de ser quem era. Mas isso tudo desaparecera agora, e ele sabia que estaria diante deles inteiramente sozinho, e que ficaria vermelho se notassem, assim como um estranho que mudaria seu rumo diante deles, como alguém envergonhado do próprio aspecto.

Do outro lado da rua, Carlson apareceu, arrastando a mangueira. O sr. Newman olhou para o outro lado. O homem magro chamou, brincalhão: "Melhor ligar a água".

"Descansando um pouco", Newman sorriu de volta e olhou os próprios sapatos.

Afundado na cadeira, ficou esperando a escuridão chegar. Então, no escuro, podia elaborar algum plano. Fazia vinte e cinco anos que não procurava emprego. Precisava arrumar um imediatamente. Então poderia sair de óculos e molhar o gramado. Amanhã teria de sair cedo, pegar seu trem, e ir... aonde?

Aonde?

Ciente de que poderia estar sendo observado, cruzou as pernas endurecidas, recostou-se melhor e tentou relaxar.

Uma porta de tela bateu mais adiante no quarteirão e ele virou para olhar. Na varanda da casa vizinha à confeitaria, apareceu um homem. O sr. Newman se inclinou para ver melhor. Olhando ao redor, pôs os óculos. Um homem novo no quarteirão. Barba comprida, barba grisalha. Meu Deus, aquilo era um solidéu preto na cabeça dele? Solidéu e barba comprida!

O velho estava se sentando. Abriu um jornal. De sua barba se projetava uma piteira longa, que ele segurava entre indicador e polegar.

O sr. Newman ficou sentado, de boca aberta, olhando o homem. Provavelmente o pai da sra. Finkelstein. Ele se lembrava vagamente de que o pai de Finkelstein tinha morrido. Pelo menos era o que ele achava que Fred tinha falado. Um homem de barba grisalha comprida, solidéu e piteira...

Desviou os olhos do homem e examinou a rua toda. Uma profunda consciência de mudança o oprimiu. Os Bligh tinham parado de conversar e estavam sentados, imóveis, olhando para o velho. O menino órfão cochichava ao ouvido do sr. Kennedy enquanto observavam o estranho. Do outro lado da rua, Carlson franzia a testa com a mangueira na mão. Newman passou os olhos de varanda em varanda. Todos os rostos estavam voltados na mesma direção. Só se ouvia na rua o chiar das mangueiras. Ele estendeu a mão, tirou os óculos com um movimento fluido e com os olhos abertos e vigilantes guardou-os no bolso da camisa.

Uma onda de excitação agitou seu estômago. Levantou-se da cadeira de praia, desceu a escada, atravessou o gramadinho e desceu calmamente a rampa até a porta da garagem, que destrancou. Dentro, encontrou a mangueira enrolada, puxou-a para a rampa, esticou-a. Voltou à garagem, abriu a água, correu de volta para o gramado e pegou o bico. A água jorrou, cuspiu e passou a sair num fluxo contínuo. Ele levantou a cabeça e olhou para a varanda da esquina. A rua começara a se movimentar outra vez. No entanto parecia mais tranquila agora. As conversas nas varandas não irrompiam em riso, nem as vozes se erguiam em franca discussão. Havia um estranho presente. Newman virou a cabeça e olhou do outro lado da rua, na direção de Carlson, que ainda não tinha se mexido. Observava a figura esguia do homem do banco, as mãos ossudas, o cabelo branco. Trêmulos, seus dedos foram ao bolso da camisa e tiraram os óculos. Colocou-os no rosto. Então Carlson respirou, virou-se e o viu. No rosto macilento do homem do banco, os lábios se contraíram, e ele pareceu estar esperando de Newman a resposta para um enigma alarmante.

Newman olhou para a esquina e, como alguém que havia sido ferido injustamente e está ironicamente à mercê de um mundo inferior, ergueu os ombros num gesto desamparado e sacudiu a cabeça com tristeza. Carlson virou o rosto e, com as sobrancelhas franzidas, como se estivesse pensando depressa, olhou de novo o velho no final do quarteirão. Newman fitou o velho outra vez. Durante um longo tempo ficou ali parado, regando confortavelmente seu gramado, com os óculos no rosto.

No domingo de manhã, às nove horas, ele se viu parado no meio do quarto, olhando em torno e tentando lembrar o que tinha ido buscar ali em cima. Tudo estava ficando difícil de lembrar. No dia anterior, passara a manhã inteira tentando se obrigar a ir ao cinema, mas a ilegitimidade de sentar numa sala de projeção durante o expediente o impediu. Só à noite se deu conta de que tinha esquecido de almoçar. Agora estava parado, piscando sob o raio de sol que batia no tapete e diante da ideia do dia seguinte seu rosto começou a esquentar. Som de sinos lá fora... Virou-se, contente, e desceu a escada. Tinha de fazer uma coisa, ir a um determinado lugar. Todo domingo ia até a esquina e comprava o jornal. O mundo se tornava real outra vez.

Mal havia chegado à calçada quando uma impressão de estranheza instalou-se nele. Acontecera alguma coisa na rua. Ele sabia. Talvez um cachorro atropelado. Alguém tinha morrido, ao que parecia. Todo o ar havia sido sugado da rua, nada se mexia, o sol brilhava, quente e amarelo. Caminhou olhando. Depois baixou os olhos para a calça jeans para ver se estava desabotoada. Então viu a sra. Depaw. Ela não estava regando o gramado.

Ela sempre regava o gramado quando estava calor. Lá estava ela, parada na varanda, vestida de branco como sempre, parecendo uma velha enfermeira. E em perfeita imobilidade olhava a esquina. A calçada em frente à sua casa estava seca.

Ele atravessou a rua, seguiu em frente até a confeitaria e, ao subir para a calçada, viu. Havia três homens parados na esquina, um pouco adiante da banca de jornais onde Finkelstein ficava. Estavam olhando... estavam olhando para o sr. Newman, que se aproximava. Ele sentiu o coração apertar dolorosamente quando praguejou por ter esquecido de tirar os óculos. Porque era Fred que estava ali, e Carlson e...

De quando em quando — talvez dois domingos em cada cinco — aquele homenzinho de nariz afilado parado ao lado de Fred e Carlson se instalava do outro lado da rua, em frente à loja de Finkelstein, e vendia jornais de uma pilha que mantinha na calçada. O sr. Newman nunca tinha prestado muita atenção nele, a não ser uma vez, meses atrás, quando observou para si mesmo que a prefeitura devia impedir os ambulantes de competir deslealmente com lojistas estabelecidos, que tinham de pagar aluguel, enquanto os ambulantes ficavam com todo o lucro. Ele era contra carrinhos de vendedores pela mesma razão.

Hoje, porém, o homenzinho de nariz afilado havia espalhado seus jornais na própria esquina de Finkelstein, a menos de quinze metros da loja. O sr. Finkelstein estava sentado calmamente em sua cadeirinha dobrável ao lado da banca, de costas para os três, e observava Newman com um sorriso peculiarmente aberto.

Newman se aproximou da banca de Finkelstein com a mão tateando o bolso, e Finkelstein, que normalmente, a essa altura, já havia se levantado e dobrado o jornal de Newman, pronto para ele levar embora, só agora se levantou, bem subitamente, com um ar de gratidão e alívio, e estava dobrando um *Eagle* para ele. Quando o dono da loja se virou para a banca para fazer isso, Newman deu uma olhada para a esquina, acenou para Fred e disse "Bom dia". O homenzinho de nariz afilado respondeu no lugar de Fred e entoou: "Jornal! Compre de americano. Jornal! Compre...!".

Finkelstein estava estendendo o jornal para ele. Newman olhou o rosto tenso do judeu e sentiu uma raiva insana. O jornal estava tocando sua mão agora. Na outra, segurava a moeda. Toda a sensação de ser podado pareceu estalar dentro dele. Na calçada havia três homens. Ali estava ele com o judeu. Sabia que seu rosto estava vermelho, queria comprar o jornal de Finkelstein, depois ir até o desconhecido ambulante e comprar dele também. Era ruim não comprar o jornal do judeu agora, porque aos olhos do judeu ele sabia que estava parecendo intimidado. Foi, portanto, não por um senso de compaixão que disse a Finkelstein — quando deixou sua mão baixar vazia — "Espere um pouco".

Então foi até os três homens, parou na frente de Fred e sorrindo, embaraçado, mas ainda zangado de não ter sido capaz de recusar o judeu sem ficar vermelho, disse: "O que está acontecendo, Fred?".

Fred olhou para Finkelstein atrás dele e depois lhe lançou um olhar cheio de intimidade. Carlson ficou parado, confuso, um bancário alto e grisalho, um tipo muito conservador.

Agora, com esses três, Newman sentiu uma onda de calma. Era como se tivesse conseguido fazer um acordo vantajoso com Gargan, como se ele fosse de fato um homem hábil e fizesse parte do grupo de homens hábeis que sabia como conduzir suas vidas.

Fred disse: "Só estamos querendo garantir que o Billy aqui tenha os seus direitos, só isso. O Morgenthau ali tentou expulsar ele do quarteirão".

Como se estivesse escandalizado, Newman disse: "É mesmo?!". Queria que Fred continuasse falando com ele com tamanha intimidade — Fred e Carlson também.

"Imagine a audácia desse judeu!", Carlson exclamou, em voz baixa. Ele tremia como se estivesse morrendo de frio.

Newman sacudiu a cabeça diante do ultraje. Seria mais fácil agora contar a sua mãe que tinha sido despedido. De alguma forma, por ter feito aquilo, seria mais fácil suportar não ter aonde ir no dia seguinte. Poderia voltar todos os dias para um quarteirão do qual fazia parte. Parado ali na esquina, sentiu-se de novo um habitante de algum lugar, e parecia bem à vontade.

Então o homem de rosto afilado estendeu um jornal e disse: "Jornal, senhor?".

Newman pegou o jornal da mão encardida do homem e pagou com a moeda. Sabia que Fred e Carlson estavam olhando, e sentiu que esperavam que ele dissesse alguma coisa sobre Finkelstein por conta própria. Ele derrubou o jornal, que se abriu na calçada. O homenzinho ajudou-o quando ele se abaixou para juntar os cadernos. Por que não podia dizer alguma coisa, qualquer coisa que ele tantas vezes dizia para si mesmo sobre o judeu? Rilhou os dentes uns contra os outros, talvez por ter derrubado o jornal, mas sabia que era por sua incapacidade de sequer murmurar um impropério contra o homem que estava sentado ao lado da loja, a poucos passos dele. E a única razão que conseguia imaginar para sua hesitação era que havia sido sempre veementemente contra vendedores ambulantes. Era uma pressão insolente sobre ele, que não a desejava e olhou para Carlson, cujos dentes eram evidentemente próteses. Então surgiu dentro dele um medo de que estivessem fazendo dele algo que não era.

Ele riu e enfiou o jornal debaixo do braço. "Não sei por que fazem jornais tão grossos. A propósito", disse depressa, "ouvi seus cachorros latindo ontem à noite. Algo errado?"

Fred disse: "Deve ter sido a lua", e coçou a coxa, preguiçoso. Carlson continuou estudando o rosto de Newman com uma expressão pensativa, que denotava alguma suspeita. Fred continuou: "A lua estava cheia ontem. Você viu, Carlson?".

Não querendo se distrair da intensa concentração em Newman, Carlson deu uma olhada para Fred e, ainda preocupado, respondeu: "Vi".

"Quer dizer que eles latem mesmo para a lua, hein?", Newman disse, assombrado, como se tivesse acabado de descobrir o fato. Por que Carlson estava olhando para ele daquele jeito?

"Claro, não sabia disso?", Fred perguntou.

"Não, não sabia", Newman respondeu. E, virando-se para Carlson, perguntou: "É um fato científico?".

"Ah, é, sim", Carlson confirmou, distraído.

Newman continuou, sem permitir que a atenção de Carlson se distraísse do novo assunto: "Li no *Eagle* que um cientista está dizendo que vamos viajar para a Lua com foguetes quando a guerra acabar".

"Ah, impossível", Carlson concluiu, sem pestanejar. "Quem tentar vai acabar se arrebentando. Ora..."

Newman ouviu aliviado, agora que tinha banido a expressão inquisitorial do rosto do homem do banco.

Durante alguns minutos, os três ficaram parados na esquina, falando de foguetes. Então Newman mexeu no jornal debaixo do braço e disse, com um sorriso fácil: "Bom, melhor eu voltar para casa. Minha mãe está esperando o jornal".

"Até mais", disse Fred.

"Tchau", Carlson acenou.

"Muito obrigado, senhor", o ambulante sorriu.

Newman virou e passou na frente da confeitaria, os olhos fixos à frente. A poucas casas depois da loja estava a sra. Depaw, no centro da calçada. Como se estivesse preocupado, Newman desceu a sarjeta e começou a atravessar a rua. Estava indo para a calçada oposta, bem no meio do asfalto...

"Você! Devia se envergonhar!" O grito agudo da mulher pareceu tê-lo alcançado e raspado em sua nuca, mas ele continuou até a calçada sem se virar e caminhou direto para casa. Quando entrou, ficou parado segurando a mão direita, que tremia. Compenetrado, foi até a sala de jantar e parou, olhando o espelho pendurado sobre um vaso de planta.

De sua varanda alta, ele assistiu à cena que se deu essa noite: diante da casa vizinha à confeitaria da esquina, um caminhão velho encostara de ré. Atrás dele o sol se punha, vermelho como uma bola de fogo. A cabeça do sr. Finkelstein aparecia acima dos painéis laterais do caminhão, e ele estava aureolado pelo sol a orientar os homens que desciam um guarda-roupa com gavetas pela parte de trás do caminhão. Era um móvel antigo — a mobília do sogro finalmente chegara.

Imóvel, Newman ficou olhando. Nos fundos da casa, sua mãe estava finalmente acomodada diante da porta aberta da cozinha, tentando ler o *Times*. Ele tinha acabado de discutir com ela pela quarta vez no dia: ela não conseguia entender por que ele se recusava a voltar e fazer Finkelstein trocar o jornal por um *Eagle*, e principalmente por que ele havia comprado um *Times* para começo de conversa. Ele insistiu em seu novo argumento de que o *Times* era melhor para ela e deixou-a resmungando na cozinha.

Sentado no calor agora, ele se perguntava como ia passar pela banca da esquina sem pegar seu jornal no dia seguinte. Claro que podia simplesmente parar e comprar o jornal como sempre, como se nada tivesse acontecido. Afinal de contas, não devia nada ao pobre judeu, sem dúvida nenhuma explicação. Mas era possível que Fred e Carlson aparecessem quando ele estivesse pagando Finkelstein...

Pelo canto dos olhos, notou uma pessoa parada do outro lado da rua. Era Carlson. O homem esguio, com uma pá de jardim na mão, estava olhando o caminhão que descarregava na esquina. Virou-se para Newman e, com um movimento de cabeça na direção do veículo, disse: "A invasão começou".

Depressa, amável demais, Newman gritou para o outro lado da rua: "Estou vendo".

Trocaram um balançar de cabeça lamentoso e Carlson seguiu para sua casa.

A sra. Depaw estava na frente de seu gramado, quatro casas mais perto da esquina que a de Carlson, e regava com um borrifo fino. Junto à sua bengala, sentava-se a fêmea spaniel que erguia de leve o focinho para a água refrescante. De vez em quando, a sra. Depaw olhava para Newman do outro da rua. Ela nunca regava assim tão tarde, ele sabia.

De dentro da casa para onde transportavam a mobília, saiu o velho com a barba grisalha. Atrás dele, Morton e Shirley saíram correndo e gritando para Finkelstein, parado ao lado do caminhão. Ele deu um tapa em Shirley, de nove anos, e ela correu para dentro da casa. Morton, que tinha onze, ficou olhando os transportadores ao lado do pai e do avô.

E agora — Newman balançou a cabeça ponderando ao olhar para eles — o velho vai levar a cadeira ao gramado da frente para ler o jornal judeu, e dentro de alguns meses outra família mudará, e dentro de um ano as pessoas do quarteirão venderão suas casas. Talvez Fred tivesse razão; eles tinham de ser expulsos do bairro. E, no entanto, tinham todo o direito de morar onde quisessem...

Uma porta de tela bateu perto de seu ouvido. Ele se virou e viu Fred saindo da casa vizinha, erguendo a calça em cima da barriga saliente. Estava com um charuto novo na boca; tinha acabado de jantar. Arqueando as costas em busca de conforto, ficou olhando o caminhão na esquina. Virou-se então para Newman, cuja varanda era separada da dele por uma parede baixa de tijolos. Para Newman, ele sempre parecia inchado depois de comer, e de alguma forma brutal, com o charuto novo espetado para cima e os dentes à mostra debaixo dos olhos inchados, apertados.

Na frente de Newman, ele apenas sacudiu a cabeça indicando o caminhão. Newman apertou os lábios com raiva e sacudiu a cabeça.

Sem dizer uma palavra, Fred chegou ao peitoril e, passando uma perna por cima, acomodou-se, encostado na casa.

Newman sentiu-se dominado pela incerteza. As palmas das mãos ficaram molhadas contra os braços da cadeira de praia.

"Sente aqui", disse a Fred, de vizinho para vizinho, e tirou os óculos.

Fred girou por cima da mureta de tijolo e veio. Sentou-se agilmente na outra cadeira de praia e encostou-se, olhando o céu acima da linha reta de telhados do outro lado da rua. O sol tinha sumido atrás do caminhão, que lançava uma longa sombra na esquina. Fred soprou a fumaça que pairava sobre sua cabeça, virou-se e pregou os olhos fundos no rosto de Newman. Newman sentiu o coração disparar. Nunca conseguia saber o que Fred estava sentindo, porque seus olhos mostravam apenas vislumbres.

"Comprou óculos, hein?", Fred chupou uma partícula de comida de entre dois dentes, examinando os óculos.

"É, acabei de comprar", Newman respondeu com leveza, virando os óculos na mão.

Fred esticou as pernas e cruzou uma sobre a outra. "Eu consigo ler placas a um quilômetro de distância. Eu como verduras." Olhou acima dos telhados outra vez.

"Verduras? Não ajudam em nada para mim", Newman disse, bastante interessado.

"Cruas, eu digo. Já viu como é cachorro? Quando começam a perder a visão, eles pegam e comem grama. Veja os meus cachorros um dia desses."

"Achei que comiam grama para intestino preso."

"Intestino preso é consequência de má visão", Fred disse com autoridade.

Newman discordava. Um mês antes teria insistido obstinadamente. Mas era a primeira vez que Fred vinha à sua varanda. "Nunca soube disso."

"Claro", disse Fred, e virou a cabeça para o caminho à direita deles. "Consegue ler o letreiro do caminhão?"

Newman pôs os óculos. "Gelo", disse.

"Não, embaixo disso."

"Ah, não, não consigo ler isso."

"'Dominick Auditore, Carvão & Gelo. Rua Broome 46'." Ao ler o endereço ele pareceu se surpreender consigo mesmo. Ambos ficaram chocados. "Rua Broome", ele repetiu. "Fica no

Lower East Side." Virou-se e olhou para Newman. "É esse elemento que ele está trazendo para cá."

Durante um momento os dois olharam o caminhão, e Finkelstein parado ao lado dele. Fred virou-se e parecia que ia falar, mas ficou examinando o rosto do vizinho.

Newman sentiu as palavras se soltando a ponto de saltarem de sua boca. Mas não tinha certeza de que não fossem soar ligeiramente artificiais. Não estava acostumado a falar em termos de violência. E a sra. Depaw estava realmente olhando para ele do outro lado da rua, agora que Fred aparecera. Ele ficou em silêncio. Fred continuou olhando diretamente para seu rosto. Ele sentiu as faces ficando vermelhas. Tirou o lenço e cobriu o rosto, assoando ruidosamente o nariz.

"Carlson apostou comigo que hoje você ia comprar dele."

"*Dele*?" Newman ouviu a própria voz começar a rir.

"Eu sabia que não. Vamos botar Billy naquela esquina todo domingo de agora em diante."

"Bacana", Newman disse, em voz baixa. Fred concordou com a cabeça e virou de novo para a esquina.

Newman sentiu como se uma fresca brisa relaxante estivesse passando por ele e encostou na cadeira. A visão de uma segunda-feira luminosa o penetrou, talvez um emprego na General Electric, mais dinheiro também... Sentindo-se mais confortável, perguntou: "Como estão seus cachorros?".

"Preguiçosos, mas bem. Estou planejando uma grande caçada na nova temporada."

"Vai para Jersey de novo?"

"É." Fred sacudiu a cabeça, sonhador. "Rapaz, o que eu não daria para ir caçar agora. Podia passar o ano inteiro caçando. Droga."

Nunca antes houve essa confiança entre eles. Newman sentiu um timbre de amizade. Sempre se irritara com a suspeita de que Fred o achasse frouxo. Agora, por alguma razão, ele havia crescido aos olhos de Fred. Isso era bom. "Vai trazer mais alguma raposa para sua mulher?"

"Ela já tem duas agora. Não quero que fique mimada. Já viu meu rifle novo?"

"Comprou um novo, é? Engraçado, nunca me interessei muito por caça." Talvez... talvez ele devesse ir junto da próxima vez. Um bom emprego novo no dia seguinte e uma caçada com os rapazes.

"Nunca atirou em nada?", Fred perguntou, sem entender.

"Bom, não..."

"Você esteve na guerra, não esteve?"

"Estive, mas..." A comparação entre atirar num animal e aquilo que tinha feito na guerra o deixou confuso. "Raramente falo disso, para dizer a verdade. É uma coisa que a gente prefere esquecer."

"Acertou alguém?"

"Bom, claro." Para encerrar o assunto, admitiu. "Acertei um alemão uma vez."

"Como foi?" A atenção de Fred era abrupta e total. "Como você acertou ele?" Estava com a voz ofegante e o corpo imóvel.

Newman tentou rir. "Do jeito de sempre", e olhou para a frente outra vez, se perguntando por que tinha de sentir essa aflição com o súbito fascínio de Fred por seu assassinato.

"Você foi ver onde acertou nele?"

"Não gosto de falar disso, Fred", disse, de forma solene e determinada. Era como se aquela morte tivesse consequências para ele agora, mas não entendia quais eram.

"Bom, foi um tiro só?", Fred perguntou, como se fosse a última pergunta que insistiria para que ele respondesse.

Newman ouviu o motor do caminhão de gelo dar a partida e virou aliviado para a esquina para vê-lo ir embora. Finkelstein e seu filho estavam parados na calçada, olhando o veículo. O sr. Newman olhou para Fred, que tinha virado para observá-los. Os malares de Fred pareciam inchados. Ele virou para Newman outra vez e fixou-o com seus olhos azuis e estreitos.

"Você sabe o que nós estamos planejando. Sabe, não sabe?", disse com a voz brusca e baixa.

"Eu... é, você me disse."

"Está do nosso lado?"

Newman queria que estivessem sentados um pouco mais distantes, para ter espaço para se mexer. Não queria evitar os olhos de Fred, coisa que pareceria estar fazendo caso se mexesse agora.

"Bom, o que vocês querem fazer?"

"Expulsar essa gente do nosso bairro."

"Como?"

"Fazer eles sentirem o temor de Deus."

"Quer dizer..." Newman calou-se.

"Fazer com que eles não gostem daqui."

"Como vão fazer isso?"

"Tem uma organização. Você está sabendo."

"Estou."

"Estamos conseguindo gente nova todo dia. Quando tiver pessoal suficiente a gente começa a agir."

Nenhum dos dois se mexeu. Suas vozes tinham baixado a um sussurro. Newman se surpreendeu lamentando profundamente ter contado a Fred que havia matado um homem.

"Como assim, começar a agir?", perguntou inocentemente, como se quisesse reconquistar seu velho caráter aos olhos de Fred.

"Você sabe, para eles não quererem morar aqui", Fred explicou, mostrando o primeiro sinal de impaciência.

Newman — aparentando grande tranquilidade — tirou os óculos. Por dentro, seu corpo deu um pulo quando Fred cutucou sua coxa com um indicador duro como pedra.

"O negócio é o seguinte. Quando os meninos voltarem para casa vão procurar uma organização que dê o que eles querem. Não vão gostar que uma porção de judeus pegue todos os empregos, todos os negócios. Você sabe disso", acrescentou. Newman não podia negar e assentiu com a cabeça. "Não vamos demorar para fazer essa reunião. Quer que eu avise você? Quer participar?"

"Tudo bem. Claro", disse Newman, depois de um suspiro de hesitação.

"Você vai participar então, hein? Todo mundo vai ficar contente de você ter aderido."

"Todo mundo, tipo..."

"Aqui no quarteirão."

"Carlson também está dentro?"

"Claro. Desde o começo. Conseguimos um padre importante de Boston para a reunião. Nós trabalhamos em parceria com os padres, sabe?", disse ele, meio que se desculpando. "Contanto que eles fiquem na linha. O negócio é que, se a gente se juntar, consegue limpar a situação; acabar com eles" — indicou a esquina com a cabeça — "feito pinos de boliche. O que você me diz?"

O sr. Newman ergueu o queixo e estreitou os olhos como se deliberasse. Por que, perguntou a si mesmo, devo pensar que eles pretendem agir com truculência? E no entanto, quando se virou e olhou para Fred, sabia que estavam falando de violência. Antes que pudesse responder com mais uma observação hesitante, Fred completou: "Queremos gente como você. Hoje de manhã Carlson queria apostar de verdade que você ia comprar jornal do Finkelstein. Ele achou que você fosse desse tipo".

Sem se dar conta, Newman abandonou a prudência. "Que tipo?", perguntou sem pestanejar.

"Sabe o que eu quero dizer", Fred disse.

Newman não sabia, na verdade. E imediatamente temeu que sua confusão sobre o que Carlson queria dizer estivesse aparecendo em seu rosto. "Estou com vocês", afirmou, mexendo-se de forma incômoda na lona da cadeira.

Fred deu-lhe um tapinha na coxa e se ergueu, apoiado no descanso de pé da cadeira de praia. Levantando um pé, ajeitou a calça e, com o sorriso de alguém que conta um segredo, disse: "Certo, Newman". Riu para si mesmo, como um vendedor que depois de uma venda revela sua humanidade: "Você é um dos poucos no quarteirão com quem eu estava tendo problema".

Newman riu: "Estava tendo problemas *comigo*?".

Ele não havia se dado conta de que as observações de Fred ao longo do último ano tinham sido sérias a esse ponto. Não tinha entendido tudo o que estava acontecendo...

"Tenho de voltar, levar meus bichinhos para dar uma volta. Estou montando uma miniatura de barco no porão", Fred disse, passando a perna por cima do peitoril. "Apareça depois se tiver um tempo. É o meu novo hobby. Até."

"Cuide-se", disse Newman enquanto Fred entrava em casa.

Olhando a casa de Carlson do outro lado da rua, sentiu-se um pouco mais tranquilo. Carlson não era como Fred. Carlson era o chefe dos caixas de um banco. Um bancário. Lembrando como Carlson tinha virado para ele na rua antes e dito: "A invasão começou", Newman sentiu um certo orgulho pela solicitude dele. Pela de Fred também... Seria bem agradável ficar amigo dos vizinhos. Talvez se misturando com eles conseguisse encontrar a mulher certa. Talvez...

A preocupação com o dia seguinte lhe voltou à mente. Levantou-se da cadeira de praia dolorido de ansiedade. Aonde iria? O que seria dele?... À sua direita, ouviu uma porta de tela se abrir e Fred saiu com dois setters vermelhos farejando loucamente ao lado dele, um puxando o outro pelas guias. Fred deu um sorriso para Newman por cima da separação entre as varandas, um sorriso caloroso. Depois desceu a escada que dava para a rua com os cachorros, as unhas grandes das patas tiquetaqueando no piso de concreto. Falando em voz baixa com eles, Fred puxava as guias sempre que se afastavam de suas pernas, e os três se distanciaram no crepúsculo.

De pé, o sr. Newman ficou ouvindo por um momento o barulho das unhas dos cachorros se afastando e então o silêncio da rua predominou. Parado ali, sentiu uma profunda gratidão ao se lembrar do sorriso caloroso de Fred. Uma sensação de camaradagem tomou conta dele. Graças a Deus, quase disse em voz alta, nem todo mundo era idiota como Gargan! Ele ia percorrer a cidade amanhã e conseguir colocação. Um emprego melhor, até. Um...

Seu olho captou a luz se acendendo na vitrine da loja da esquina. O brilho amarelo se despejou pela calçada escura. No rosto do sr. Newman espalhou-se uma expressão severa de indignação. Seu peito se expandiu e o queixo pequeno ficou rígido. Aberto no domingo, pensou, eles não querem perder nem um tostão. Com uma súbita resolução raivosa, tornou a sentar na cadeira. Ia esperar Fred voltar e então conversar seriamente sobre essa coisa. Olhando a luz amarela da esquina, sentiu uma estranha força inundá-lo, como se todo seu corpo ficasse maior. A visão do homem barbudo de solidéu sentado em seu quarteirão com tanto conforto, tanta segurança, subiu como fumaça de incenso à sua frente, e ele esperou na penumbra cada vez mais predominante pela volta do bater das unhas dos cachorros.

8.

Rumando para Manhattan no metrô da Oitava Avenida na manhã seguinte, ele torcia para o trem sacolejante seguir com toda a velocidade. Nessa manhã quente e sem nuvens, a ilha fabulosa ao final do metrô parecia estar à sua espera como uma grande feira em que ele podia circular entre produtos cintilantes para escolher algo do qual gostasse de verdade. Ia procurar um emprego.

Todos esses anos ele farejara em torno das colunas do metrô sentindo-se densamente temeroso e cheio de esperança ao mesmo tempo. Porque nunca tivera certeza do papel que poderia desempenhar sem dificuldades quando surgissem problemas. Mas agora ele enfrentara problemas bem na sua rua, em público, e nada de terrível acontecera com ele; o resultado, de fato, tinha sido aproximá-lo, em uma camaradagem nova, de seus vizinhos. Sentia-se capaz, sentado ali no trem. Durão até.

Ousado seria uma palavra melhor. Depois de passar tantos anos no mesmo andar de um edifício era uma aventura procurar um emprego. Novos ambientes, gente nova e interessante, talvez uma mudança gigantesca na vida... Quem poderia saber o quanto valiam de fato seus talentos no mercado? Da noite para o dia, tinha se tornado quase uma sorte ter perdido o velho emprego. Estava sendo horrivelmente mal pago. Agora ia pedir sessenta e cinco para começar. Talvez devesse ter saído por conta própria muito antes. Com certeza, pensou olhando à frente satisfeito, definitivamente devia ter saído.

O trem seguiu rugindo. Estava usando seu terno mais novo, cinza Palm Beach. O chapéu-panamá curvado bem lindamente sobre a cabeça ereta, teimosa até. Usava colarinho engomado e a gravata azul que guardara para uma ocasião especial, com o nó feito meticulosamente. As unhas estavam bem aparadas e brilhavam rosadas como as de um bebê. Não havia nem uma ruga em sua alma. Estava de óculos.

Examinou a seção de empregos do *Times* de domingo, agora que estava sentado. Mas o jornal (que resolvera levar de casa como prova visível à loja da esquina de que não precisava do jornal do dia) não tinha nada de interessante para uma pessoa como ele. Postos como o que ele poderia aceitar raramente eram anunciados. Ele era um especialista. Sua animação o distraiu dos anúncios e ele ergueu os olhos para uma imagem que o estimulou — um cartaz montado no canto curvo da parte alta do trem.

Era um desenho do interior de um metrô, mostrando um grupo de passageiros, um deles sentado com um grande charuto na boca. A expressão de seus vizinhos revelava intenso desagrado com ele, e a legenda dizia: "NÃO FUME NO TRANSPORTE COLETIVO. ISSO INCOMODA OS OUTROS PASSAGEIROS". O que chamou a atenção do sr. Newman, porém, foi uma trêmula seta feita a lápis apontando o fumante ao lado de cuja cabeça estava rabiscado "judeu". O toque de vergonha que o teria perturbado antes não ocorreu essa manhã. Essa "cena" muda — havia vários como ele parados bem debaixo do cartaz — fez brotar nele uma pequena, mas inegável, tensão de poder. Até mesmo o horror do mau gosto de sua vida inteira não se manifestou, porque o rabiscador anônimo havia perdido parte de seu anonimato do dia para a noite e parecia mais com o sr. Carlson que com um rufião. Ele sempre temera que algum tumulto irrompesse e o levasse em seu vórtice por bem ou por mal, e violência de qualquer tipo o chocava, mas nem esse medo ele conseguia vivenciar essa manhã. Porque qualquer coisa que acontecesse iria encontrá-lo preparado previamente por Fred e, se desempenhasse um papel, seria um adequado a seu temperamento e respeitabilidade.

Então ele sorriu por dentro, pela palavra que estava escrita em cima do fumante egoísta, e simplesmente achou que era adequada. E com um ar de quem está por cima voltou os olhos para os outros passageiros, encontrou seu judeu e bem onisciente ergueu as sobrancelhas com uma agradável consciência da estupidez daquele homem — um homem capaz de sentar tão tranquilo e calmo enquanto sua própria condenação estava escrita bem acima de sua cabeça.

A parte da cidade em que ele emergiu do metrô era onde diversas corporações gigantescas tinham seus escritórios centrais. Com o sol da manhã batendo quente nas costas, o sr. Newman parou um momento numa esquina próxima a Wall Street e examinou o quarteirão. Nesse momento se assemelhava a qualquer um dos milhares de suburbanos que param por um instante numa esquina antes de entrar nos arranha-céus onde ganham seu sustento. Sentia o coração leve ao entrar calmamente para o saguão fresco e abobadado do edifício onde a Empresa Akron era dona de três andares. Subiu de elevador e desceu no trigésimo terceiro andar. Ficou surpreso de ver como a organização espacial era parecida com a de sua antiga companhia. Foi até a moça do balção de recepção. Ela ergueu os olhos do jornal que estava lendo e ele pediu para ver o gerente de pessoal. Disse a ela seu nome e o assunto e, depois de esperar uns dez minutos, foi levado a um escritório forrado de couro surpreendentemente luxuoso.

Sentou-se numa bela cadeira com encosto de mogno a uns três metros da mesa do sr. Stevens, que não tinha mais de trinta e cinco anos e era evidentemente formado numa universidade.

"Em que posso ajudar?", perguntou o sr. Stevens, e acrescentou: "o senhor é da companhia...?"

"Ah, não", o sr. Newman logo avisou, jogando a cabeça para trás e rindo pelo nariz. "A moça me perguntou onde eu trabalhava e eu dei esse nome a ela..."

"Ah, está procurando uma colocação conosco."

"Estou fazendo uma consulta, sim", concordou com uma profunda inclinação de cabeça.

"Entendo. Erro meu."

O sr. Stevens, um homem magro de cabelo loiro escuro, cor de cachorro boxer, cortado curto, piscou gentilmente para o sr. Newman. Por um instante, o sr. Newman teve esperança de um possível emprego realmente importante. O homem parecia estar considerando alguma coisa bem importante...

"Qual exatamente é a sua linha de trabalho, senhor Newman?", o sr. Stevens girou para libertar a perna de debaixo da linda mesa.

"Recursos humanos", disse o sr. Newman inclinando-se para a frente e sempre sorrindo, para amenizar a situação. "Contratei a maior parte das pessoas que trabalha para... Imaginei se vocês teriam alguma posição em aberto."

"A-hã", o sr. Stevens descruzou as pernas e girou para olhar de frente outra vez, estudando o lápis muito bem apontado. Disse: "Francamente não estamos precisando de ninguém no momento, mas...".

O sr. Newman se levantou com naturalidade, mas depressa demais. "Está ótimo, senhor Stevens. Só estou estudando o terreno durante alguns dias. Passei aqui porque achei que vocês eram o tipo de companhia que teria uso para um homem como eu. Uma sondagem, por assim dizer, sabe?"

O sr. Stevens se levantou. Parecia contente de o sr. Newman ter entendido a deixa tão rapidamente. "Espero que apareça de novo, se não tiver conseguido outra coisa."

"Será um prazer", o sr. Newman garantiu, a mão na maçaneta da porta.

"E obrigado por lembrar de nós... Como disse que era o seu nome?"

"Newman, Lawrence Newman."

A pausa, não maior que de um segundo, roçou as têmporas do sr. Newman como a asa de um pássaro invisível. O sr. Stevens olhou para ele pensativo e balançou a cabeça.

"Newman, sei. Bom, muito obrigado, meu senhor, e espero que apareça outra vez."

"Pode esperar", o sr. Newman ameaçou, bem-humorado, e com a costumeira risada de despedida saiu da sala do sr. Stevens.

No elevador que o levou de volta pairava um vago perfume adocicado. Evidentemente uma mulher havia estado ali um momento antes... A imagem de... como era o nome dela? Gertrude. Hart. O corpo de Gertrude Hart pareceu uma presença ao seu lado por um momento. Ele atravessou o saguão do edifício e saiu à rua pelas portas altas. Que belo edifício para se trabalhar! Procuraria o sr. Stevens de novo na semana seguinte. Com certeza pediria sessenta e cinco.

Ele abriu um pouquinho a porta da cabine. Era bom ter terminado suas visitas do dia. Seu colarinho estava encharcado.

"Mallon? Aquele menininho que empurrava o carrinho de pão?"

O sr. Newman riu. Adorava sua mãe nesses raros momentos em que podia ser condescendente com ela. "Bom, ele agora é um homem. Vamos jantar juntos. Esses anos todos ele trabalhou a um quarteirão de mim e nunca nos encontramos."

"Tudo bem, então, eu digo para a moça. Que horas você volta?"

"Umas dez. Cuide-se bem. O menino entregou o jornal?"

"Ah, entregou. Tome alguma coisa para se refrescar."

"Eu tomo, mãe. E sentado na varanda."

"Tem pernilongos."

"Até logo."

Saiu da cabine e foi até a mesa onde Willy Mallon esperava por ele. Estava contente de ter escondido tão bem o suporte de caneta.

"Tudo bem?", Willy perguntou. Seu rosto era lavado e lustroso e exibia o que o sr. Newman considerava uma expressão tipicamente irlandesa. Os olhos tinham pálpebras lisas e eram azuis, as orelhas de abano. Contou que tinha apenas trinta e três anos e já tivera quatro filhos.

"Imagine", disse o sr. Newman, sentado diante dele à mesa, "tão perto e nunca nos encontramos."

"Eu só entro às dez quase toda manhã e saio às quatro. Talvez por isso", Willy explicou.

"Acho que sim", concordou o sr. Newman. Tinha ido ao banheiro do restaurante antes de telefonar para casa, e seu cabelo parecia o de alguém saído de uma piscina.

"Parece uma boa colocação, Willy", ele elogiou a contragosto. Estava ligeiramente surpreso com os horários de Willy. Na verdade, desconfiava um pouco da sinceridade de Willy, porque o sujeito parecia bem demais para sua idade. Havia escolhido um restaurante em que o sr. Newman nunca ousaria entrar. Onde muitos acionistas iam comer. Os talheres eram de prata de lei e os guardanapos de linho pesado. Havia vigas escurecidas no teto e painéis pretos nas paredes.

"Ah, eu gosto", disse Willy. "Bom emprego."

"Há quanto tempo está nessa companhia?"

"Desde que saí do colegial. Na verdade, é o único emprego que tive até hoje."

"Foi subindo lá dentro, hein?", o sr. Newman riu para disfarçar a inveja.

"Acho que dá para dizer isso. Sou o segundo encarregado das vendas. Na verdade, sou o encarregado. Um chefe está na Marinha. E você? A propósito, você mudou bastante."

"Mudei?"

"Acho que nem reconheceria você se não tivesse falado comigo."

"Bom, depois dos quarenta, sabe como é..."

"É, acho que sei. O que vai comer?"

O garçom curvou-se sobre eles. O sr. Newman tinha sete dólares no bolso. Os pratos custavam de dois dólares para cima. Ele escolheu um de dois dólares e ficou aliviado de ver Willy fazer a mesma coisa. Sabendo agora como ele estava bem colocado, lamentou ter insistido para jantarem juntos. Não tinha coragem de contar a Willy Mallon, o entregador de pão, que gostaria que perguntasse em sua empresa se haveria uma vaga.

Quando o garçom se afastou, retomaram a conversa.

"Não se casou, hã?", Willy perguntou, pensativo, como se tentasse concluir alguma coisa sobre Newman.

"Não", Newman riu de novo, "nunca tive tempo para isso." Sempre que se sentia exposto ele ria, depois se interrompia e mantinha a boca aberta, pensativo, brincando com qualquer coisa que estivesse à mão. Nesse caso, a faca. "Mas tenho planos." Ao ouvir o que disse, ficou alarmado. "A coisa ainda está... bom, nos primeiros estágios, eu diria, mas estou interessado nela. Acho que tenho andado ocupado demais para sair à caça."

Estava com o rosto vermelho; era capaz de dar uma bofetada em Willy por tê-lo feito mentir.

"Como está seu trabalho? Ainda está na..."

O sr. Newman estudou a lâmina brilhante da faca. Depois de um discreto suspiro pela boca e de um olhar voltado diretamente para o rosto de Willy, calculados para prefaciar uma declaração pessoal, ele disse: "Resolvi dar uma parada, finalmente".

"É mesmo?", Willy pareceu genuinamente interessado. Olhou os óculos de Newman com profunda simpatia. "Está parado há quanto tempo?"

"Desde ontem, apenas."

"Ah, então está só começando a procurar."

"Não estou preocupado", garantiu com o que julgou ser a confiança de um homem que conhecia o próprio valor. "Imaginei se você não saberia de alguma coisa na sua empresa. Como sabe, trabalho com recursos humanos..."

"Ah, claro, eu me lembro..."

"Naturalmente, não são muitas as empresas que têm uso para uma pessoa como eu. Quer dizer, teria de ser uma companhia bem grande para precisar de mim."

"Bom, mas existem algumas. Não sei como estamos em termos de pessoal, mas se quiser eu posso perguntar."

"Tudo bem, se lembrar. Mas não precisa se incomodar..."

"Não é incômodo nenhum. Amanhã mesmo pergunto. Onde você já tentou até agora? Conheço algumas pessoas e posso perguntar em outros lugares."

"Bom, eu estava saindo da Companhia Meynes quando encontrei você..."

"É, a Meynes seria perfeita para você. Muitos funcionários..."

"É, tive uma boa conversa lá com um tal senhor Bellows. Bom sujeito. Me segurou por quase uma hora. Ele disse que..."

"Olhe, acabo de me lembrar. Sabe onde você devia procurar?"

"Onde?", Newman perguntou, tirando os óculos.

Em ondulantes borrões, viu a ponta rosada da língua de Willy aparecer ligeiramente enquanto o sujeito erguia os olhos e pensava, os dedos levantados, prestes a serem estalados. "Estou tentando lembrar como chama a empresa em que ele trabalha." Os dedos estalaram e ele se mexeu, impaciente, os olhos azuis intensos no candelabro de vidro. "Estive com ele na quinta-feira, e ele me disse que estava procurando alguém. Se me lembro bem, era algum trabalho no departamento pessoal."

"Como ele se chama? Quem sabe eu possa ir falar com ele."

"O nome dele é Stevens. Cole Stevens, mas não me lembro de que empresa... Ah, claro, a Companhia Akron. Empresa de engenharia. Perderam o funcionário para o Exército. Imagine, convocarem um homem de trinta e seis anos, com dois filhos? De qualquer modo, eles precisam de alguém..."

Quando saíram do restaurante, as luzes dos postes estavam acesas, e a noite caía sobre o vale da rua. Os edifícios gigantescos em torno deles já se perdiam no escuro do céu. Caminharam juntos até a esquina onde se despediriam.

"Apareça quando puder", disse Willy, apertando a mão macia de Newman.

"Obrigado, Willy. Lembranças à família."

"Obrigado. Quer anotar o nome de Stevens? Ele é da Companhia Akron. Não vai esquecer?"

"Ah, eu nunca esqueço." Newman riu, cansado, como se quisesse dizer que era confiável, como se ainda fosse preciso.

"É melhor ir falar com ele amanhã logo cedo. Porque eu sei que ele está procurando alguém", Willy disse com um tom especial de animação, como se não conseguisse entender por que Newman havia desmoronado de forma tão súbita.

"Obrigado, eu vou. Bom, boa noite, e não trabalhe demais", Newman acenou, frouxamente.

"Você se cuide. E me diga como está se saindo."

"Pode deixar."

Willy acenou e seguiu pela rua estreita.

Durante um momento, o sr. Newman ficou parado na esquina. Lentamente pegou os óculos e pôs no rosto.

Àquela hora, qualquer um podia armar uma barraca perto de Wall Street e dormir profundamente, sem ouvir quase nem um passo, nem um carro nas ruas. Os prédios estavam bem trancados, como cofres espigados. As lojas escuras. A cidade estava morta até onde o olho podia alcançar, e o verde aroma do mar pairava sobre as calçadas. O sr. Newman se viu compelido a andar; a estatura inabalável dos edifícios o empurrava. Caminhou devagar, como um homem que gastou suas forças correndo para uma liquidação e descobriu que haviam vendido tudo. Nenhum outro ser vivo respirava com ele naquelas ruas, nem cachorros, nem gatos vadios, pois não havia nenhum ali. Até os pombos se recolhiam lá no alto, em igrejas, quietos, calmos, invisíveis. Ele caminhou, olhando sem paixão as estrelas baixas entre os edifícios lá longe na avenida, onde ela terminava na baía. Por fim, sentiu-se muito cansado e sentou numa mureta alta de pedras que circundava o gramado da igreja Trinity. Acima de sua cabeça e atrás dele ouvia o bater de asas dos pombos e, quando se acostumaram com sua presença, tudo se aquietou outra vez. Uma oca solidão baixou sobre ele mais uma vez, e ficou sentado muito quieto, com as costas apoiadas na grade de ferro do pátio da igreja, ouvindo o silêncio.

Não conseguia pensar porque não havia nada a decidir. Instintivamente sabia que não havia nada que pudesse fazer.

Era uma farsa tão indigna que exigia uma risada muito mais violenta do que ele jamais poderia gerar. Tudo o que podia fazer era lançar um olhar vago, chocado, paralisado. Um estranho total que precisava de um homem exatamente com sua experiência o tomara por judeu, e por isso ele não conseguira um emprego que por direito — quase por destino — estava à sua espera. Mas o que o chocava e punha naquele estupor era que não podia voltar e explicar ao sujeito. Era isso que o fazia ficar olhando fixo tão amortecido.

Com todas as palavras da língua inglesa, não havia nenhuma com que pudesse explicar para o sr. Stevens...

O que havia exatamente para ser explicado? Ele tentou discernir isso. Muito bem, pensou, posso convencê-lo de que não sou judeu. Podia chegar ao ponto de mostrar para ele o meu atestado de batismo. Muito bem. Ele acreditaria então que eu sou o que realmente sou.

Os pensamentos do sr. Newman começaram a se confundir. Porque sabia que, a despeito de qualquer prova, o sr. Stevens não iria contratá-lo, nem gostaria dele mais do que gostava agora. Era uma coisa irreal, fugidia, mas ele sabia que era assim. Pois sabia que na sua época do cubículo de vidro nenhuma prova, nenhum documento, nenhuma palavra poderia mudar a forma de um rosto de que ele próprio desconfiava.

Um rosto... A monstruosa ironia da coisa lhe trouxe lágrimas aos olhos. Ele se levantou e começou a andar de novo, como se fosse encontrar no escuro à sua frente a chave para sair daquele estado de confusão. Será possível, pensou, que o sr. Stevens tenha olhado para mim e achado que não sou confiável, ou ganancioso, ou ruidoso por causa de minha cara? Não era possível, pensou. Simplesmente não podia ser. Porque eu não sou indigno de confiança e sou uma pessoa tranquila. E no entanto seria absolutamente impossível convencer aquele homem.

A sensação de alarme começou a feri-lo feito uma ponta afiada em sua carne, e ele andou mais depressa. Devia haver alguma coisa que pudesse fazer dali em diante para indicar a um empregador que era o que era, um homem de grande fidelidade e boas maneiras. O que podia fazer, que novas maneiras poderia adotar? Tinha mudado suas velhas maneiras? Deus do céu, alguma coisa teria mudado em sua maneira de andar ou falar nesses últimos dias? Revisou cuidadosamente a si mesmo e concluiu que por fora continuava o mesmo que sempre tinha sido. Então o que sobre a face da terra ele podia fazer para mostrar às pessoas que ainda era Lawrence Newman?

Seu rosto. Ao lado de um poste de luz numa esquina, ele se deteve. *Ele* não era o seu rosto. Ninguém tinha o direito de dispensá-lo desse jeito por causa de seu rosto. Ninguém! Ele era *ele*, um ser humano com uma determinada história, e não era o seu rosto que parecia ter surgido de uma outra história, alheia e suja. Estavam tentando fazer dele duas pessoas! Estavam olhando para ele como se fosse culpado de alguma coisa, como se os tivesse magoado! Não podiam fazer isso! Não ousariam fazer isso, porque ele era ninguém menos que Lawrence Newman...

O som da própria voz abalou sua visão, e a rua vazia apareceu em torno dele, deixando-o paralisado.

Tremendo, olhou à frente e viu a luz de entrada do metrô. Apressou-se para lá. Ficava a dois quarteirões, dois longos quarteirões. Passou pelo cemitério da igreja, e as lápides deslizaram com sua fria mensagem; a própria escuridão parecia ter uma forma cavernosa. Ele seguiu para as luzes da entrada e quando chegou lá estava quase correndo.

Em casa, foi logo à procura de Fred, que encontrou no canil de tela de galinheiro. Quando abriu o portão, os dois setters vermelhos foram até ele, farejando loucamente, e ficaram ali parados, erguendo delicadamente as patas e olhando para ele. Conversou com Fred tranquilamente sobre o tempo, sobre a lua que estava baixa no céu, projetando suas sombras no chão de terra do canil.

"Pena eles terem de ficar presos aqui o ano inteiro e sair para caçar apenas duas semanas", Newman disse em voz baixa, olhando os olhos dos cães.

Fred estendeu a mão e afagou a cabeça de um cachorro, depois ficou olhando para eles com as mãos nos quadris. "Não se preocupe, eu vou ter uma casa no campo algum dia", disse, tão certo como se estivesse de fato negociando a compra, mas mantendo um tom reticente, como todo bom negociante.

"Está economizando para isso?", Newman perguntou sorrindo.

"Economizar não basta para o lugar que eu quero. Mas vou conseguir." Ele continuou olhando os cachorros.

"Está falando sério mesmo?", Newman sussurrou, impressionado.

"Claro que estou." Fred olhou para os óculos de Newman. "Não vou ser idiota a vida inteira. A gente arrebenta com os judeus e o dinheiro jorra como num caça-níqueis. Eles são tão ricos que lavam os pratos com água mineral."

Newman riu baixinho, e Fred também, enquanto se abaixava para pegar uma vassoura e varrer os cocôs para um lado. Newman ficou parado, imóvel, olhando para ele.

Depois de algum tempo, desceu com Fred ao porão e ficou olhando enquanto ele lixava a miniatura de barco. Estava de óculos, e um estranho prazer de conquista correu por dentro dele sentado ali, tão bem recebido sem precisar dizer nada. E enquanto as mãos de Fred esfregavam a lixa para a frente e para trás, para a frente e para trás, o sr. Newman começou a falar da guerra e de como tinha matado o alemão. A lixa parou e o porão ficou silencioso quando ele descreveu a ferida, pois tinha ido até o morto e visto o buraco da bala. Atravessara o pescoço e saíra pelo alto da cabeça.

9.

Fim da tarde de domingo. Uma ruazinha suburbana ladeada por árvores recém-plantadas. As folhas secas pendem, imóveis. Na janela, vasos de gerânios vergados sob o peso da poeira. Uma velha encharca cuidadosamente o trecho de gramado amarelo em frente a sua casa, um velho cachorro spaniel balançando a cabeça a seu lado. Dois meninos queimados de sol chutam uma pedra pela sarjeta ao voltarem da praia para casa, os calções de banho pendurados nos ombros vermelhos. Uma moça de short lava o carro com uma mangueira, observada por um grupo de homens que tenta jogar cartas numa varanda. No alto de uma escada, encostada a uma casa no meio do quarteirão, um homem de meia-idade pinta as venezianas de seu quarto. Mutucas pesadas encontram os gerânios, a velha, o spaniel, a moça, e atacam o pescoço do homem na escada.

Com todos esses detalhes, o quarteirão impressionou o sr. Newman enquanto ele espalhava devagar a tinta verde sobre a madeira cheirando a quente. Pois, embora atento ao pincel molhado em sua mão, ele não estava no alto da escada porque as venezianas precisassem ser pintadas. Fora atraído ali para cima como um gato que às vezes salta para o galho de uma árvore sem nenhuma razão discernível e senta cuidadosamente, observando o que parece a ponto de acontecer lá embaixo.

Só na escada ele podia atingir seu objetivo. Sentado na varanda, teria de encarar Fred e Carlson quando voltassem de Paradise Gardens. No quintal dos fundos pareceria que ele estava se escondendo deles, enquanto ali em cima podia ser visto e ao mesmo tempo olhar para o lado contrário à rua, de forma que se resolvessem cumprimentá-lo poderiam e, caso contrário, poderiam ignorá-lo de novo e ele fingir que nem tinha notado o seu retorno.

Muito lentamente, espalhou a tinta verde, descansou por longos momentos, depois trabalhou mais um pouquinho e parou de novo para ouvir o carro de Fred. O calor que emanava dos tijolos ameaçava deixá-lo doente, mas não ia descer. Tinha de saber.

O horror do pesadelo, a força implacável mas indefinida de uma alucinação pairava sobre ele, que lutava para se libertar dela e entender o que estava lhe acontecendo. Espalhando a tinta com cuidado, batalhou para lembrar o que o levara àquilo.

Olhando para os dias passados em busca de emprego, ele não conseguia lembrar com clareza se alguma coisa havia acontecido na quarta-feira, na sexta ou na segunda. Os dias tinham passado, suas formas e cores agora se mesclavam em um único tom cinzento.

Só a sexta-feira era clara. A coisa terrível que acontecera na sexta-feira.

Ao sair de um edifício, o primeiro indício de terror veio com o vento. Embora ainda estivessem no meio do verão, o tempo pareceu por um momento virar de repente outono. Ele imaginou neve caindo logo. A mudança no ar trouxe o medo de que pudesse passar todo o verão sem um emprego. No inverno, dava para fingir para si mesmo que estava numa espécie de férias. Em dias frios, um homem não saía andando pela rua daquele jeito.

Como que para escapar da visão, ele entrou num café, pediu um pedaço de bolo, uma xícara de café e um copo d'água, e sentou-se a uma mesa. Mastigando o bolo pastoso, estendeu a mão para o copo d'água. Com as costas da mão entornou o copo, que caiu da mesa.

Depois de um único olhar, tirou o lenço limpo e, sorrindo polidamente, ofereceu-o à matrona sentada a seu lado, cuja meia ficara encharcada. Os olhos dela subiram para os dele — dois olhos que se transformaram em metal no momento em que ela o viu. As desculpas congelaram na garganta dele antes da ofensa que retorceu os lábios dela. Como se um súbito vento gelado soprasse dela para ele, Newman sentiu que teria de gritar para atingir o ser humano por trás daqueles olhos de botão. Voltou a comer, deixou o copo no chão e a mulher resmungando.

Ao se levantar, viu o rapaz de uma outra mesa, que estava a observá-lo, mas cujo olhar ele não ousou encarar até estar pronto para sair. O mesmo brilho senhorial cintilava nos olhos do rapaz, e Newman, como se estivesse ocupado, saiu depressa, o coração disparado.

Caminhando pela rua essa tarde, ele não conseguiu fazer seu corpo parar de tremer, já que a presença da animosidade começara a alcançá-lo. Não exatamente aqui, nem ali, não nesta esquina, nem naquela, mas uma sombra dela num rosto que passava, e um olhar peculiar de um homem que saía de uma loja. Um motorista de caminhão que xingava seu pneu furado, estranhamente xingava a ele. Ridículo... e presente. Sempre ali a seu lado. Absolutamente ridículo e absolutamente presente.

O metrô dessa noite o embalou para casa. Estranhamente, nessas noites ele gostava do metrô lotado. Podia pegar o trem dois minutos antes das cinco e conseguir um lugar para sentar, e depois, em paradas sucessivas, as pessoas entrariam depressa e ele se veria enterrado ali em seu lugar, cercado por todos os que estivessem em pé. E, sentado ali essa noite, ele deixou sua mente se perder no estampado do vestido de uma mulher que estava a não mais de trinta centímetros de seu rosto, e nessa privacidade ele viu a verdade. Nos escritórios que havia visitado devia haver empregos disponíveis. Havia uma guerra em curso. Encarregados de departamento pessoal eram preciosos, porque as companhias estavam contratando milhares de trabalhadores. Mas para ele não havia nada além do polido sorriso de recusa. Porque estava falando com outros encarregados de departamento pessoal, homens que tinham recebido as mesmas instruções que ele recebera quando trabalhava para Gargan. E eles eram argutos em classificar pessoas tanto quanto ele havia sido. O fato era que ele nunca mais seria um encarregado de departamento pessoal. Tinha sido o orgulho de sua vida, a coisa que possibilitara que ele não tivesse esposa, e ele nunca mais teria isso; aquela emoção de contratar e ser o responsável nunca mais seria sua. Em nome de Deus, o que ele podia ser agora, com a sua idade? Pensou em arrumar algum tipo de emprego em fábrica. Ou um mero emprego de escriturário, ou alguma coisa num escritório, alguma coisa... Não podia, simplesmente não podia. Ele era um encarregado de departamento pessoal, um...

Com o sexto sentido de um usuário de metrô, ele sabia que sua estação estava se aproximando e conseguiu se pôr de pé. Em outros tempos, quando passageiros se recusavam a lhe dar passagem para a porta, ele abria espaço com alguma demonstração de indignação. Agora, gentilmente chamava a atenção da pessoa em seu caminho com um toque no braço — e esse mero gesto lhe partia o coração. O trem diminuiu a velocidade e a multidão empurrou-o por trás. O trem parou. As portas se abriram. Seu rosto foi imprensado contra as costas do homem à frente. Por um instante, não conseguiu respirar e no fundo dele um choro ameaçou irromper, ele tinha de sair. A massa começou a se deslocar, impelida pela fome e pela necessidade de chegar em casa e trocar de roupa, e de repente ele foi lançado para fora do trem e atirado em cima de um homem gordo que estava parado bem na frente da porta. Ao cair, ele projetou o pé para se equilibrar, pisou em cima dos pés do gordo e para se endireitar inteiramente teve de agarrar a lapela do homem por um instante. O gordo deu um tapa em sua mão com a mesma aspereza com que a multidão passava. O sr. Newman parou ofegante na frente do gordo, que entrou no trem e, segurando as portas para falar, gritou entre dentes: "Essa gente! Quando vão aprender a ter educação!".

O sr. Newman começou a rir, mas em vez de riso ouviu um soluço de raiva na garganta. O trem levou o homem embora.

Nessa noite, depois do jantar, ele sentiu de novo uma vontade imperiosa de estar com Fred. A cerca que separava os dois quintais tinha apenas sessenta centímetros de altura. Ele passou por cima, desceu a escada de concreto e entrou no porão de Fred. Fred estava sentado à bancada e ao lado dele Carlson, em pé. O sr. Newman foi até eles e ficou olhando as mãos de Fred, que estavam instalando o minúsculo motor a gasolina em seu lugar, no fundo do barco. Os dois homens pareceram não notar sua chegada. Ele entendeu, estavam concentrados no barco.

Com o motor no lugar, Fred foi até uma cadeira e sentou-se. Carlson foi até a cadeira de balanço e conversaram sobre o motor. Fred explicou quanta gasolina era necessária para navegar cinquenta metros. Newman ficou parado junto à bancada. Eles não tinham nem lhe dito alô. Passaram-se dez minutos. Ele sentiu que estava ficando vermelho e disse alguma coisa. Fred levantou os olhos, assimilou sua presença e continuou falando com Carlson, que teimosamente mantinha os olhos duros apenas em Fred.

Depois de alguns minutos mais, Newman de repente levantou a cabeça. "É o meu telefone?", perguntou. Os três escutaram e ele saiu depressa do porão.

Em seu quarto, ficou parado à janela olhando demoradamente para o escuro lá embaixo, no quintal. Depois se deitou, amortecido, insensível. E acabou dormindo.

Agora, no alto da escada, ele se deu conta de que tinha terminado de pintar as venezianas. E Fred e Carlson ainda não tinham voltado de Paradise Gardens, onde tinham ido tomar uma cerveja duas horas antes, sem convidá-lo, embora ele estivesse sentado ao alcance da voz em sua varanda. Newman inspecionou e reinspecionou as venezianas para ver se encontrava um ponto esquecido. Mas a madeira estava toda com um verde novo, cada centímetro dela, e a mesma cor, dessa vez, das janelas de Fred e do resto do quarteirão.

Não conseguia ficar ali mais tempo. O degrau da escada estava machucando os arcos dos pés. Cuidadosamente, pegou a lata de tinta do gancho de metal e desceu, degrau por degrau. Ao chegar ao chão da varanda, ouviu o motor de um carro que virava a esquina.

Num relance reconheceu o carro de Fred e ocupou-se baixando a extensão superior da escada. O carro estacionou na calçada.

Ouviu então o ranger de molas e a batida da porta do veículo quando os dois homens desceram. Soltando a corda que prendia a extensão superior da escada, Newman não virou a cabeça. Tinha pintado as venezianas. Seria novidade se Carlson, que observava tudo, passasse sem comentar o trabalho que ele havia feito. Além disso, agora que o viam de novo era impossível acreditar que passassem direto — Fred entrando em sua casa e

Carlson atravessando a rua para a dele — sem um cumprimento, sem dar uma desculpa por não tê-lo convidado para ir junto.

A escada desceu quando ele deixou a corda correr devagar na mão. Ouviu os passos de Carlson atravessando para sua casa. Ouviu Fred subindo o caminho de cimento, ouviu quando ele entrou na varanda, ouviu quando abriu a porta de tela...

Incapaz de reprimir sua voz, Newman virou a cabeça e disse: "Oi".

Fred tinha aberto a porta de tela e olhou para Newman através da trama, o pé na soleira. Os olhos inchados estavam vermelhos, as faces relaxadas pela cerveja. Newman viu, alarmado, ele mexer a cabeça lentamente até encostar o nariz na tela. Depois, sorrindo idiotamente e sem foco, resmungou, rouco: "Tomei umas...". Numa cambaleante tentativa de entrar em casa ereto, ele esbarrou o ombro no batente da porta e desapareceu lá para dentro.

Nessa noite, deitado na cama ao lado da janela aberta, o sr. Newman olhou a lua, porque não conseguia dormir. O nariz de Fred pressionado contra a tela ficara em sua cabeça. Será que isso queria dizer alguma coisa, o modo como ele fizera aquilo tão metodicamente? Um nariz amassado... E no entanto tinha dito uma coisa bastante amigável imediatamente em seguida. Além disso, estava bêbado. Mas por que agia de modo tão estranho?

As horas passaram calmamente e o deixaram silencioso e solitário. Depois de algum tempo, levantou-se e foi ao banheiro, acendeu a luz e ficou um longo tempo olhando seu rosto no espelho. Não havia pensamentos, nem planos, nem mesmo medo. Ele parecia incapaz de sentir qualquer coisa.

De manhã, abriu a porta da frente, saiu para a varanda, e seu pé direito hesitou um momento antes de descer para o piso de tijolos. Sua lata de lixo estava caída de lado no meio da calçada. Sobre o gramado, o conteúdo dela cuidadosamente espalhado. Ele olhou para um lado e outro da rua. Todas as outras latas, com os sacos de estopa cheios de papel, estavam alinhadas no meio-fio, tampadas.

10.

O sr. Finkelstein ainda era jovem, mas como judeu era muito velho. Ele sabia o que estava acontecendo. Dificilmente teria como não saber. Duas vezes nas últimas duas semanas, ao sair de casa às seis da manhã para abrir a loja, tinha encontrado a lata de lixo caída e o conteúdo todo espalhado pela calçada.

Então, quando nessa segunda-feira de manhã ele saiu de casa às seis da manhã e encontrou a lata de lixo novamente virada, com cascas de grapefruit espalhadas até a varanda, hesitou apenas um breve instante e começou a recolher o lixo outra vez, com dois pedaços de papelão duro, e jogou dentro da lata de novo. Sorrindo o tempo todo. Sempre que ficava assustado ou especialmente irritado, ele sorria. Era como uma velha piada que lhe era repetida e repetida a vida toda, e tudo o que ele podia fazer era sorrir da idiotice de quem contava a piada. Mas ele sorria também porque tinha uma sensação instintiva de que, de uma daquelas casas do outro lado da rua, alguém estava olhando enquanto ele recolhia o lixo.

Foi só quando ele endireitou o corpo depois de colocar a lata em seu lugar e olhar a rua com as latas em seus devidos lugares na frente de cada casa — só então ele ficou confuso. Porque notou, sobressaltado, que o gramado da casa do sr. Newman também estava salpicado de lixo, e a lata de lixo do sr. Newman estava caída de lado.

O sr. Finkelstein observou tudo com muito cuidado, estudou os fatos. Seria possível, pensou, que sua mulher estivesse certa ao dizer que Newman era um nome judaico? Nisso ele não acreditava, embora não soubesse por quê. Simplesmente tomara por certo que o sr. Newman que trabalhava para aquela grande companhia não era judeu, se bem que ultimamente...

De qualquer forma, tinha trabalho a fazer, então abriu a loja, baixou a parte superior da porta, puxou a banca de madeira para fora e abriu o pacote de jornais que o caminhão sempre deixava na calçada. Mal tinha começado a cortar o barbante quando notou a beiradinha de papel amarelo pulando para fora, embaixo do primeiro exemplar do *Times*. Puxou o papel. Tinha algo escrito ali. A porção mais suscetível de seu temperamento martelou contra suas têmporas quando leu. Depois, dobrando o papel amarelo, guardou-o cuidadosamente no bolso da camisa. Mas dando um jeito de deixar uma parte aparecendo.

Depois de arrumar bem os jornais em cima da banca, pôs o calço debaixo da porta da loja, tirou sua cadeira dobrável e sentou-se ali ao lado, pronto para o comércio da manhã. Depois de alguns minutos e alguns jornais vendidos, ajeitou o papel amarelo para ficar aparecendo um pouco mais.

Parecia um Buda ali sentado. A esposa cozinhava bem demais, para seu azar. Tinha apenas quarenta e dois anos, mas as faces já estavam pesadas. Acabara de chegar ao ponto da vida em que se dava conta de que era inútil tentar evitar que o cinto escorregasse para debaixo da barriga. Mas tinha ombros muitos largos, braços e pulsos grossos e passos leves com seus pés muito pequenos. Mesmo assim tão cedo, e antes do café da manhã, fumava um charuto que nunca saía de sua boca. A manhã estava fresca, o céu maravilhosamente azul, as nuvens claras, brancas, e ele deixou o queixo duplo e flácido descansar sobre o peito, cruzou os braços e permitiu que o sol da manhã subisse por trás de sua nuca quente.

Quando estava sentado, ele raramente se mexia. Tinha essa habilidade. O lixo no gramado do sr. Newman brilhava ao sol quando olhava. E às oito horas, como sempre, o sr. Newman saiu de sua casa para ir trabalhar. O sr. Finkelstein viu quando ele parou ao ver o lixo. Observou quando ele voltou para dentro da casa e hesitou outra vez na escada da varanda. Viu quando se virou para o lixo outra vez e depois de uma pausa começou a recolher parte daquilo. Então, viu o sr. Newman jogar o lixo, enxugar as mãos no saco de estopa vazio e levar a lata da rua para a calçada.

Agora o sr. Newman vinha vindo pela rua em sua direção. Viu quando diminuiu o passo na frente da casa de seu vizinho — o caçador — e olhou para ela. Em seguida, o sr. Newman virou-se e observou a casa do sr. Carlson, do outro lado da rua. Depois de um momento, seguiu pela rua na direção do sr. Finkelstein, os olhos examinando as latas de lixo ao passar.

Nunca tinha visto o sr. Newman tão perturbado. A mão direita dele estava meio erguida enquanto caminhava, e tremia visivelmente. O sr. Finkelstein viu quando ele se aproximava. Sua perturbação era tão terrível que Finkelstein não podia deixar de sentir pena. Quando Newman chegou a dez metros da banca, Finkelstein assumiu a expressão vazia que tinha aprendido a cultivar ultimamente, e esperou Newman passar. Mas o homem parou a seu lado.

Com toda a calma, o sr. Finkelstein ergueu a cabeça. Viu que o lábio inferior de Newman estava tremendo como uma ostra viva. Os olhos piscavam depressa como se quisessem afastar um sonho.

"Chutaram a minha também", disse, e apontou a própria lata de lixo, que estava a uns seis metros de distância.

O sr. Newman olhou a lata de lixo de Finkelstein e depois para ele de novo. Começou a falar, mas sua língua enrolou. Ele se controlou e sussurrou, rouco: "Quem fez isso?".

Finkelstein riu. "Quem? Quem sempre faz isso? A Frente Cristã."

Ele estudou o tremor convulsivo do lábio inferior do sr. Newman.

"Acha que foram eles, é?", o sr. Newman perguntou, alheio.

"Quem anda por aí chutando latas de lixo senão aqueles miseráveis? Gente decente não faz essas coisas."

"Podia ser alguma criança", disse o sr. Newman, a voz amortecida.

"Podia ser, mas não foi", o sr. Finkelstein riu. "Só fui dormir à uma hora e levantei antes das cinco... Fiz a barba hoje de manhã. Entre uma e cinco não tem criança brincando na rua. Não se preocupe, foi a Frente."

O rosto do sr. Newman começou a ficar vermelho. E o sr. Finkelstein não conseguia dizer se era a raiva ou o medo que bombeava aquele sangue. Resolveu arriscar.

"Mas não precisa se preocupar, senhor Newman. No seu caso provavelmente foi um engano."

O sr. Newman virou depressa para ele. Mas viu que os olhinhos pretos do sr. Finkelstein estavam cheios apenas de curiosidade, sem nenhuma convicção de que se tratava de um erro: ele também estava apenas sondando o terreno. Parado ali, Newman alisou distraidamente o colete, e seguiu na direção do metrô.

Finkelstein ficou olhando Newman se afastar. Homem muito polido e arrumado, pensou, ao ver o terno azul imaculado dele desaparecer na esquina — um homem limpo. Provavelmente só está chateado porque sujaram seu jardim.

Sorriu para si mesmo de novo e sentou na cadeira dobrável. Quando o movimento da manhã terminou, ele tirou do bolso da camisa o papel amarelo, desdobrou cuidadosamente e, ajustando os óculos de aro de chifre na metade do nariz, leu outra vez.

"Judeu, se não mudar deste bairro dentro de cinco dias, vai desejar não ter nascido."

Cinco dias, pensou, e riu um pouco, silenciosamente. Bondade deles me dar cinco dias. Riu de novo e enfiou o alerta até a metade no bolso da camisa, de forma que ficasse aparecendo uma parte. Sentou-se de novo e olhou a rua, pronto para abrir um sorriso.

11.

Aparentemente, o choque da lata de lixo aguçou o senso de praticidade de Newman. Em vez da bobagem de procurar os grandes nomes do mundo dos negócios, ele estudou os anúncios de empregos por um novo ângulo e escolheu aqueles que convocavam centenas de mecânicos, funileiros, maquinistas e ferramenteiros. Entendeu que qualquer companhia que precisasse de tantos novos trabalhadores haveria de precisar de um homem para contratá-los. E foi por essa lógica que resolveu ir aos escritórios administrativos da Companhia Meyers-Peterson, uma empresa de que nunca tinha ouvido falar.

A fábrica principal ficava em Paterson, Nova Jersey, mas ali, no décimo andar de um edifício da rua Vinte e Nove, em Manhattan, ficava um escritório com ar-condicionado que começou a aquecer sua profunda admiração por tamanho e estabilidade. Em tempo de paz, a empresa produzia ventiladores e outros equipamentos elétricos. Os escritórios — pelo menos a sala de espera, que até o momento era tudo o que tinha visto — eram modernos, mas respeitavelmente desgastados. Ficou satisfeito também com o tipo executivo dos cavalheiros que estavam esperando nas outras poltronas e sofás para uma entrevista lá dentro. Se conseguisse se colocar ali, sentia, tinha uma boa chance de um emprego que poderia durar até o período pós-guerra.

Sentado na poltrona de couro como um forasteiro esperando para ver um certo sr. Ardell, ele temia a era desastrosa que viria a seguir. Mas, quando se permitia acreditar que ia ser contratado naquele dia, ficava bem satisfeito com a perspectiva de vir a ter um emprego em meio ao futuro desemprego. Porque não conseguia superar o ressentimento que sentia pelos salários pagos a quase qualquer homem que conseguisse levantar um martelo. Na verdade, como homem de tantas distinções particulares, não conseguia evitar a saudade secreta dos velhos dias da outra depressão, quando ele tinha toda a segurança de seu emprego enquanto outros eram despedidos à sua volta. A vitória era menos prazerosa quando era fácil ganhar.

E, de alguma forma, estudando a sala de espera e a moça no balcão da recepção, teve a forte impressão de que iria trabalhar para aquela empresa. Experimentou o nome da empresa em seus lábios. "Trabalho na Companhia Meyers-Peterson, aparelhagem elétrica", disse, como se respondendo a um amigo. E soava quase certo.

Em todos os seus cálculos para esse dia, a imagem da lata de lixo derrubada não surgiu diante de seus olhos. Porque estava guardada no fundo de sua mente agora. Durante três dias ele andara pela cidade com a lata de lixo derrubada na cabeça. Tinha ido à cidade aquela manhã e voltado à noite. Depois do jantar, fora ao porão de Fred e contara a ele sobre o incidente. Fred pareceu surpreso e garantiu que era um engano. Ou um engano ou o resultado de alguns dos rapazes perderem a linha. E ele ficara aliviado. Só depois de ir para a cama foi que começou a se perguntar. Sem dúvida, Fred devia ter notado o lixo quando saiu para passear com os cachorros aquela manhã. Por que preferira fingir ignorar aquilo? Fred sempre saía com os cachorros às sete da manhã.

A recepcionista chamou dois homens que esperavam e eles saíram da sala através de um grande arco, além do qual o sr. Newman viu um corredor com portas. Ela foi gentil e disse ao sr. Newman que ele ia ter de esperar mais alguns minutos para falar com o sr. Ardell. Ele então sentiu simpatia por ela. Era a primeira vez desde que chegara que sentia simpatia por ela, uma vez que era judia. Era esse fato — embora nem por um momento ele o tivesse levado em conta conscientemente — que o levara a acreditar que poderia encontrar uma colocação ali. Ao sair do elevador, tinha visto e logo registrado o rosto dela em sua mente, mas sua cabeça funcionava de modo a apagar o que não queria ver com clareza. Desde o momento que pôs os olhos nela, sentiu que tinha uma chance ali. Mas não porque contratassem judeus, porque ele era tão judeu quanto Herbert Hoover. Simplesmente tinha uma chance ali porque tinha uma chance ali. Como o sr. Lawrence Newman, um homem de grande experiência nos negócios, ele tinha uma chance ali. No momento, não existia outra razão no mundo.

A recepcionista o chamou. Ele se levantou e foi até ela. A moça se levantou da cadeira, foi com ele até o arco, apontou o corredor e disse quantas vezes virar e em que direções.

Ele se afastou dela e seguiu pelo corredor até a sala do sr. Ardell. Bateu no painel de vidro e ouviu uma voz lá dentro. Abriu a porta e entrou, chapéu na mão.

De início, a sala parecia vazia, porque não havia ninguém na cadeira atrás da grande mesa. Ele tinha parado logo depois da porta quando notou uma voz de mulher à sua esquerda. Virou a cabeça.

“Não quer sentar?”

Em sua excitação, ele a viu, mas seus olhos pareciam estar pulando de seu rosto, então sentou depressa numa cadeira ao lado da grande mesa. De costas para ela, porque nunca teria a pretensão de girar a cadeira para ficar de frente. Tudo o que sabia era que alguma coisa explodira em sua vida, e ele estava cego até a poeira baixar.

Quando ela passou a seu lado e sentou à mesa na frente dele, seu perfume atacou-o como um bastão. Ele sentiu as coxas dela flexionando-se ao sentar e o som do vestido crepitou em seus ouvidos.

Olhou para ela sem saber que expressão havia no próprio rosto. Estava tentando sorrir, porém. A excepcional sobrancelha direita, erguida como era, avaliou-o como daquela outra vez, mas agora ele não podia se levantar e ir embora. A curvatura dos lábios dela, incrivelmente vivos, mudou momentaneamente, como que para se adaptar às diferentes opiniões sobre ele que se revolviam em sua mente.

"O senhor Ardell saiu. Eu estou encarregada até ele voltar. Se quiser esperar por ele, tudo bem. Alguns homens não gostam de ser entrevistados por mulheres", ela disse, fria e formal.

Ele se debateu, incerto, em meio aos timbres da voz dela. "Eu... por mim tudo bem." E riu. Como um idiota, pensou instantaneamente.

"Quer trabalhar aqui?", ela perguntou, direta.

Ele fez que sim. "Imaginei se não haveria alguma coisa para mim aqui."

"Que tipo de trabalho o senhor gostaria?"

Havia algo mortal em sua voz de contralto, como se ela estivesse para encurralá-lo impiedosamente. Ela não se mexeu. Uma mulher reprimindo sua fúria é capaz de se manter absolutamente ereta, com a sobrancelha levantada absolutamente imóvel e os olhos absolutamente fixos. Apesar de que essa pode ser sua postura profissional costumeira, ele pensou, esperançoso.

"Gostaria de usar a minha experiência, se for possível."

"Não vai precisar da sua experiência neste lugar. Contratam qualquer um aqui. Só perguntam se você é um cidadão. Judeu, negro, italiano, qualquer um."

O ar correu para dentro da boca de Newman e dissolveu as palavras que ele ia dizer.

"O senhor achou que eu era judia", ela disse, vingativa.

Estava perguntando a ele. Ele assentiu, num movimento infinitesimal, os olhos bem abertos e fixos nela.

"Devia estar vesgo. É capaz de perceber isso agora, espero."

Era difícil para ele perceber. Era como um sonho. Era como ver um rosto num filme mudar e se dissolver, assumindo um novo caráter, embora permanecesse o mesmo rosto. Ela não havia mudado desde a entrevista na sala dele. Mas seus traços tiveram um novo efeito sobre ele. Seus olhos, nos quais ele detectara aquela zombaria recôndita, eram agora simplesmente os olhos escurecidos de uma mulher que havia chorado muito. E no entanto eram os mesmos olhos. O nariz... ocorreu-lhe que os irlandeses muitas vezes têm uma curvatura no nariz, e achou agora que combinava bem com ela. E no entanto era o mesmo nariz. Seu jeito de falar alto não parecia mais ofensivo. Ele sentia que era um jeito direto de ser, e o que antes achara indicar dureza agora mostrava um desdém por evasivas. Como judia, ela parecera estar vestida com gosto vulgar, muito espalhafatosa. Mas como gentia ele a considerava apenas colorida no mesmo vestido, uma mulher que expressava sua natureza estimulante nas roupas. Era como se ela agora tivesse direito a seus defeitos; como se sua originalidade, seu estilo, sua aspereza, não brotassem mais de má origem e de uma imitação ignorante das maneiras dos gentios, mas de uma mentalidade rebelde, uma mentalidade furiosa, que ousava desafiar as regras menores de comportamento. Como judia, ela parecera cáustica e impositiva, e ele detestara a si mesmo ao se sentir assustadoramente atraído por ela, mas agora não a temia mais, porque agora seu amor podia fluir incólume à culpa de amar o que sua dignidade sempre exigira que ele desdenhasse. Engoliu em seco e baixou os olhos para a mesa.

Não conseguia entender como podia ter se enganado com ela. Não havia nela nada que fosse judeu. Nada.

O remorso abrandou seu rosto quando encontrou de novo o olhar dela. "Quero me desculpar, senhorita Hart. Eu estava sob pressão naquele dia."

Ela piscou os olhos ironicamente e ergueu as sobrancelhas como se estivesse entediada. "Posso imaginar", disse.

Ele não entendeu. Sua cabeça avançou alguns centímetros quando perguntou: "Pode imaginar o quê?".

Ela olhou para ele com os olhos muito abertos. Ele sentiu a pele começar a queimar. Se ela não esclarecesse dentro de um momento, ele ia se afogar em sua condescendência brincalhona. Mas ela não disse nada, simplesmente aspirou pelos cantos da boca.

"Eu estava obedecendo a ordens, senhorita Hart", disse ele, escolhendo as palavras. "Não podia arriscar."

Ela esqueceu dos lábios, seu rosto relaxou, e ela estava ouvindo.

Com um ar de confidência, ele prosseguiu, agora debruçado na direção da mesa. "A empresa não contratava esse tipo de gente. De jeito nenhum. Nunca contrataram nenhum desde que abriram as portas. Entende? Nenhum. De jeito nenhum."

Ele sentiu a resistência dela se abrandar e ficou esperançoso diante da aproximação das sobrancelhas confusas. Ela parou de piscar, as mãos imóveis na beira da mesa. Olhava diretamente no rosto dele e levantou um milímetro a cabeça. Ele quase conseguia enxergar o que estava acontecendo com ele na câmera da cabeça dela. Então as sobrancelhas relaxaram e ela se mexeu e desviou os olhos, passando a língua pelo lábio inferior.

"Bom", disse em voz baixa e incomodada, "isso não importa. Eu não posso contratar o senhor..."

"Não me importa isso. Eu..." Ele estava inclinado sobre a borda da mesa: o rosto com um inchaço antinatural e o cabelo liso, fino, despenteado. "Pensei muito na senhorita desde aquele dia. Por favor, acredite em mim. Pensei mesmo."

Ela pareceu lisonjeada, apesar de não querer. Um braço macio deslizou devagar pelo braço da cadeira.

"É?", perguntou, sem se comprometer.

"Estou passando um mau momento ultimamente... na verdade, desde o dia em que foi me ver."

Isso pareceu interessá-la. Ele continuou.

"Sabe, eu... bom, francamente, tive de me demitir do meu posto. Iam me transferir para o posto de escriturário."

"Por quê?", ela perguntou, fascinada.

"Bom, parece que eles acham que, desde que passei a usar óculos, não tenho a aparência que eles desejam para um escritório aberto."

"Entende o que eu digo, então", ela falou. Pela primeira vez, sua voz abrandara. Newman percebeu que as palavras continham alguma compaixão por ele, e isso o fortalecia em sua busca.

"Entendo perfeitamente o que quer dizer." Sentiu o sangue subindo dentro dele e despejou: "Estou tentando uma colocação, e é a mesma coisa em todo lugar a que vou".

"Claro, são todos uns idiotas. Não vai chegar a lugar nenhum com eles."

"Cheguei a essa mesma conclusão. Por isso vim aqui."

"Como sabia que esta empresa era judaica?", ela perguntou.

"Ora... é?"

"O senhor não sabia?"

"Bom, o nome..."

"Meyers é judeu."

Ele fingiu considerar o fato e não falou nada. O que Meyers era não importava nada agora.

"Não quer trabalhar aqui, não é?", ela sorriu, como uma vítima das garras do sofrimento para alguém a ponto de entrar nelas.

Ele levantou os olhos para ela, triste, infeliz por ela ter identificado sua própria situação com a dele.

"Bom, é melhor querer."

Ele piscou os olhos como se estivesse desamparado e ferido.

"O senhor não está nada bem também, senhor Newman. Isso dá para ver."

"Dá?"

"Ah, claro, é visível." Os olhos dela passearam pelo rosto dele.

"Eu sinto muito por ter me enganado com você...", ele começou, indo direto ao ponto e ajudando a moça a chegar ao dela.

"Tudo bem. Nossa, não foi a primeira vez. Eu só estourei com o senhor porque pensei que... bom, o senhor sabe."

"Pensou mesmo?"

"Bom... não exatamente. Sabe como as pessoas são. Se a gente fica muito brava com alguém, meio que deseja que a pessoa seja um deles. Depende de como se olha a pessoa. Quer dizer, agora, por exemplo." Ela olhou para ele como se fosse alguém que pedira um comentário sobre um jeito novo de pentear o cabelo. "Neste momento, nunca me passaria pela cabeça. Entende?"

"Ah, claro", ele concordou.

Nunca tinha tido uma conversa tão fluente com uma mulher que considerava bonita. E, olhando seu rosto agora, entendeu de alguma forma que ele também era seu primeiro confidente. Pareceu chegar um momento de calma, um momento de silêncio satisfeito. Pela primeira vez, não havia nada para deixá-los tensos, e Newman examinou a pausa com gratidão e expectativa. E, quando ela falou, ele sentiu que estava ouvindo sua voz pessoal, com a mesma certeza com que via o relaxamento de suas pálpebras brilhantes pela primeira vez.

"Não posso contratar o senhor", ela disse em voz baixa, sem olhar para ele, "mas se voltar dentro de uma hora, Ardell vai estar aqui e eu falo do senhor para ele."

"Ótimo. Existe uma vaga disponível?"

"Bom, não é exatamente o que o senhor fazia, mas é um emprego decente. Querem alguém para receber as pessoas que vêm vender coisas para a companhia. O senhor mandaria as pessoas para o departamento adequado. Teria de aprender um pouco sobre o tipo de coisas que produzem, mas eles ensinam. É uma espécie de controle de tráfego de vendas... Acho que é assim que chamam. A empresa é maior do que parece. Vão ocupar mais dois andares deste prédio em outubro. O que o senhor faria seria evitar que vendedores batam nas portas dos escritórios errados. No meu entender, vai ser um emprego bom para depois da guerra, a menos que o país inteiro desmorone quando vier a paz."

"Como é esse Ardell?"

"Ah, ele é ótimo. Católico. Não pense que eles só contratam estrangeiros por causa daquela recepcionista lá fora. Peterson é sueco, ou coisa parecida, sabe? Tem gente de todo tipo aqui. Pegaram até um negro como contador."

Ela se levantou e ele também.

"Tenho de terminar de datilografar umas coisas. Vai voltar?"

Ele se animou com a sugestão de interesse na voz dela.

"Ah, sim", apressou-se em dizer, "você disse dentro de uma hora?"

Ela olhou o relógio. "É, volte em uma hora. Vou falar do senhor para ele."

Os olhares se encontraram. "Muito obrigado", ele disse, encolhendo a barriga.

"Esteja pronto." Indiferente, ela renegou o minúsculo avanço, foi para sua máquina e, ignorando-o, começou a datilografar depressa.

Ele foi até a porta sorrindo, mas ela não levantou os olhos, então ele saiu. Quando chegou à rua, surpreendeu-se por ter esquecido de perguntar qual era o salário. Isso pouco importava, naturalmente. Nada — nada mais no mundo parecia importar. Enquanto caminhava, ele se sentiu útil, quase necessário outra vez. Ela praticamente implorara que ele voltasse, o que, no momento, equivalia a Fred, Carlson, Gargan e o sr. Lorsch darem uma festa em sua homenagem; de qualquer forma, a presença invisível do perigo não estava nas ruas nesse dia.

12.

Ele não estava contente. Depois de duas semanas, achava que era um porteiro particular para os vendedores, e ninguém aparecia ali para falar com *ele*. Não estava contente, mas nunca estivera tão ansioso para chegar a seu local de trabalho todas as manhãs. Ela fazia com que se sentisse tão vivo que toda sua existência antes de conhecê-la começou a parecer um deserto, uma estúpida perda de tempo.

Estavam caminhando pela Quinta Avenida uma noite, tomando a fresca. Seu sentimento por ela às vezes era tão intenso que ele tinha vontade de beijá-la e abraçá-la na rua. Principalmente em momentos como aquele, em que os homens que passavam viravam a cabeça para olhar para ela — ele sabendo o tempo todo que tudo o que precisava fazer era se inclinar ao seu ouvido e pedir, que ela casaria com ele. Era uma coisa rara em sua vida ser capaz de estender a mão e conseguir uma coisa que desejava.

A avenida limpa e larga estava tão vazia que ela podia falar com liberdade. Tinha virado dois copos de uísque puro, o que o enervara um pouco, porque sempre tivera uma ideia muito firme sobre mulheres que *gostavam* de beber. Além disso, ela falava muito alto.

"É", ela estava dizendo, pronunciando a vogal um pouco fechada, "eu não sou o que se poderia chamar de uma corista." Olhou para ele, pronta para explodir numa risada. "Você fica meio envergonhado, não fica?"

"Ah, continue", ele riu, como se fosse preciso mais que isso. Esse jeito de falar ao mesmo tempo o deixava sedento por ela e o assustava.

"Eu ia casar com um ator. Nunca se case com um ator." Ela riu e puxou o braço dele. Ele riu com ela, mas não tão alto. Toda vez que ela tomava um drinque, esse ator parecia se esgueirar para dentro da conversa. "Ele era mais novo que eu, mas era lindo. Bonito mesmo, sabe?"

Suas pálpebras pareciam ter engrossado. Ela nunca revelara tanto sobre ele. "Uma manhã, dei um beijo de despedida nele e ele nunca mais voltou."

Ela parecia pronta para falar mais sobre essa pessoa.

"Você ainda... você acha que ainda gosta dele?", o sr. Newman arriscou.

"Eu?", ela riu, caçoando. "Hoje eu sou uma mulher muito dura, *signor.*" Era uma expressão curiosa que ela repetia de vez em quando. "Fico pensando em você. Nunca se casou mesmo?"

"Ah, não. Sempre fui um velho solteirão", ele sorriu.

"E como está assim tão conservado?"

"Ah, eu me cuido, só isso."

"Você", ela disse, inspecionando-o com certa admiração, "é o típico homem cuidadoso."

"Tenho meus momentos", ele disse, pouco à vontade. Deu-se conta de que pela primeira vez estavam realmente falando sobre si próprios.

Haviam chegado ao parque, e sentaram-se num banco de onde podiam ver os grandes hotéis que davam para o parque Plaza. Uma fila de carruagens esperava na calçada em frente, e ao lado de cada carruagem um velho cocheiro com cartola de seda. Atrás deles, uma fonte de mármore borbulhava, um menino sentado na beirada com os pés dentro da água.

Ela não soltou o braço dele, nem quando se sentaram. Ficaram um tempo em silêncio, olhando as limusines estacionarem nas portas iluminadas dos hotéis elegantes.

Baixinho, ela disse: "Que carro você tem?".

"Um Plymouth."

"Que tipo? O estilo, eu quero dizer."

"Ah, um sedã", ele disse quando passou um conversível cinza.

"A-hã."

Ela olhou o tráfego. "O que você faz para se divertir?"

"Não muita coisa. Sempre muito ocupado na vida, só trabalho."

"Uns têm tudo, outros não têm nada." Seus súbitos momentos filosóficos o agradavam. Ela parecia poética às vezes.

"Verdade, talvez. Se bem que eu tive a minha cota de coisas boas", ele suspirou.

"É? O quê?", ela perguntou, distraída.

"Ah, uma casa boa e... bem, um emprego bom."

"Mas você nunca se divertiu?"

"Bom, claro, eu..." Ele ia dizer que costumava jogar boliche com Fred e se divertia muito passeando de carro. Virou-se para ela. "Acho que nunca me diverti do jeito que você está dizendo", respondeu.

"Esse é o seu problema, Lawrence."

Ele sentiu que estava encolhendo e que não tinha nada a dizer, a não ser alguma bobagem. "Sempre fui aquilo que chamam de reprimido, Gertrude."

"Por isso é que eu sempre escolho atores." Ele não entendeu bem o que ela queria dizer com escolher, mas afastou esse pensamento da cabeça. "Atores às vezes têm classe. Ganham um dólar e gastam setenta e cinco centavos. Todo mundo economizando para pagar o seguro."

Ela parecia estar dizendo que sabia como ele tinha achado difícil pagar dois dólares e quarenta centavos pelas entradas para o Radio City duas noites antes.

"Bom, atores ganham muito mais dinheiro que..."

"Não ganham, não. Você nem sabe."

"Gostaria de ir a uma boate algum dia?", ele perguntou.

Ela olhou para ele e sorriu. "Você já foi a uma boate?"

"Não às boates de Nova York. Eu frequentava uma no Queens, com Fred. Ele é aquele vizinho de que eu estava falando."

"Uma boate no Queens", ela repetiu.

"Tem uns lugares bem movimentados no Queens."

"O que você faz lá?"

"Ah, a gente bebe e dança."

"Leva uma garota com você?"

"Geralmente não. Geralmente eu danço com a mulher do Fred. Mas eu não gosto muito de dançar. Acho as mulheres, quase todas, bem idiotas. Quer dizer, elas não são sérias", acrescentou depressa.

"Você bebe muito?"

"Não muito. Só socialmente."

Ficaram uns momentos sem dizer nada. Ela olhando os hotéis do outro lado da avenida.

"Uma moedinha pelos seus pensamentos", ele disse, fingindo uma risada.

Ela virou deliberadamente para ele. O efeito dos drinques tinha passado. "Vai continuar saindo comigo?", perguntou, séria.

"Você gostaria?", ele gaguejou.

"Diga sim ou não. Não sou do tipo que gruda", ela disse com um estranho tom de aborrecimento.

"Bom, claro que eu gostaria. Só estava pensando no que você sentia."

Ela rebateu o olhar dele com firmeza. "Por que você sai comigo?"

"Gosto da sua companhia. Essa é a verdade."

"Mais nada?"

"Às vezes, você é...", começou a repreendê-la delicadamente.

"Eu sei todas as respostas, não sei?" Ela desviou o rosto, como se estivesse preocupada consigo mesma.

"Tudo bem", ele conseguiu dizer. Mas ela ficou com o rosto virado.

"Por quê?"

"Acho que quero conhecer você melhor. Você disse que esteve em Hollywood. Gostou de lá?"

"Ah, é legal."

"Estava tentando trabalhar no cinema?"

"Hã, hã."

"Como atriz?"

"Eu sou cantora."

"É mesmo? Profissional?"

"Claro. Já fiz mais de duzentas apresentações."

"Que tipo de música?"

"De todo tipo. Animada, *blues*, para casamentos."

"O que aconteceu? Perdeu a voz?"

"Infelizmente, não."

"Por que diz isso?"

"Ainda quero cantar. Ainda consigo."

"Por que não canta?"

"Ninguém comete o mesmo erro duas vezes quando consegue evitar isso."

"Como o quê?"

"Não quero só rodar por aí com uma orquestra. Quero que me vejam. Como no cinema."

"Por que não contrataram você? Aposto que canta lindamente."

"Não tenho o tipo certo de beleza."

"Ah."

"Fiz o teste, mas parecia trágica demais para uma cantora."

"Ah", ele repetiu, em voz baixa.

"Depois foi para onde? Ficou em Hollywood?"

"Fiquei por causa do clima."

"Passou muito tempo sem trabalhar?"

"Não foi nada bom... Quer saber?"

"Quero. Quero mesmo, Gertrude."

"Tudo bem. Fiz o teste e não me escolheram. Então eu tive de entender que não ia adiantar, sabe? Aí, larguei a profissão. Mas tinha feito uns contatos e achei que talvez pudesse conseguir alguma coisa. Mas os meus contatos estavam todos atrás da mesma coisa, e eu fiquei de um jeito que não suportava nem que o motorista do ônibus tocasse minha mão para dar o troco. Então fiquei lá dois anos trabalhando para um homem que tinha um banho e tosa. Sabe? Dar banho e tosar cachorros..."

"É, já ouvi falar."

"Ele era legal comigo, para um homem. Eu me recuperei. Comecei a sair de novo. Bom..." Ela pensou. Ele observou seu olhar para dentro de si mesma, com o brilho dos faróis que passavam iluminando-lhe o rosto relaxado, que para ele tinha um caráter majestático agora. "Eu me apaixonei por um ator. Levei minha mãe para o casamento."

"Você é de onde?"

"Rochester. Sete irmãs. Sou a mais velha. Minha mãe chegou, ele foi embora."

"Não casou com você?"

"Não chegou nem perto. Simplesmente se mandou."

"Foi aí que você ficou doente?"

"É. Foi quando eu fiquei doente. Voltei para Rochester e fiquei parada. Foi quando entendi o que estava errado."

"Como assim?"

Ela virou para ele e pensou um momento. "Já ouviu o padre Coughlin falar?"

"Ah, claro. Muitas vezes."

"Eu sentia que ele estava falando para mim. Ouvindo ele falar, eu sabia que ele era sincero. Só isso que eu quero das pessoas, que elas sejam sinceras, e ele era. Ele me deixava aflita quando ouvia a voz dele. E as coisas que ele dizia eram tão verdadeiras, sabe? Ele é o único padre que eu ouvi que tinha a coragem de falar as coisas abertamente. Ele realmente sabe o que é Deus... Ou você não acha?"

"Acho. Acho que ele tinha muita força ao defender suas ideias. Você é católica?"

"Não, mas ia à igreja quase todo domingo. Não precisa ser católico para acreditar nele."

"Eu sei. Só perguntei."

"Ele me fez acreditar em Deus outra vez. Fez mesmo. Não estou brincando, ele me deu esperança. Quer dizer, achei que ainda existia gente honesta no mundo."

Uma quietude, uma calma exaltada baixou sobre eles. Ele tinha certeza de que ela estava se referindo a ele e ao modo gentil e sincero como a tinha tratado durante a última semana. Nesses momentos de silêncio, ele pensou que ela era espiritual. Uma mulher que havia sido maltratada. Ele queria aninhar sua cabeça nos braços, protegê-la. E no entanto não conseguia deixar de se perguntar como ela havia adquirido aquele sotaque do Brooklyn se era de Rochester, onde a fala era tão diferente.

"Você foi à escola em Rochester?", perguntou como quem não quer nada.

Ela olhou para ele. "Você não acredita que eu sou de Rochester?"

"Claro que acredito. Só estava pensando..."

"Acredita em tudo que eu digo?", ela perguntou com toda a franqueza.

Se ele dissesse não, ela iria levantar e ir embora. Ele sabia. Então disse que acreditava nela. E sem aviso ela pegou o rosto dele com ambas as mãos e levou seus lábios para junto dos dele, segurou-o de um jeito que ele não podia se mexer e olhou nos olhos dele como se fosse chorar. Então deu-lhe um beijo forte e soltou-o. Ele ficou parado, cego. Um momento depois, ela tirou um lenço, levou ao nariz com a cabeça inclinada para a frente e ele viu que ela estava chorando.

"Não chore", disse, agarrando sua mão.

Ela se levantou e começou a se afastar. Ele a alcançou. Ela não disse nada. Passearam pelo entorno do parque. Ele agradeceu a Deus que estivesse tão escuro.

Depois de um momento, ele teve a sensação de que ela esperava que a levasse para algum lugar. Até então, eles sempre tinham um destino quando caminhavam juntos. A entrada do parque ficava a menos de meio quarteirão.

Ele a pegou pelo braço, desajeitado como se fosse ajudá-la a subir um degrau. Mas não havia degraus ali, e ele não sabia se devia dizer alguma coisa antes de enfiar o braço todo debaixo do dela. A entrada do parque estava a poucos metros e ela parecia corresponder ao menor toque da mão dele. Prendendo a respiração, ele a conduziu ligeiramente para a direita, para a entrada, e ela obedeceu. Pegaram um caminho que serpenteava até um pequeno lago.

De ambos os lados, as ondulações do terreno e as árvores imóveis. O caminho descia ladeado por barrancos, e o ar não se movia. Passando por um banco, olhando em frente, ele viu um marinheiro e uma moça deitados. Ocorreu-lhe que não ia ao parque à noite desde a infância. Naquela época, havia homens que vagavam no escuro com lanternas e, quando encontravam um casal no gramado, exigiam dinheiro deles.

"Está frio aqui", ela disse, em voz baixa.

"Está, sim", ele concordou.

Seria hora, ele se perguntou, de pedir que ela o levasse a seu quarto, ou será que ela ia se ofender? De um lado, na escuridão entre os altos arbustos de lilases, ele ouviu um movimento e uma palavra sussurrada de forma apressada. Gertrude parecia ter mudado o ritmo de sua respiração. Ele não conseguia fazer aquilo. Qualquer coisa que ela esperasse dele, ele sabia que não conseguiria fazer. No escuro, viu um banco vazio debaixo de uma árvore envergada.

"Quer sentar?", ele perguntou, frouxamente.

"Claro", ela disse.

Uma moça veio correndo até eles quando chegaram ao banco. Estava sem fôlego, e o brilho de uma luz distante iluminou seu rosto: a boca era delicada e pequena, como a de um bebê, o cabelo, uma massa de pequenos caracóis e um pente marrom pendurado precariamente de um cacho solto.

"Ai, nossa!", ela ofegou na cara de Newman. Ele viu que a moça estava aterrorizada. Ela girou a cabeça para olhar para trás e os cachinhos tremeram.

"Nossa...", ela disse, puxando o ar.

"O que houve com você?", Gertrude perguntou, calma.

"Minha amiga. Viu uma garota com corpete azul e sandália?", perguntou, desesperada.

"Não, não vimos ninguém."

"Ai, nossa." Ela começou a chorar.

"Pare com isso", Gertrude interrompeu, irritada. "Onde deixou sua amiga?"

"Acho que um marinheiro pegou ela", disse a moça, olhando para trás outra vez.

"O que ele fez, agarrou?", Gertrude perguntou, com raiva do marinheiro.

Newman olhou para Gertrude, intrigado. Ele já teria ido embora nessa altura.

"Não, nós saímos. Meu marinheiro foi embora, eu procurei por ela e ela não estava lá", a moça explicou.

"O quê, vocês caíram na lábia deles?", Gertrude franziu a testa diante da estupidez da garota.

"É", a moça admitiu. Mas Newman viu que ela sabia que não estava sendo condenada.

"Sabe o nome deles?", Gertrude perguntou.

"Sei, mas não os nomes certos."

"Bom, melhor você chamar um guarda, é isso que você devia fazer."

"Não quero. Por favor, vão levar ela para a cadeia."

"Você está bêbada, não é?", Gertrude perguntou com o distanciamento de quem sabe o que está falando.

"Não, eu bebi, mas não estou mais bêbada. Por favor, a mãe dela vai me matar. É a primeira vez que ela sai. É uma menina. Por favor, eu prometi que levava ela de volta às nove horas."

Gertrude pensou por um momento. Newman ainda segurava seu braço e pressentia um desastre se Gertrude resolvesse acompanhar a moça.

"Onde você deixou a menina? Vamos lá", Gertrude disse afinal.

Agradecida, a moça lançou um olhar para Gertrude e com um gesto de criança indicou que a acompanhasse. Os três saíram correndo. Newman tentou pensar em alguma coisa para dizer; não suportava estar meramente acompanhando.

Seguiram intensa e rapidamente pelo caminho escuro. A pele de Newman começou a pinicar; ele temia Gertrude e sentia orgulho dela. Quem era ela? Quem era aquela moça? O que ele estava fazendo ali? Em nome de Deus...!

Chegaram a um bebedouro e a moça parou, olhou em torno tentando lembrar a direção. Apontou uma elevação não muito alta à esquerda do caminho. Era coberta de arbustos e não havia luzes, o que queria dizer que não havia nem caminho, nem polícia.

Gertrude contemplou a escuridão da elevação. Newman fingiu estudá-la também. Um medo do escuro que ele sempre sentira agora o invadia, vindo dali. Sentiu uma patela tremer.

"O marinheiro estava muito bêbado?", ele perguntou à moça, em um tom formal.

"Não sei. Não me lembro. Tenho de encontrar a minha amiga; por favor, senhor."

Gertrude olhou para ele. "Quer subir ali?"

A voz dela estava chorosa de excitação. Ele queria ir embora. Ela era uma estranha agora. "Tudo bem", ele sussurrou.

"Venha", ela disse.

Com a moça à frente, eles saíram da trilha e começaram a subir a elevação. Uma vez fora do caminho, não conseguiam enxergar nada. No escuro, ele ouvia a menina fungando à frente deles. Um momento depois, conseguiram divisá-la, ligeiramente curvada, como se tentasse enxergar o chão debaixo dos ramos baixos das árvores enquanto subiam. Newman agarrado ao braço de Gertrude. O corpo dele irradiava calor, e o colarinho o enforcava. Sentia-se maior, de alguma forma, um pouco corajoso, fora do comum. Era como se sempre tivesse querido perseguir as coisas assim e agora estava fazendo isso, como se Gertrude tivesse descoberto esse desejo dele e o tomasse por certo. E ele a amou pela confiança nele enquanto subiam no escuro atrás da garota encolhida e chorosa. Houve um movimento entre os ramos de um arbusto. Os três pararam. Newman sobressaltou-se, em choque, ao sentir os dedos de Gertrude se afundarem em seu antebraço. Ela apertava o braço dele contra seu corpo ao mesmo tempo. A garota se pôs de quatro e olhou embaixo dos arbustos. Depois de baixar a cabeça até o chão e espiar por baixo das densas folhas superiores, ela se levantou, veio até Gertrude e sussurrou no ouvido dela: "Não são eles". Então viraram e continuaram subindo. Newman sentiu os dedos de Gertrude relaxarem. A moça estava caminhando um pouco mais distante deles, porque tinham diminuído o passo. À frente e acima deles, viram o topo da elevação e a silhueta de uma gigantesca árvore negra contra o céu. Ao se aproximarem, alguma coisa branca apareceu ao pé da árvore. Viram a moça parar ao lado da árvore e num momento estavam a seu lado, olhando uma cama de jornais amassados no chão. A moça se abaixou, pegou alguma coisa, afastou-se da árvore e parou onde a sombra da árvore terminava, ao luar. Newman viu que ela estava com uma garrafa de uísque pequena na mão. Gertrude não fez nenhum movimento para ir até ela, e ficaram parados assim durante algum tempo, olhando a garota que lia o rótulo. Gertrude estava olhando ao redor, não mais para a moça. Ela deixou cair a garrafa e veio até eles. Respirou, pensativa, e disse baixinho: "Eles estavam aqui".

Virou a cabeça examinando os barrancos escuros abaixo deles. "Vocês podem ir comigo? Tem um lugar onde eles podem ter ido beber alguma coisa. Por favor, tenho de levar ela para casa. Tenho mesmo. Por favor, dona", ela disse, ameaçando chorar.

"Vá em frente", Gertrude sussurrou. Newman estremeceu com o langor grave daquela voz. A moça começou a descer por onde haviam subido. Gertrude e Newman viraram e foram atrás. Um momento depois, o profundo negrume da elevação os engoliu outra vez. Não viam mais a moça. Newman esperava que Gertrude fosse se apressar um pouco, ou chamar a garota. Seus passos ficaram mais lentos. Então pararam e Newman sentiu o corpo de Gertrude relaxar, seguiu e parou na sua frente. Ela estava trinta centímetros abaixo agora, ele acima dela e mais alto. Conseguiu segurar o braço dela. Instantaneamente ela deslizou o outro braço em torno dele e ele beijava seus lábios, o perfume dela penetrando nele como se a boca do frasco estivesse aberta debaixo de seu nariz.

Olhando através das folhas da árvore, ele podia ver o fraco fulgor de luz que a cidade em torno do parque projetava no céu. Seu corpo parecia alheio, amortecido, como o maxilar no dentista.

"Nossa!", ela exalou baixinho. Estava sacudindo a cabeça de um lado para o outro. Era a primeira palavra que qualquer um dos dois falava em meia hora.

Ele se virou e, olhando o perfil dela, tentou compor algumas palavras. Sua sensação de pena era tão intensa que o deixava rígido.

"Nossa", ela exalou de novo e virou a cabeça para ele. "Onde foi que você aprendeu essas coisas?"

"Eu..."

Antes que ele conseguisse começar a se desculpar, o rosto dela se aproximou do dele, ela beijou seus lábios e ele estremeceu. Depois, ela deixou a cabeça repousar na grama outra vez. "Nossa, a gente não devia ter feito isso. Você simplesmente me fez perder o chão, sabia? Me deixou louca." Ela pôs as costas da mão sobre os olhos.

Sua pena desapareceu quando se deu conta do quanto ela o amava. Ele se apoiou num cotovelo. "Você... está bem?", perguntou, hesitante.

"Estou", ela respirou suavemente, "muito bem. Nossa", ela irrompeu de novo num suspiro. "Não esperava isso de você. Simplesmente me deixou louca."

Perplexo, ele tentou lembrar como tudo acontecera e imaginou se era isso que queria dizer enlouquecer uma garota. "Não consegui me segurar, meu bem", ele disse, deixando um pouco de soar como quem pede desculpas.

Ela se sentou de repente, agarrou o rosto dele e o beijou, forçando sua cabeça na grama. Depois, pousando o rosto no peito dele, ela sussurrou, deslumbrada: "Nossa".

Ele olhou entre as árvores. Depois de um momento, expandiu o peito e ficou assim, respirando pela barriga. A sensibilidade começou a fluir pelo corpo outra vez. Seus membros pareciam estar ficando maiores e mais grossos. Durante um momento, sentiu-se com um metro e oitenta.

"Gertrude", ele disse. Tinham de ir embora. Ele ficava vigiando o escuro, pronto para o brilho de uma lanterna.

Ela levantou a cabeça e olhou para ele de cima. "Você está parecido com o Claude Rains agora", ela disse.

"Isso porque você não consegue enxergar meu rosto", ele sorriu.

"Mas posso imaginar a sua cara. Você tem as mesmas bolsas debaixo dos olhos. Tem mais ou menos a altura dele também. Parece mesmo. Eu vi o Claude Rains em Hollywood. Vocês são muito parecidos."

"Ah, continue."

"Não é brincadeira. Você podia fazer uma fortuna no cinema."

"Ah, pode parar." Aquilo o deixava embaraçado, acanhado.

"Está perdendo tempo; está mesmo."

"Não sou ator. Nunca seria."

"Não necessariamente um ator. Você podia ser um executivo. Tem pinta de executivo."

"Acha mesmo?"

"Acho. A maioria dos executivos não chega ao topo antes dos quarenta anos, sabe. Li num artigo na cabeleireira."

"Já ouvi falar disso, mas..."

"Você devia procurar mais. Deve ter muita coisa adormecida em você. Em casa, eu procurei o seu mês no horóscopo."

"Ah, é mesmo? Eu ia perguntar."

"Você é mesmo o típico executivo."

"Bom, eu não ponho muita fé nessas..."

"Não se engane. Algumas estrelas de Hollywood não dão um passo sem consultar o horóscopo para saber o que vem pela frente."

"Já li sobre isso."

"É verdade. Você não sabe, mas pode ter o potencial de um grande homem. Estou falando sério. Às vezes, eu olho alguns daqueles executivos no escritório, depois olho para você..."

"Bom, eu só posso tentar. Faço meu trabalho e..."

"Ninguém chega a lugar nenhum só fazendo o seu trabalho. Você tem de fazer contatos. Está se escondendo atrás de uma moita para sua luz não aparecer. Faz tempo que estou querendo dizer isso para você. De verdade", ela disse. "O que você devia fazer era pensar em algum negócio para se arriscar. Alguma coisa que pudesse dar a chance de você se expandir e mostrar suas habilidades."

Ele ouviu passos. Se pudesse ao menos sair andando de novo sem parecer pudico...

"Que tipo de negócio você diz?", perguntou.

"Ah, tem centenas de tipos diferentes. Mas eu vejo você num posto de chefia."

"Eu *estou* acostumado a chefiar", ele concordou, faccioso. "Mas sem dinheiro não dá para começar um negócio."

"Não se você tiver os contatos certos. Veja o senhor Galway do departamento de vendas."

"O que tem?"

"Acha que aquele rapaz vai continuar sendo assalariado quando a guerra terminar?"

“Mal conheço esse moço.”

“Bom, eu converso com ele de vez em quando. Antes da sirene do armistício parar de tocar, aquele rapaz vai embora do escritório procurando um negócio próprio para começar. Você devia falar com ele. Ou com o senhor McIntire. Se bem que Mac provavelmente vai encher a cara quando a guerra acabar e continuar bebendo até a próxima guerra começar. Mas ele tem ideias, o Mac, ele tem. O negócio é que você tem de conhecer esses rapazes, Lawrence. Eu posso cuidar disso. Posso mesmo. Entrar na turma deles um pouco. Pegar algumas dicas.”

“Não sei se consigo fazer isso, Gertrude...”

“Não estou dizendo para você...”

“Não, o que estou dizendo é que eu não levo jeito para isso, acho. Nos negócios é preciso de enrolar as pessoas. Eu...”

“Mas existem negócios em que dá para agir direito.”

“É verdade, mas...”

“É desse tipo que estou falando”, ela esclareceu. Estava apoiada no cotovelo, o rosto perto do dele. Ele ficava olhando a árvore atrás dela, tentando enxergar a verdade do que ela dizia. “Galway vai abrir uma fábrica de plásticos. Você consegue ir longe quando começa junto com o chefe. Pode até virar sócio depois de um tempo.”

Ela se deitou na grama e ele olhou seu rosto. “Você devia ir até o litoral algum dia”, ela disse. “As casas onde eles moram! Nossa...”, ela suspirou deslumbrada outra vez. “É com isso que eu sonho”, disse baixinho, “é só com isso que eu sonho.”

“Bom, não dá para todo mundo ser rico.”

“Você podia ser”, ela disse, acariciando o rosto dele. “Você tem pinta de rico. Eu sou boa em decifrar as pessoas. Sou meio médium.”

“Não sei. Duvido que eu fique rico de verdade algum dia.”

“Mas não ia querer ficar?”, ela perguntou, brincando.

"Ah, claro. Você nunca vai me ver recusando dinheiro."

"Mas não pensa nisso?", ela insistiu.

"Bom, até penso. Só que... bom, não sei como se faz para ficar rico." Ele riu da facilidade com que ela havia imaginado tudo aquilo. Com a mão esquerda, alisou a grama, depois pensou em cachorros e pôs a mão na barriga.

"É o que eu digo. Contatos. Ligações. Por isso é que aconselho você a se aproximar de algumas pessoas do escritório."

Ele ficou um longo tempo olhando para ela. Ninguém nunca tinha visto nele o caráter de um líder. Ele sabia que nunca seria chefe, mas o que o fascinava era a simples possibilidade disso. Ela via nele o que ninguém tinha visto, e ele queria conhecê-la e assim descobrir a si mesmo. Durante um longo tempo ficou deitado ao lado dela revirando essa ideia excitante. E então se deu conta do que estava fazendo. Estava deitado de costas ao lado de uma mulher no meio do parque à noite. E não havia nisso nada de assustador. Era uma coisa juvenil. Pensou que ela já o estava levando por caminhos novos. Quem sabe a qual vida estimulante ela poderia atraí-lo?

Estudou seu perfil. Um ar de concentração emanava dela. "Uma moedinha pelos seus pensamentos", ele disse.

Ela riu baixo. Acima deles, a árvore se agitou num ventinho que logo passou. "Estava pensando numa bobagem. Como sempre." Ela roçou os lábios de leve sobre os dele e por um instante ele não conseguiu respirar.

"Qual bobagem você estava pensando?"

Ela hesitou um momento. "O que eu diria se você me pedisse em casamento."

"O que eu...?"

"Não, o que eu diria se *você* me pedisse", ela deu uma risada ruidosa e alegre.

O riso dele acompanhou o dela. E ela ficou ali deitada, sorrindo. Levou um minuto para ele entender que ela estava esperando.

"O que você diria?", ele perguntou, tentando fazer parecer uma brincadeira.

"Eu provavelmente diria não", ela respondeu.

Confuso, ele ficou ali parado com a língua colada ao céu da boca. Parecia impossível. Ele voltara a não conhecê-la. Se a perdesse...

"Por que... por que você diria não?", ele perguntou, ansioso.

"Porque provavelmente eu ia arruinar sua vida." O sorriso dela desapareceu.

"Ah, não..." Ele sonharia com ela outra vez...

"Provavelmente sim. Você ia ter de sair para dançar comigo. Eu preciso dançar de vez em quando."

"Eu adoraria ir dançar com você. Eu não disse que não iria dançar com você." E ao final do sonho ela não estaria ali.

"Iria mesmo?"

"Claro", ele riu, como se ela fosse uma criança, "eu faria qualquer coisa que você quisesse. Eu não saía nunca porque não tinha o tipo de mulher que me atraía. De verdade, Gertrude, eu não paro de pensar em você. Às vezes, parece até que eu já pensava em você anos antes de te conhecer."

Ele a estava emocionando um pouco agora, só um pouco. E tinha pegado a mão dela que estava sobre seu peito.

"Eu sempre pensei em um certo tipo de mulher. Não lembro quando comecei, mas foi há muito tempo. E ela é exatamente como você. Por isso que você me impressionou tanto naquela primeira vez."

Ele conseguia ver os olhos dela brilhando na semiescuridão. Sentiu que ela estava esperando que ele fizesse alguma coisa extraordinária, mas não sabia como agir. Então aproximou dela o rosto e ela o beijou de leve, e olhou de novo para ele. E os dois começaram a respirar mais fundo.

"Case comigo, Gertrude", ele pediu. Para ele, soou como uma coisa teórica.

"Tudo bem", ela disse.

Depois de um momento, ele não conseguiu mais sustentar sua estranha posição, soltou a mão dela e deitou-se de costas.

Depois de algum tempo, ela perguntou: "Quando vamos casar?".

"Quando você gostaria?", ele rebateu, virando para ela. Não conseguia se desvencilhar do caráter teórico daquilo. Não parecia ser algo inevitável.

"No dia primeiro?"

"Tudo bem. Eu gostaria que você viesse à minha casa e conhecesse minha mãe", ele disse, imaginando se ainda ia conhecê-la no dia primeiro.

"Tudo bem. Acha que ela vai gostar de mim?"

"Ah, tenho certeza que sim. Faz tempo que ela quer que eu me case."

"Ela é muito religiosa?"

"Bom, não é fanática. Desde que não pôde mais andar, eu levo minha mãe à igreja de táxi de vez em quando. Mais ou menos uma vez por mês. Teríamos de casar na igreja", ele disse, meio que perguntando.

"É o único lugar", ela garantiu a ele.

"Você é religiosa?"

"Vou à igreja todo domingo", ela contou.

"É mesmo? Qual igreja?"

"Vou a várias igrejas. Você quer saber a religião?"

"Bom, é."

"Você não se lembra do que constava na minha ficha?"

"Episcopal."

"É verdade." Ela pareceu um pouco magoada e um tanto beligerante.

"Isso é bom", ele disse como se fosse muito importante para ele, "fico contente que seja." Achou que ela sossegou um pouco. "Porque eu também sou e isso vai facilitar as coisas com minha mãe."

"Então me dê um beijo", ela disse, "um de verdade."

Ele a beijou e ela o abraçou durante longo tempo. "Melhor a gente ir embora", ele disse num sussurro.

Levantaram-se e ele a acompanhou até sua pensão, pensando nas manchas de grama. Uma hora depois, estava voltando ao seu próprio quarteirão escuro e sentiu uma ânsia, uma necessidade indefinida de alguma coisa; era como se tivesse perdido alguma coisa na grama, talvez... uma moeda, ou o relógio. A sensação de ter sonhado tudo aquilo perpassou sua mente. Quem era ela? Ele não a conhecia de verdade. Sabia que ela tendia a inventar coisas. Nunca lhe ocorreu que ela nunca tivesse estado em Hollywood. E agora ele iria entrar em casa e contar sobre ela a sua mãe, sem saber direito o que dizer do caráter dela. Era religiosa, pelo menos, e isso era bom. Ele podia simplesmente dizer que tinha encontrado uma boa moça episcopaliana e ponto final. Porém, talvez devesse não falar nada ainda. Talvez no dia seguinte ele resolvesse desistir de tudo. E no entanto... ela era tão incrivelmente igual à mulher de seu sonho. A mesma maciez nos quadris.

Subindo para a varanda alta, ele concluiu que provavelmente as coisas sempre aconteciam desse jeito casual, quase incidental. Talvez no dia seguinte ele se sentisse de fato apaixonado, e sem nenhum medo. Podia ser, pensou ao abrir a porta de mansinho, que começasse a ser feliz amanhã.

13.

"Você fica muito bonita com isso aí", ele disse. O lenço azul na cabeça, amarrado embaixo do queixo, a deixava parecendo uma madona, ele pensou.

"É só para não despentear o cabelo", ela respondeu, satisfeita.

Ele dirigia com ambas as mãos agarradas à direção, a cabeça levantada para poder enxergar melhor por cima do capô. O ar quente do verão tinha o perfume da floresta que acompanhava a estrada de ambos os lados, e ele abriu o segundo botão da camisa esporte para sentir a brisa no peito.

"Não é bonito?", ele perguntou.

"Queria apanhar umas flores", ela disse olhando os botões coloridos ao lado da estrada.

"Melhor não. Vi uma placa lá atrás dizendo que era proibido."

Ela respirou fundo e exalou, depois sacudiu a cabeça deslumbrada com um bosque de pinheiros excepcionalmente perfeitos, cujo aroma lhe enchera os pulmões. "As coisas que Deus faz", ela disse.

"É lindo", ele concordou e logo voltou os olhos para a estrada, sorrindo macio.

Olhando em frente, ela disse: "Tem certeza que vão ter lugar para nós?".

"Ah, claro. Principalmente agora, com o racionamento de gasolina."

"Mas ainda tem carros nas estradas."

"Só que não em volume suficiente para lotar os lugares. De qualquer jeito, eles não atendem qualquer tipo de gente nesse lugar."

"Espero que o lago seja limpo."

"Como prata. Claro que faz cinco anos que não vou lá, mas era bem limpo."

"E tem música e dança?", ela perguntou, como se quisesse uma confirmação.

Ele riu e pôs a mão no joelho dela. "Não estou te levando para um lugar chato. Na verdade, estive lá por razões, digamos, românticas."

"É mesmo?", ela riu, interessada.

"É." Ele olhou para ela e ambos riram.

"Conseguiu alguma coisa?"

"Bom", ele ficou um pouco vermelho, inclinou a cabeça como se não estivesse contando tudo, "tive conversas muito interessantes."

"Você."

"Acha que eu sou chato, não é?" Ele explodiu numa risada.

"Claro que é."

"E se eu disser que metade do tempo estou pensando em você?"

"Eu não ia acreditar."

"Bom, é verdade. E antes de você aparecer eu pensava nas mulheres em geral."

"Você."

"Sempre idealizei um certo tipo de mulher. De verdade. E você é ela." Olhou bem para ela, depois de volta para a estrada. "Estou falando sério."

"Eu acredito, Lully", ela admitiu, em voz baixa.

Rodaram um pouco. "Foi com isto que eu sempre sonhei", ele disse. "Quer dizer, estar casado e sair para passear no fim de semana. Eu sempre tinha de ir sozinho."

"Quantas vezes você esteve nesse lugar?"

"Aí, só uma vez. Mas estive em outros lugares."

"E nunca encontrou ninguém?"

"Ninguém." Uma ideia lhe ocorreu. "Nenhuma delas parecia com você."

Ela inclinou o corpo e deu-lhe um beijo no rosto. Esperou que ele virasse para olhar para ela.

"Melhor não enquanto estou dirigindo", ele disse, porque quando ela o beijou passaram por um homem que esperava para atravessar a estrada.

"Ele que veja", ela provocou.

"Não me importa que os outros vejam, é só que..."

"Você ficou com vergonha dele."

"Não", ele reclamou, rindo, "quando dirijo eu só dirijo e não faço outra coisa." Um carro os ultrapassou depressa, voltou para a sua pista e desapareceu numa curva adiante.

"Que idiota", ele disse. "As pessoas não se importam de viver ou morrer."

De repente, ela deu um pulinho, em êxtase, agarrou o braço dele e colou a perna na dele. Ele ficou vermelho, estendeu a mão e apertou a coxa dela, fingindo uma cara de zangado. Rodaram assim por algum tempo. Pelo canto dos olhos ele via a floresta, as montanhas e notou os refúgios escondidos e sensuais. Ela não afastou a coxa. Ele pensou um pouco, depois ousou dizer.

"Se me derem o meu antigo quarto vai ser ótimo para nós."

"Isolado?", ela perguntou.

"Foi o que eu disse."

Havia momentos em que ele ousava dizer essas coisas e segurar a coxa dela em plena luz do dia. Quanto às noites, ele passara a viver só para as noites — sentia vontade de morrer por ela nessas horas. Olhou o sol e calculou a que distância estava do horizonte.

"Hoje à noite vamos passear na floresta", ela disse, "certo? Adoro a floresta."

"Podemos ir até o lago", ele disse, lembrando um certo lugar que escolhera para estar com uma moça que nunca apareceu. Agora a moça viria, era sua esposa, não poderia fugir, nem se intimidar, nem tornar as coisas difíceis para ele, e era tudo respeitável, honrado, e no entanto havia aquela incrível excitação que ele esperava que nunca desaparecesse.

Continuavam na estrada e, ao pensar na lata de lixo, prometeu a si mesmo com a paixão de um juramento de cavaleiro que ela nunca saberia disso, para não ficar infeliz. Voltou a mão para o volante.

"Não seria uma maravilha se a gente tivesse uma casa nossa no campo?", ela divagou, cautelosa.

"Para ser do tipo de que você gosta precisaria ter quarenta e seis cômodos."

"Bom, não tem nada de errado em gostar de coisas caras. Sabe uma coisa que você nunca fez?", ela perguntou com o mesmo tom meio descompromissado.

"O que eu nunca fiz?", ele perguntou.

"Você nunca teve aquela conversa com Mac."

"Olhe aqui", ele disse, conclusivo. "Mac é um sujeito que bebe muito e tem uma porção de boas ideias para negócios. E nenhuma delas pode ser posta em prática por menos de um milhão de dólares."

"Então você conversou com ele?", ela perguntou com um súbito interesse.

"Eu sempre converso com ele."

"Eu quis dizer sobre ser sócio dele."

"Mesmo que eu tivesse alguma coisa para oferecer, não faria isso. Ele é um tremendo de um bêbado, meu bem. Você sabe disso."

"É verdade", ela disse, pensativa.

"Vamos tentar nos virar com o que temos."

"É, mas você não quer que eu construa um lar para você?"

Isso, ele entendeu, era um outro jeito de perguntar quando ia poder deixar o emprego. Isso o incomodou. Estava mais bonita a cada dia, e ele não conseguia entender por que havia se entregado a ele com tanta facilidade depois de um namoro tão curto.

"Já disse, meu bem", ele falou, delicadamente, "você pode sair a hora que quiser."

"Não posso, não com o que você está ganhando agora. Não consigo entender você."

"Eu tenho dois mil dólares, Gert. Ora, que tipo de negócio se pode abrir com dois mil dólares?"

"Bom, pense. Vamos pensar", ela respondeu simplesmente.

Ela virou-se e olhou pela janela, refletindo. Depois de fazer uma curva fechada e pegar uma reta, olhou para a mulher. No que estaria pensando agora? Como no domingo anterior, quando estavam passeando por Sheepshead Bay para ver os barcos. No meio de uma conversa banal, ela anunciou de repente que não era de Rochester, nunca tinha estado em Rochester. Nascera e crescera em Staten Island. A história de Rochester era em função de empregadores que podiam tomá-la por judia se soubessem que era de Nova York. O que não era nada de mais. Ele podia entender isso. Mas, rodando agora com ela, ele sentiu o que sempre sentia quando ela mantinha um silêncio prolongado; veio-lhe o temor de que ela estivesse pensando em lugares e pessoas, em coisas que tinha feito e nunca contado a ele. Mais uma vez desviou os olhos da estrada e olhou para ela. Gertrude estava fumando agora, tragando o cigarro devagar, os olhos entrecerrados, pensativa. Ela se mexeu e ele notou a curva cheia de seu quadril.

"Seria gostoso", ele disse, controlando a voz, "ter uma casa no campo. Você tem razão. Seria uma ótima coisa para..."

Com um único movimento, ela deslizou no banco, agarrou o braço dele com ambas as mãos, apertou os lábios em seu ouvido. "Não está bravo comigo, está Lully?", sussurrou.

Ele sentiu um frio na espinha pela proximidade de sua boca, e riu: "Não".

"Está bravo com a história da Wanamaker's?"

"Por que estaria?"

"Você parecia bravo."

"Só acho que você não devia mandar entregar vestidos de cem dólares quando sabe que vai ter de devolver para a loja."

"Mas todo mundo faz isso. Eu só queria experimentar em casa."

"Tudo bem", ele concordou, pouco convincente. "Só me pareceu meio bobo. Mas você ficou mesmo linda naquele vestido vermelho."

"Era rosa", ela disse, satisfeita. "Nossa", ela quase gritou, "você não faz nem ideia de como eu posso ficar!"

Ele riu de alegria e susto, pois ela havia mandado entregar quase mil dólares de mercadorias em casa. E, dois dias depois, ele teve de encarar o mesmo motorista de caminhão que os entregara. Ela simplesmente desfilara gloriosa pela casa em vestidos de cem dólares, e depois ele teve que ajudá-la a embalar tudo nas caixas. Toda vez que ele baixava a tampa sobre uma caixa, era como se estivesse enterrando alguém.

Continuavam na estrada. "Você tem muito bom gosto, Gert. Eu nunca pensei que você podia ficar daquele jeito. Realmente, parecia uma atriz. Um gosto excepcional."

"Tenho orgulho disso", ela relembrou a ele.

A estrada era uma subida constante, e agora as árvores se afastavam para o lado direito, e lá estava o Hudson bem abaixo deles, o sol explodindo em lampejos nos baixios da água.

"Acho que é aqui", ele disse. Diminuiu a marcha e ambos se debruçaram para ler uma placa que se aproximava no lado esquerdo da estrada.

"Do hotel dá para ver o rio?", ela perguntou, excitada.

"Não, mas fica pertinho. É aqui", disse ele, parando o carro no acostamento. Ela virou no banco como ele a vinha treinando para fazer e olhou a estrada pelo vidro de trás, enquanto ele estudava o espelho. Então, com um ronco do motor ele atravessou a rodovia com o carro, com uma freada súbita numa estradinha de terra na frente da placa.

Ele não conseguia ler a placa sem descer do carro, então disse: "Veja se tem um mapa aí. Parece que eu me lembro".

Ela pôs a cabeça para fora da janela e leu em voz alta: "Riverview Village". Para ele, disse: "É um condomínio residencial".

"Eu sei, mas tinha um mapa dizendo como chegar ao hotel..."

"Ah, tem, sim. 'Riverside Hotel. Siga a estrada de terra, mantenha a direita'." Ela voltou para dentro. "Acho que é só seguir em frente."

Ele seguiu com o carro pela estrada de terra, que penetrava numa floresta. Ela ajeitou o cabelo. Estava agora penteado com uma risca no meio, e sua testa parecia menos saliente do que quando o cabelo estava desalinhado. Ele achou que assim ela ficava com um frescor mais campestre, com um jeito mais Rochester, e a estimulou. Ela passou um dedo pelo batom e ajeitou as meias de seda.

"Sabe quem eu queria que estivesse conosco?", ela disse. A excitação de ter chegado a um lugar estranho deixava sua voz aguda e rápida, e ele não conseguiu conter um sorriso diante da expectativa do riso que ela estava prestes a soltar.

"Quem?", perguntou.

"Fred, nosso vizinho."

Passaram por uma lombada e voaram nos assentos. A estrada subia de repente, e ele reduziu a marcha. À frente, o céu parecia um pano azul ao final de uma alameda de pinheiros.

"Por que Fred?"

"Ele é simpático. A gente devia ficar mais amigo dele."

O carro gemeu devagar, subindo a ladeira. Ele se perguntou se devia mencionar para ela a lata de lixo. Pouco havia falado com Fred ultimamente, e nunca mais com alguma intimidade. Viu o céu azul adiante e a lata de lixo passou pelo horizonte, pairou ali por um momento...

A frente do carro baixou e diante dele, cercado por uma extensão de gramado, estava o hotel.

"Ah, é lindo!", ela disse, agarrando o braço dele.

Ele ficou orgulhoso. Aparentemente tinham pintado o lugar, porque parecia mais bem cuidado do que cinco anos antes, com um certo ar de clube de campo. Na frente da varanda havia um grande estacionamento com vagas demarcadas. Apenas uns doze carros estavam estacionados. Ele parou logo ao lado.

Abotoando a camisa, deixou que ela tivesse um momento para fazer com mais tranquilidade o que já tinha feito antes: endireitar as meias e ajeitar o cabelo. Ela dobrou cuidadosamente o lenço de seda que usara na cabeça e o jogou de qualquer jeito no banco de trás. Desceu, e ele seguiu atrás dela.

Fora do carro, ele pegou no banco de trás o chapéu-panamá. Tirou o alfinete que segurava o papel de seda com o qual o embrulhara, dobrou bem o papel e colocou no bolso do paletó. Espetou os dois alfinetes no estofamento da porta.

"Vamos depressa; vamos", ela sussurrou enquanto ele punha o chapéu.

Rindo baixo, ele ralhou: "O hotel não vai fugir". Depois inclinou-se de novo para dentro do carro e tirou duas malas, colocou-as no chão ao lado da passarela e trancou o carro.

"Está todo mundo olhando a gente", ela sussurrou alegremente às costas dele.

Ele pegou as malas e, voltando-se para o hotel, viu algumas pessoas sentadas em cadeiras de balanço na varanda. Ela pegou o braço dele, atravessaram a passagem e subiram a escadaria larga do hotel. Ele mantinha um sorriso tímido no rosto, o sorriso adequado para os hóspedes que olhavam através deles, como sempre. Um velho estava esculpindo um pedaço de madeira, com um menino pequeno observando de perto a seus pés. Ele levantou os olhos e fez um aceno de cabeça simpático enquanto os dois atravessavam a varanda e entravam no saguão.

"Um pessoal bem agradável", Newman disse em voz baixa enquanto ela atravessava o saguão vazio a seu lado.

Pararam diante do balcão da recepção. Ele pôs as malas no chão e esfregou as mãos para secar o suor. Estava com as costas úmidas.

"Alguns parecem bem jovens", ela disse, esperançosa. Através da cortina branca das janelas via-se por trás as cabeças na varanda.

Ele olhou em torno do saguão silencioso, que tinha cheiro de pinho. À esquerda deles, ficavam três portas francesas através das quais ouvia-se o tilintar de talheres. De vez em quando um garçom passava pela porta, levando pratos limpos e toalhas. Quantas vezes ele sentara ali esperando, esperando desoladamente...

"Preparando para o almoço", ele disse, com base em sua experiência. Ela havia soltado seu braço e estava encostada ao balão, parecendo mais alta que o normal, ele pensou, porque estava alongada, parada na ponta dos pés, as costas um pouco arqueadas enquanto examinava o saguão em uma agradável contemplação.

"Melhor avisar que estamos aqui", ele disse, e tocou um sininho que havia no balcão.

Esperaram vários minutos, olhando para a varanda. Lá fora, vozes baixas subiam e desciam momentaneamente em conversação. Ele sentiu vergonha de estar sendo ignorado e virou-se para ela.

"Sempre tem alguém interessante para se conversar aqui. Gente boa, animada."

"Você reconhece alguém?" Ela indicou a varanda.

"Não, é sempre gente nova. Mas ninguém é chegado a essa grosseria de hotéis de verão." Ele falou com prazer, gozando o privilégio único de revelar um pedacinho do mundo para ela.

"Eu gostaria de dar um mergulho antes do almoço", ela disse, olhando as malas para lembrar onde estava seu maiô.

"Pode nadar o dia inteiro se quiser..."

Ouviram o forte ranger de uma cadeira de balanço na varanda e olharam para a porta quando um homem entrou no saguão. Era o velhinho que estava esculpindo a madeira. O sr. Newman não se lembrava dele de sua estada anterior. O velho atravessou o saguão na direção deles, sorrindo cansado, com a cabeça inclinada para um lado. Ao caminhar, limpava a lâmina longa do canivete, fechou-a e ficou batendo o canivete na mão como se fosse um cachimbo.

Ignorando Gertrude, ele parou na frente do sr. Newman. Inclinou um pouco a cabeça para a frente. Tinha uma farta cabeleira branca, pela qual passou os dedos, agora que o canivete estava guardado no bolso.

"Sim, senhor", disse, em voz baixa, com um sorriso macio.

"Eu sou Lawrence Newman e esta é a senhora Newman..."

O velho acenou com a cabeça para ela, dizendo: "Como vai?" de olhos fechados, que abriu de novo apenas ao olhar para o sr. Newman um instante depois. A apresentação pareceu não fazer muita diferença, porque ele ficou sorrindo delicadamente para o sr. Newman como se não tivessem ido além do primeiro "Sim, senhor".

O sr. Newman começou de novo. "Há cinco verões, fiquei num quarto muito bom aqui. Imagino se poderia ficar no mesmo quarto outra vez."

"Não pode ficar com quarto nenhum aqui. Tudo lotado", disse o velho, fechando os olhos e abrindo de novo para fitar com suas íris azuis o rosto de Newman.

"Ah", disse o sr. Newman. Por alguma razão, não conseguia encarar o olhar azul do velho. Olhou para o chão, depois para ele, e disse: "O senhor Sullivan está? Ele deve lemb...".

"Ele está nadando", interrompeu o velho, sem mexer a cabeça, "mas não vai poder ajudar. Ele é meu filho. Eu sou o dono do hotel."

O sr. Newman enfrentou o olhar inflexivelmente gentil do velho. "Sei", disse, em voz baixa. Respirou fundo. "Achei que ele ia se lembrar de mim. Passei duas semanas aqui..."

Os olhos do velho se fecharam quando ele sacudiu a cabeça com um sorriso ainda brando. "Tudo lotado, meu senhor. Não posso fazer nada, mesmo que eu quisesse."

"Então vamos para o outro, Lawrence", Gertrude disse, vindo do balcão até eles. Newman virou para ela depressa. Ela estava olhando para o velho. As pálpebras pesadas, abaixadas, e pequenas manchas vermelhas no rosto. "Queríamos economizar gasolina, por isso pensamos em parar aqui."

O sorriso do velho desapareceu. "Eu teria o maior prazer em atender os senhores se não estivéssemos lotados", ele disse, num tom de barítono profundo.

"É, eu sei. Deve estar lotadíssimo com doze carros lá fora. Nossa, o resto dos hóspedes chegou aqui de iate?"

"Já disse o que tinha para dizer, minha senhora."

"Pule no lago com seu filho e morra afogado, tá bom?" Ela virou para Newman, que estava parado entre as malas, olhando, de boca aberta. "Vamos, Lawrence", disse, rouca.

Newman não conseguia dobrar as costas. Sentia que tinha se transformado em ferro. "Vamos", ela repetiu, irritada, "antes que eu seja pisoteada pela multidão que está aqui." E com isso virou-se, atravessou o saguão vazio e saiu para a varanda. Newman pegou as malas e seguiu depressa atrás dela, sem olhar para o velho.

Sacolejaram pela estrada de terra no meio da floresta. Ele não olhou para ela, concentrando-se em dirigir o carro. Fechou o vidro da janela quando a poeira subiu da estrada, depois abriu um pouquinho, depois um pouco mais; segurava com força a direção com ambas as mãos, desviou para a beiradinha da estrada para evitar uma pequena valeta, limpou com os dedos uma camada de poeira do painel, levantou um pouco mais as pernas da calça para não amassarem. E dirigiu devagar em marcha lenta, como se não estivessem fugindo. Ela estava sentada longe dele, junto à porta, e ele sabia que seu corpo estava rígido.

Ao chegar à rodovia, ele parou e, olhando à esquerda para ver se vinha algum carro, avistou a placa. Não se esquecera dela nos cinco anos que se passaram desde que estivera ali pela última vez, assim como da pia que havia no quarto e de certa árvore junto ao lago, onde amarrara sua canoa. A placa era uma coisa de que se lembrava com clareza ali — o letreiro escrito como um pergaminho inglês, a moldura branca e vermelha. E ficou paralisado e surpreso com as palavras, em letras menores, debaixo de "Riverside Hotel". "Clientela restrita", diziam. Nos dez segundos que levou para olhar a estrada e a placa, se perguntou se aquilo estava ali na placa da última vez. Entrou na rodovia pensando nisso. Não podia estar lá antes... mas de alguma forma ele sabia que sempre estivera ali. Só que naquela época queria dizer simplesmente que qualquer pessoa que fosse boa, que não fosse barulhenta, seria bem-vinda. Queria dizer que haveria o mesmo tipo de gente que você ali, não que recusariam taxativamente um quarto para alguém se ele parecesse um pouco... Estranhamente, enquanto rodavam em baixa velocidade, ele se viu parado na frente daquele sr. Stevens da Companhia Akron. E por um momento sentiu-se ferver de raiva outra vez, por mentirem na cara dele daquele jeito, como se fosse possível dizer só de olhar se ele era uma pessoa barulhenta, mal-educada e baixa, e suas mãos apertaram a direção quando falou, em voz alta, mas num sussurro: "Que conversa!".

"Ele devia ao menos ter inventado uma boa desculpa. Tudo lotado! Eu queria estrangular aquele homem, estrangular. Juro, eu era capaz de estrangular!", ela protestou, rangendo os dentes.

"Não... não leve tão a sério, meu bem", ele pediu, sentindo que ele próprio não conseguira sair com dignidade. "Por favor, tente esquecer essa história."

"Por que ninguém faz nada a respeito?" Ela estava no limite, e ele acelerou, como se quisesse impedir sua iminente explosão em lágrimas. "Por que não pegam todo mundo e descobrem quem é quem, e botam os malditos judeus isolados, e acertam essa história de uma vez por todas!" Ela respirou num rápido soluço.

"Ora, meu bem...", ele disse, desamparado.

"Não aguento isso, não aguento mais. A gente não pode mais sair de casa que acontece alguma coisa. Vamos para outro lugar, Lu. Para onde você está indo? Vamos para outro lugar."

"Estamos indo para casa."

"Eu quero ir para outro lugar. Está ouvindo? Eu quero ir para outro lugar!", ela gritou.

"Ora, pare com isso!"

"Não, me deixe descer, para casa eu não vou! Pare o carro!"

"Largue o meu braço. Ora, largue!" Ele sacudiu o braço e ela soltou.

"Quero que você pare o carro. Eu não vou para casa."

Ele parou no acostamento. Ela ficou sentada, olhando rigidamente à frente. Com um gesto de cabeça, disse: "Dê meia-volta e encontre outro lugar". Ela se virou depressa no banco e olhou pela janela de trás. "Pode ir, não vem vindo ninguém."

"Gertrude..."

"Eu pedi para dar meia-volta", ela repetiu, vigiando implacavelmente a estrada para ver se aparecia algum carro na janela de trás.

"Ora, se acalme um minuto", ele disse com um tom de alerta, e girou os ombros dela para que olhasse para a frente. Mas ela não cedia. Simplesmente continuou sentada, esperando para repetir. "Não vou passar por isso outra vez hoje", ele disse. "Não admito que você seja insultada, nem eu."

"Dê meia-volta", ela disse.

"Os hotéis por aqui são todos assim. Eu tinha esquecido disso, mas aquela placa me lembrou. Vai ser a mesma coisa em todo lugar por aqui."

Ela fixou nele olhos perscrutadores. Ele podia sentir que ela o examinava. "Escute", ela disse, abruptamente, "por que sempre deixa que façam você de judeu?"

"Eu nunca deixo nada", ele respondeu.

"Por que não disse para ele o que você é? Era só *dizer* para ele."

"O quê? O que eu vou dizer para ele? Se um homem toma uma atitude dessas, você sabe que não adianta dizer nada para ele."

"Como assim, não adianta dizer nada? Quando fazem isso comigo eu informo quem sou. Ninguém me toma por judia e fica por isso mesmo."

Ele começou a falar, mas calou-se. A lata de lixo...

Olhando a direção, pôs a mão no câmbio e apertou a embreagem.

"Aonde você vai?", ela perguntou.

Ele parou de se mexer. Podia sentir as ondas de raiva dela. Sem virar para a mulher, disse: "Tem um parque estadual mais adiante na estrada. Podemos almoçar lá e sentar perto do rio".

"Mas eu não *quero* sentar perto do rio! Eu quero..."

Ele girou a cabeça depressa e as palavras saíram secas: "Não quero falar mais disso! Agora pare!", ordenou, furioso.

Rodando pela estrada, iam silenciosos e distantes. Palavras momentâneas afloravam aos lábios dele, mas morriam de novo. Não conseguia contar para ela o que vinha lhe acontecendo no quarteirão. Iria acabar com os seus dias. Rastejaria entre eles durante a noite. Ele quisera construir uma nova vida com ela, e agora essa coisa estava fazendo tudo ficar ruim outra vez. No entanto, ele precisava contar. O que o confundia e reduzia ao silêncio era a maneira como ela reagira ao homem do hotel, apesar da raiva. Para ela, era apenas uma questão de esclarecer suas identidades e poderiam aproveitar o hotel no fim de semana. Ele não sabia como dizer que nunca mais se sentiria à vontade naquele hotel. Não sabia como dizer que não deviam tentar convencer um dono de hotel ou qualquer outra pessoa de que eram gentios. Ele não entendia esse seu sentimento. Mas seria como implorar, como ser admitidos em caráter experimental, e se fizessem ou dissessem algo o clima em torno deles ficaria frio, e ele teria de passar todo o fim de semana provando que era um bom sujeito.

Virou na estrada onde ficavam as casas de troncos do pequeno parque estadual e estacionou junto ao rio. Poucos metros à frente dos pneus dianteiros, o rio lambia a margem rochosa. Desligou o motor e ficaram sentados, ouvindo a água gorgolejar nas pedras. Ele virou para ela, sabendo que ainda estava zangada, com as mãos cruzadas gravemente no colo. Talvez devesse contar sobre o quarteirão e sobre o que sentia.

"Gert", começou.

Piscando os olhos magoados, ela virou o rosto para ele.

Não, não podia contar. Ela ia simplesmente criticá-lo por não ter ido até Fred e armado uma confusão assim que viu a lata de lixo revirada. Ela nunca entenderia por que ele tinha ido até Finkelstein e conversado com ele a respeito. E ele não saberia explicar, porque ele próprio não entendia mais o que o impedia de solicitar abertamente o reconhecimento de Fred. Mas era como implorar ao homem do hotel para deixá-lo entrar, e não podia fazer isso: ele não era o que o seu rosto significava para as pessoas, simplesmente não era.

"Vamos ver se tem mariscos. Venha", ele disse. Sabia que ela adorava mariscos.

"Você não suporta marisco", ela disse.

"Fico olhando você comer."

Ela conseguiu dar um sorriso de perdão e tocou a mão dele quando saíram do carro. Desceram até o rio, ao sol, e sentaram-se a uma mesa redonda com um buraco no meio onde havia um grande guarda-sol espetado. Ela olhou o rio pintalgado. Ele estendeu a mão e girou o guarda-sol.

Um garçom apareceu com um caderninho.

"Ela vai comer mariscos", Newman disse.

O garçom perguntou o que ele gostaria.

Ele abriu a boca para dizer que não ia comer, mas aí viu o rosto do garçom. Uma lembrança cinzenta se desdobrou em sua cabeça e ele se deu conta de que judeus não comem frutos do mar.

“Olhe... acho que vou comer mariscos também”, disse.

O garçom se afastou. Ela estava olhando para ele e, mais uma vez, ele pegou a haste de madeira do guarda-sol, cravou as unhas na madeira macia.

“Vamos voltar e tentar alguns quilômetros mais para a frente. Deve haver um lugar”, disse, em voz baixa.

Ela balançou a cabeça em completa concordância.

14.

Chega uma hora em que o rotineiro parece a ponto de mudar de forma, beirando o estranho e inexplorado. Ele ficou analisando as velhas ruas de fábricas de Long Island City pelas quais passavam a caminho de casa, no começo da noite seguinte. Nunca antes notara quantas casas estavam lacradas como condenadas, quanta fumaça havia no ar, que sob o crepúsculo cintilava como orvalho no para-brisa. As fundições e a lama cinzenta seca nas calçadas, as fábricas de quarteirão inteiro com suas janelas cor de ardósia, os negros sentados nos degraus quebrados das casas de madeira — a horrenda imobilidade do pôr do sol domingueiro e a sensação de alheamento tomaram conta dele, e viu aquilo como uma cena suspensa, fora do mundo.

De ambos os lados da rua por onde passavam, duas casas de família começaram a aparecer, depois árvores, depois uns poucos terrenos baldios, e estavam chegando ao seu bairro. Ele parou no semáforo, esticou as pernas queimadas de sol e só então notou que o céu estava escurecendo. Sentia os olhos cheios de areia e cansados.

“Acho que o dia chegou ao fim”, disse, em voz baixa.

Ela olhou o céu pela janela e ficou quieta. Com a luz verde, ele seguiu em frente.

A escuridão estava baixando depressa. Uma justa necessidade de chegar em casa apertou seu pé no acelerador... a casa, as luzes acesas, pensou, tudo calmo e familiar. Inquieto, notou os acontecimentos fora do carro. Dois sujeitos bem vestidos atravessando a rua depressa, um pequeno grupo de velhos voltando da igreja, um homem alto empurrando um carrinho de bebê e puxando um cachorrinho que não queria ir e se arrastava nas patas traseiras, dois sorveteiros tocando os sininhos acima de suas caixas brancas refrigeradas...

Ele franziu a testa, lembrou do carrossel, dos cisnes brancos e coloridos, dos cisnes amarelos indo para a frente e depois para trás, e por baixo deles, no subsolo, aquele rumor terrível...

As luzes da rua se acenderam, brilhantes. Noite. Agora era noite. Ele acendeu os faróis.

Virou à direita, numa ruazinha. Três quarteirões adiante, em linha reta, era sua casa. Os faróis varriam as calçadas desertas de ambos os lados.

Ela se mexeu. Ele ouviu uma meia de seda sussurrar quando ela descruzou as pernas. “Quando Fred vai caçar, ele leva Elsie para algum lugar em Jersey. Por que você não descobre onde é? Quem sabe a gente podia ir lá. Se bem que aquele hotel não era ruim.”

Ele assentiu: “Tudo bem”.

“Você não vai fazer isso.”

“Vou”, ele mentiu.

Estava entrando em seu quarteirão quando viu a sra. Depaw com seu vestido branco engomado parada na frente da confeitaria, cujas vitrines estavam escuras. A loja sempre ficava aberta aos domingos à noite. A velha estava conversando com um homem que não parava de se mexer ao ouvi-la, enquanto ela, inclinada para a frente, falava excitadamente perto do rosto dele. Ao passar, o sr. Newman olhou a loja atrás dela, imaginando por que estava fechada, quando a luz de seus faróis passaram pela larga vitrine e ele viu as longas faixas de fita adesiva esticadas ao longo do vidro.

Gertrude pareceu despertar e virou para olhar as fitas. Ele virou o carro, aproximando-se de casa, entrou na rampa e parou o carro diante das portas abertas da garagem debaixo da varanda.

Desligou o motor. Ela virou para ele. "Alguma coisa deve ter acontecido", ela disse, preocupada.

Ele desceu do carro, abriu a porta de trás e tirou as malas. Ela subiu para a varanda e ficou olhando a esquina. Ele passou por ela e levou as malas para dentro de casa sem se virar. Sua mãe estava sentada na varanda dos fundos, ele gritou um alô para ela e levou as malas para o andar de cima. Abriu-as, tirou as roupas de dentro na ordem exata, depois guardou as malas na prateleira do armário. Entrou no chuveiro antes de abrir a torneira, para economizar água quente e o gás que a esquentava. Passou-se meia hora até que ele descesse, o rosto brilhando e o cabelo penteado, grudado na cabeça. Ao chegar à sala, viu Gertrude saindo para a varanda. Ele saiu e a encontrou parada junto ao parapeito, olhando a esquina. Ela se virou quando ele chegou a seu lado.

"Ele brigou com aquele homem que vem vender jornal todo domingo."

"Ele se machucou?"

"Não. Os dois caíram em cima da janela e quebrou o vidro. Sua mãe viu tudo daqui. Todo mundo do quarteirão estava olhando", ela disse.

Ele se sentiu amortecido; sentiu um zumbido soar atrás da cabeça. Quando falou, ouviu a própria voz como se ele mesmo estivesse um pouco afastado dela. "Tome uma ducha", ele disse. "Vou guardar o carro."

A rua estava completamente escura agora. A sra. Depaw tinha desaparecido da esquina. Havia luzes acesas nas casas. De algum lugar no quarteirão, vinha um som de rádio alto, depois abaixado. Gertrude tinha voltado a olhar a esquina. Ele podia sentir uma determinação dentro dela, porque quando pensava com intensidade ela respirava forte. "Suba, vá", ele disse, e começou a descer até o carro.

Ela o deteve, virando-se. Esperou que ela viesse até ele e falasse baixinho no degrau de cima. No escuro o branco dos olhos dela parecia grande e luminoso.

"O que nós vamos fazer?", ela perguntou.

"Não seja boba."

"Sua mãe disse que o Fred é da Frente Cristã", ela explicou.

"Eu sei disso", ele replicou, calmo.

"E se ele..."

"Não seja boba."

"Mas e se ele..."

"Ora, não seja boba."

"Mas aquele homem no hotel ontem..."

Irritado, ele disse depressa: "Ora, pare com essa bobagem. Não temos nada a ver com isso".

Ele se virou no degrau e ia descer, quando ela agarrou seu pulso. Ele se voltou depressa para ela.

Durante um momento, ela ficou parada daquele jeito, segurando o braço dele. Depois disse: "Venha aqui, quero falar com você".

Ela não ia largar seu pulso, então ele voltou para a varanda e sentaram nas cadeiras de praia, no escuro. Ela deu uma olhada para a varanda de Fred e depois virou-se para ele.

Falando baixo, disse: "Sua mãe me contou da lata de lixo".

Ele se manteve em silêncio. Sentiu uma pedra se formando no estômago.

"Por que não me contou antes?", ela perguntou. Falava com precisão, como uma entrevistadora.

"Quero esquecer disso. Quero que você seja feliz aqui."

"Não devia ter feito isso comigo", ela disse.

Então ele ouviu o medo dela. "Como assim, fazer o que com você?"

"Fred é da Frente Cristã. Você devia ter me contado."

"Que diferença faz?"

"Muita diferença."

"Por quê?", ele perguntou, tentando vê-la melhor. A luz da sala lançava um fulgor sobre seu rosto. Ele ficou tonto diante do ar de alarme e indignação no rosto dela. "Do que você está falando, Gertrude? Não entendo do que você está falando."

Ela começou a se inclinar para ele por cima do braço da cadeira quando viram. Um sedã estava parando na frente da casa... não, rodou um pouco mais. Parou na frente da casa de Fred. Três homens desceram e, sem falar nada, subiram os degraus da varanda de Fred e entraram na casa.

Gertrude ficou escutando os sons da casa de Fred. Depois de um momento perguntou: "Quem são eles?".

"Não sei, nunca vi antes."

"O quê? Ele está dando uma festa?"

"Não sei, Gert", ele respondeu, irritado.

"Você não está falando com ele, não é?", ela acusou.

"Nos cumprimentamos."

"Mas vocês eram mais amigos, não eram?"

"Não muito, não", ele disse, tentando acalmá-la.

"Sua mãe disse que você toda hora ia até o porão da casa dele."

"É verdade."

"Por que não vai mais?"

"Não sei para que falar disso tudo, Gert."

"Eu quero saber. O que ele disse quando você contou da lata de lixo revirada?"

"Disse que não sabia de nada."

"É ridículo. Você sabe que é ridículo, não sabe?"

"É, sei."

"Esse é o truque preferido deles, sabe? É o que eles chamam de tática. Você sabe disso, não sabe?"

"Eu não pensei na coisa por esse lado, mas acho que sei, sim."

"Primeiro reviram a lata de lixo, depois quebram uma ou duas janelas."

"Não na minha casa, não."

"O que você vai fazer? Ficar acordado a noite inteira para não deixar eles fazerem isso?"

"Não vão fazer isso com a minha casa."

Ele viu um segundo carro virando a esquina, viu quando seguiu pela rua e rezou para que não diminuísse a marcha. Mas diminuiu, manobrou, parou com precisão atrás do outro carro estacionado na frente da casa de Fred. Era um cupê grande. A porta se abriu, um homem muito gordo se espremeu para fora e parou na calçada, olhando as casas. Do outro lado do carro, saiu outro homem, e parou ao lado do gordo. Estavam procurando o número da casa de Newman. Newman não se mexeu. O gordo disse alguma coisa para o outro e entrou no gramado de Newman, foi até o pé da varanda. Newman então se virou, ao sentir Gertrude afundando na cadeira. Ele então olhou para o gordo ali embaixo, que perguntou:

"Por favor. Qual é o número 41 barra 39?"

"Vizinho aqui", Newman disse, apontando a casa de Fred.

"Muito obrigado", disse o gordo. Ao lado do outro, atravessou o gramado, subiu pesadamente a escada da varanda e juntos entraram na casa de Fred.

Newman sentiu que, se tocasse em Gertrude, ela iria gritar. Olhou para ela na luz difusa da sala.

"O quê...?"

"Sssh!"

Os minutos passaram. Ele não conseguia ouvir nada da casa de Fred. Deviam ter descido para o porão. Ele esfregou o pé no chão de tijolos da varanda.

"Não é nenhuma festa", ela sussurrou, como uma horrível acusação. "Não tem mulheres. É uma reunião."

"Acho que sim." Seu coração batia depressa e ele se mexeu na cadeira para detê-lo. "E o que tem isso?", perguntou, displicente.

Ela não respondeu. Ele ficou escutando junto com ela. Não vinha nenhum som da casa de Fred.

"O que tem isso, Gertrude?", ele repetiu a pergunta.

Depois de um momento, ela olhou para a esquina, em seguida para a outra esquina e para os dois carros. Levantou-se e, sem esperar a concordância dele, foi para a porta da casa.

"Vamos subir", ela disse, baixo, e entrou.

Ele se pôs de pé e gravemente a seguiu.

Sentou-se na poltrona pequena coberta de cetim, a poucos metros da cama, olhando para Gertrude, que estava sentada sem se encostar junto à cabeceira da cama, uma perna balançando da beirada. Só o pequeno abajur do criado-mudo estava aceso junto a sua cabeça. Ela ficou um longo tempo sentada, o peito subindo e descendo no ritmo impiedoso de seus pensamentos. Ele observou seus olhos semicerrados e a viu com frieza, como se através de uma janela.

"Lully", disse ela, em voz baixa, "o que eu tenho a dizer é o seguinte. Talvez eu devesse ter dito isso para você no começo, talvez não. Mas você também não me contou uma coisa, então acho que estamos quites."

"O que eu não contei?"

"Da lata de lixo. Da Frente Cristã estar agindo por aqui."

"Não me pareceu importante. Não vejo por que seria importante agora."

"Tudo bem, deixe eu terminar. Em primeiro lugar." Ela se calou, olhou para ele como para ver se estava zangado, e continuou olhando em frente, com olhos pensativos, semicerrados. "Em primeiro lugar, você tem de parar de perder tempo. Ou você fecha com Fred e participa da Frente ou nós temos que dar o fora daqui, e depressa."

Ele sentiu que estava afundando. "O que... o quê?", gaguejou.

"Já falei e você ouviu." Ela não olhava para ele. "Vai ter uma reunião grande terça que vem. Você vai."

"Como você sabe que vai ter uma reunião na terça-feira?"

"Eu faço compras por aqui. As lojas estão inundadas de folhetos. Você mesmo viu."

Ele admitiu silenciosamente.

"Você vai?"

"Não sei."

"Não sabe por quê?"

"Fred me falou há muito tempo de alguma reunião."

"Então?", ela insistiu.

"Mas não falou mais no assunto. Quer dizer, não sei se vou ser bem recebido."

"Bom, se você for, vai ser bem recebido."

"Não sei."

"Você tem de ir, Lully. Eles estão cercando a gente. Se você não romper o círculo agora, nunca mais."

Ele olhou para ela por um longo tempo. "Como você sabe tanto sobre a Frente?", perguntou sem querer perguntar.

Ela pensou. "Não interessa", disse, sacudindo a cabeça. "Você vai."

"Por que você ficou com medo daquele gordo?"

"Não fiquei com medo de ninguém."

"Você sabe quem é ele, não sabe?"

"Não."

Ele se levantou. "Eu sei. Por favor, agora me diga a verdade, Gert." Ele foi até a cama e sentou na beirada, olhando para ela.

Ela olhou para um ponto distante dele. Não dava para saber se ia começar a chorar ou explodir de raiva, mas havia alguma coisa poderosa acontecendo dentro dela, que ela estava controlando.

"Não adianta, Gert, você precisa me dizer a verdade." Ele levantou a mão dela e a acariciou. "Por favor. Por favor, me diga."

Ela deixou escapar um suspiro. Olhou nos olhos dele, como se o avaliasse. "Vou dizer", respondeu.

Ele esperou, ela umedeceu os lábios e baixou os olhos para o vestido. "Antes da guerra, eu morei com um homem."

"Morou com ele?"

"É. Você sabia que tinha acontecido alguma coisa assim, não sabia?"

"Sabia, sim."

"Bom, morei. Foi na Califórnia."

"Hollywood?"

"Nos arredores."

"Ele era ator?"

"Não, nunca houve ator nenhum. Eu inventei essa história do ator."

"Por quê?"

"Não sei. Estou sempre inventando alguma coisa."

"Não chore. Continue. Por favor, Gert, não chore."

"Não estou chorando."

"O que aconteceu? Quem era ele?"

"Era o tratador de cachorros de que eu falei."

"Aquele que foi bom com você?"

"É."

"Quanto tempo viveram juntos?"

"Uns três anos. Um pouco menos."

"Depois que você tentou cantar no cinema."

"Eu nunca fui cantora. Não de verdade."

"O que, então?"

"Eu era datilógrafa num estúdio. Secretária datilógrafa. Fazia aulas de canto por conta própria, mas não consegui nada."

"Eu estava pensando isso mesmo, porque você nunca canta para mim."

"Não sei. Não sou boa. Mas tentei. A vida inteira eu quis ser cantora. Era o único jeito de conseguir trabalhar no cinema. Quer dizer, já que eu não tinha um rosto deslumbrante."

"É, você me contou do teste."

"Eu nunca fiz teste nenhum."

"Ah."

"Tentei fazer, mas eu era datilógrafa e aqueles judeus lá resolveram que isso é que eu tinha de ser."

"Ah."

"Então, eu não aguentava mais. Aí conheci esse homem, ficamos amigos, eu larguei o emprego e nós moramos juntos."

"O que aconteceu depois?"

"Bom, ele foi bacana durante algum tempo."

Ele mudou o toque na mão dela. "O que aconteceu depois?"

Ela levantou os olhos para ele, avaliou-o de novo, voltou a olhar o próprio vestido. "Ele era bacana. Quer dizer, sabia ser divertido. Era uma boa companhia para festas, sabe. Não faço segredo nenhum disso, ele era bacana e ganhava bem. Mas aí, se envolveu com a organização. Lá usavam outro nome, mas era a mesma coisa. Tem um milhão de organizações desse tipo lá. Contra os judeus. Você sabe."

"Sei. Como a Frente aqui."

"Isso mesmo. Claro que no começo eu não dei muita importância, se bem que fosse uma organização interessante. Todo mundo concordava com uma porção de boas ideias que eles tinham."

"Como assim?"

"Bom, sabe, como a Frente. Ele queriam fazer Hollywood ser gentia outra vez. Expulsar os judeus."

"Ah", ele disse baixo.

"Mas depois de um tempo ele não falava de outra coisa, e eu tinha de me interessar. Ele começou a trazer umas pessoas em casa, ficavam a noite inteira discutindo."

"Discutindo o quê?"

"Meios e ações. Eles se reuniam depois do programa do Coughlin e analisavam o que ele tinha falado. Essas coisas."

"O que aconteceu depois?"

"Bom, quando a gente começou a se envolver na coisa a sério eu não liguei muito, mas depois de uns meses comecei a ver que eles estavam falando para valer. Ele ficou muito importante lá no meio deles. Quando a gente ia a uns lugares onde as pessoas se reuniam, todo mundo olhava quando nós entrávamos. Comecei a ir com ele nas reuniões, datilografava cartas para ele e virei meio que secretária dele. Ele às vezes recebia cento e cinquenta cartas do país inteiro, que tinha de responder. Compramos um carro novo e..."

"Ele lucrava com isso?"

"Ah, claro, tinha muito dinheiro na coisa. Eu arrumei uma empregada. Mas cozinheira não. Sempre gostei de fazer minha própria comida. Durante algum tempo foi tudo bem. Mas depois os outros começaram a fazer exigências. Os outros grupos, eu digo. Nós tentamos, tentamos, mas os outros não se juntavam, não combinavam. Tinha alguns que eram completamente malucos. Só falavam de judeu, judeu, judeu, sem nenhuma visão empresarial. Sabe?"

"A-hã."

"Claro que a organização começou a ficar toda atrapalhada, sem saber qual era o melhor rumo, e depois de um tempo chegou a tal ponto que numa reunião tinha duas mil pessoas, na próxima vinham uns cinquenta e na outra três mil. Desse jeito. A gente não sabia mais onde estava pisando. Claro que as contribuições foram rareando, porque a organização não sabia se de uma semana para outra ia continuar existindo. De qualquer jeito, o resultado foi que ele resolveu que o rumo dele ia ser diferente. Começou uma coisa nova, um grupo de ação. Só com a garotada que estava disposta. Eles iam até um bairro, pegavam um judeu e espancavam. Nos moldes da Frente. E deu resultado, até. Por um momento, eu cheguei a pensar que eles iam fazer todos os judeus mudarem de Los Angeles, apavorados. Mas é claro que a polícia começou a entrar em ação, por causa das queixas. Então chegou a um ponto que a gente ficava acordado até tarde só para garantir que não ia receber uma visita. Eu fui ficando nervosa e infeliz com aquela coisa toda, porque aquilo não ia dar em nada. Ia tudo muito bem durante um mês, mas, assim que ele parava com os espancamentos, o grupo começava a dispersar. Eles queriam ação, e ele não tinha como fazer com que eles saíssem toda noite. Você sabe. E o tempo todo ele brigando com os outros grupos, discutindo e fazendo planos para acabar com eles, essas coisas todas. E o resultado foi que aquilo virou uma grande dor de cabeça para mim, e eu acabei falando para ele."

"Ah, você queria sair daquilo."

"Isso. Eu falei, se você não acabar com isso eu vou embora. Já tinha perdido a graça. Ficar com ele, sabe? Eu estava vendo aonde aquilo ia dar. Íamos acabar na cadeia, nós dois. E eu não sou desse tipo. Bom, ele não desistiu, nós tivemos uma grande briga e eu fui embora."

Ela pegou um cigarro na mesa de cabeceira e acendeu. Ele se levantou, trouxe um cinzeiro que estava em cima do aparador e ficou segurando para ela. Ela pôs o fósforo no cinzeiro e soprou a fumaça.

"Foi assim que eu voltei para Nova York", ela continuou.

"Por que não ficou por lá?"

"Bom. Por causa do seguinte." Ela pensou, girando o cigarro devagar. "Resolvi que ia começar uma vida nova. Queria uma casa boa, coisas boas, viver como os outros vivem. Sabe, a organização ficou tão importante para ele que o negócio começou a dar para trás. E estava chegando num ponto em que eu ia ter de trabalhar fora de novo para sustentar a casa. Eu vi que a coisa estava se encaminhando para isso."

"Ah."

"Bom, eu não ia fazer isso. Você não acha que estava errada, acha?"

"Não, só me pergunto por que você veio para cá."

"Bom, na verdade, foi assim. Eu queria uma casa boa e tudo de bom. Então vim para cá."

Ela olhou para ele. Pela premeditação do olhar, ele sabia que ela estava a ponto de apelar. "Eu vim para cá, Lully, e vou dizer uma coisa. Nunca vi tanto ódio por judeus como o que existe aqui. Nova York está tomada pelo ódio. Em todo lugar que a gente vai. Você sabe disso. Eu não preciso dizer."

"É, eu sei."

"Bom, eu falei para mim mesma, esqueça. Viva sua vida. Sabe, na Califórnia, mesmo durante o tempo todo que eu passei com a organização, tentei manter meu ponto de vista. Eu pensava, vai ver está todo mundo pronto para acabar com os judeus, mas por outro lado eu também achava que só conhecia aquele tipo de gente, e que talvez a maioria das pessoas nem pensasse no assunto, e que a gente não ia dar em nada, na verdade. Sabe? Mas, quando cheguei aqui, caí de costas. Eu estava errada. Está chegando a hora, Lully, e não vai demorar muito. Assim que essas organizações todas se juntarem num movimento só, vai ter gente suficiente para sacudir este país. Ora, espere um pouco, não entorte a cabeça assim, me escute. Você sabe tão bem como eu que todo mundo, quase todo mundo, não quer nem saber dos judeus. É verdade, não é? Tudo bem. Está vindo uma depressão, e você sabe tão bem quanto eu que está vindo. Tudo bem. Está vindo uma depressão, tem gente na rua, vem uma organização que resolve tudo para eles, e é o fim dos hebreus. Espere um pouco antes de responder... Você viu aquele gordo."

"Vi."

"O nome dele é Mel. Ele é da Califórnia. Não sei o nome verdadeiro dele, mas ele diz que é Mel. Por acaso eu sei que em Detroit o nome dele é Hennessy."

"Então você sabe quem ele é."

"Ele esteve na nossa casa uma vez. Quando as coisas começaram a dar errado, ele apareceu com dinheiro para manter a organização viva. Não sei quem dá dinheiro para ele, mas ele tem dinheiro. Desde o comecinho, ele tinha a ideia de juntar todas as organizações numa coisa só. Disse que um ano depois que existisse uma organização grande neste país não haveria nem um judeu mais na América. Ele tem razão. Eu sei que ele tem razão. E agora ele está aqui. E isso só quer dizer uma coisa. Eles estão se juntando. Quando a guerra terminar, vão trabalhar todos juntos e você vai ver eles soltando rojões. Não achei que fosse dar em nada na Califórnia, mas quando vi a situação aqui, garanto que vai acontecer, e quando acontecer eu vou estar do lado certo e você também. Então você vai a essa reunião, está ouvindo?"

Ele pôs o cinzeiro no colo dela e se levantou. "Ora, não vamos... apressar as coisas", disse, virando para a janela da frente do quarto.

"Eu sei o que estou dizendo. Você não sabe do que eles são capazes. Lully, olhe para mim!"

Da janela, ele se virou.

"Antes da guerra, pegaram alguns deles com rifles e bombas, sabia disso? Fred tem rifles, não tem?"

"Ele é caçador, usa os rifles para caçar."

"Quando você vai acordar? Ele tem dois revólveres, não tem? Quem caça com revólver?"

"Ele só pratica tiro ao alvo às vezes."

"Às vezes não, o tempo todo. Eu não ficaria nada surpresa se eles todos se reunirem em Jersey para praticar."

"Mas ele traz raposas para casa. Ele caça, meu bem, ele caça."

"Estou falando o que eu sei, Lully, e você vai ouvir o que eu digo!" Ela se levantou depressa. "Não vai poder discutir com eles quando já tiverem resolvido que não gostam de você. Se algum desses desmiolados que vivem com eles acharem que nós somos um casal de judeus..."

"Bom, na Califórnia não pensaram isso de você, pensaram?"

"Não, porque eu estava lá desde o começo. Falei sobre os judeus. Ao contrário de você. Você nunca disse nada."

"Dizer o quê? Você quer que eu vá até lá e faça um discurso?"

"Não precisa ir até lá e fazer discurso nenhum. Mas veja ontem, por exemplo. Você devia ter falado tudo o que pensa para aquele homem do hotel. Devia ter falado em vez de ficar lá parado. Nunca fui tão humilhada na minha vida. Provavelmente foi por isso que Fred ficou zangado com você. Você nunca diz nada. Eu mesma noto isso."

"Bom, eu falava, mas..." Ele se interrompeu, perplexo, e olhou para o tapete. "Não sei o que está acontecendo comigo."

"Ora, o que está acontecendo com você?"

"Não sei", ele disse honestamente. Então foi até a banqueta da penteadeira e sentou, o rosto preocupado, vermelho. "Parece que não consigo mais falar nada sobre eles. Às vezes, sinto que eu era capaz de matar um deles. Mas não consigo dizer mais nada."

Devagar, intrigada, ela se aproximou dele, e inclinando a cabeça perguntou: "Por quê?".

Ele ficou sentado, imóvel, em silêncio, procurando a resposta. O que havia parecido uma coisa se transformara em outra. Ele passara a vida inteira suportando sua repulsa pelos judeus e isso nunca tinha tido nenhuma importância para ele. Era o mesmo tipo de aversão que sentia por certos tipos de alimento. E então passara a perceber quantas pessoas mais compartilhavam esse sentimento, e encontrara estímulo em torno das colunas do metrô, e o tempo todo não sentira nenhum grande medo pessoal do que ameaçava vir pela frente. Naquelas primeiras impressões de violência futura, os agressores eram... bem, se não cavalheiros, eram decerto permeáveis à orientação de cavalheiros como ele próprio. Podiam limpar a cidade da noite para o dia, por assim dizer, e então a cidade pertenceria exclusivamente a pessoas como ele, e a gentalha que conseguira mudar tudo desapareceria de alguma forma no anonimato de onde havia surgido. Mas, ouvindo o que ela dizia agora, para começar eles não eram anônimos e dificilmente se poderia esperar que viessem a desaparecer assim que conseguissem tomar a cidade.

Ela estava parada de pé ao seu lado, e sua própria posição o pressionava a uma decisão. Ele se levantou, foi até a cama e sentou-se. Ela veio e sentou a seu lado, esperando que ele falasse. Ele olhou para ela, depois para as próprias mãos.

"Acho que na verdade eu queria era que a coisa toda acabasse."

"Eles viraram nossa lata de lixo. Alguém está achando que você é judeu."

Ele entendia agora. Queria era voltar aos velhos tempos, em que seu ódio não tinha consequências. Era uma coisa confortável, e não havia rifles nem homens gordos envolvidos.

"Não sou do tipo que sai por aí batendo nos outros", ele disse, embora ela já soubesse disso.

"Você não vê Fred por aí batendo nos outros. Ele tem uma posição no movimento. É isso que você precisa fazer. Encontrar uma posição para você. Você é o típico executivo, Lully."

O corpo dele pareceu entrar numa pausa. *Você é o típico executivo, Lully.* Ele voltou olhos ansiosos para ela.

Sabia que havia uma expressão de mágoa em seu rosto. Mas estava além da mágoa, vagando por uma lembrança que parecia sugerida por aquele momento. Ele estava sentado assim, e ela...

O escritório dela. No dia em que se encontraram de novo. O jeito como o rosto dela, toda a sua atitude, havia mudado.

Ele a estudou agora, sem saber o que estava tentando entender. Ela estava falando. Ele não conseguia se concentrar nas palavras. Aquela era a mesma mulher que havia desprezado tanto no cubículo de vidro. Que incrível era aquilo, que estranho. Ele ficou olhando a carne viva de seu rosto, os lábios em movimento, e mentalmente manipulou os traços dela, mudando-os para a aparência que tinham no cubículo de vidro. Lá estava ela no cubículo... a bolsa pesada... o broche... a estola de pele... produzida demais, pintada demais, judia. Voltou-se para ela, então, e começou a ouvir suas palavras. Ali estava ela, Gertrude, sua esposa, gentia, tão fácil de compreender como sua própria mãe.

"... o melhor a fazer", ela estava dizendo. "Então, você vai a essa reunião, Lully."

Havia um calor estranho no rosto dele. Ficou olhando para ela e além dela. E descobriu que seu braço estava circundando suas costas, a mão segurando sua cintura. Seu rosto se aproximando do dela...

Ela pôs a mão em seu ombro. "Agora, antes da guerra acabar", ela estava dizendo. "Quando vier a depressão, todo mundo vai estar de volta e isso não vai ser nada bom para você. É capaz de acharem que você é um judeu apavorado tentando se proteger. Por isso é que eu digo..."

Enquanto falava, ela se deixou ser pressionada contra a cama. As mãos continuavam empurrando os ombros dele, e ele foi se debruçando com mais e mais força sobre elas até que cederam e ele chegou aos seus lábios. Ao beijá-la, foi tomado por uma grande tristeza, e apesar de ter rido como se fosse tudo uma brincadeira, ela estava tentando liberar seus lábios e afastá-lo para poder olhar para ele, sabia que havia alguma coisa errada. Mas ele insistiu e a segurou de tal forma que ela mal conseguia respirar. Então parou de resistir e ele pousou a cabeça ao lado da dela na cama. Se ela falasse de novo, ele a beijaria de novo. Chega, em nome de Deus, chega de falar! Por que todo mundo sabia o que fazer, menos ele? Fred, ela, até Finkelstein... só ele. Não era o perigo; ele sempre soubera que só os mais truculentos fariam o serviço sujo. Por que estava agindo com tanta cautela de repente? Ele sempre soubera disso. Toda manhã no metrô, toda noite ao voltar para casa. Por que de repente havia nele tamanho horror? O que Finkelstein significava para ele? Que direito tinha aquele homem ali, para começo de conversa? Por que ele estava agindo como se aquele homem...?

Quando a ouviu engolir como quem vai falar, ele abriu os olhos. E naquele momento ela estava como no cubículo naquela primeira vez, ele sentiu o cheiro do escritório nas narinas e a viu lá tão arrumada, tão... Um grito silencioso começou a surgir em seu peito. Não, ela não estava arrumada demais, ela era linda. Ele gostava dela daquele jeito, sempre tinha gostado de mulheres daquele jeito. Um grito clamou em sua garganta e ele entendeu que a aceitaria fosse o que fosse. No escritório de Ardell, naquela segunda vez, ele a aceitaria fosse ela judia ou não. E era por isso. Ele sabia, ele sabia que era por isso que ela não devia falar mais de reuniões e desse assassinato que estava sendo planejado...

"Veja, Lully, o..."

Com um riso alto que soou juvenil embora tenso, ele apertou os lábios contra os dela e no silêncio teve a certeza de que aquela seria sua vida.

Com um sobressalto e um erguer súbito de cabeça ele despertou. Ouviu. Depois baixou a cabeça sobre o travesseiro, os olhos bem abertos. Estava escuro lá fora, e ele via as estrelas pela janela. Tentou se lembrar se estivera sonhando, a agonia da confusão dentro dele. Alguma coisa havia despertado nele, sabia disso. Mas, se fosse um sonho que tivesse produzido aquilo, o sonho estava encerrado agora. Respirando baixinho, girou a cabeça para ouvir em todas as direções. O silêncio era completo. E, no entanto, tinha havido um som que não era da noite. Olhou o rosto adormecido de Gertrude. Talvez ela tivesse falado num sonho. Não, não era esse tipo de som. Uma ideia lhe ocorreu; olhou para o crucifixo que Gertrude havia pendurado na parede, pensando que podia ter caído e feito aquele ruído, mas ele estava ali, no escuro. A visão do carrossel... "*Alícia*...!" Não, isso fora muito tempo antes...

De repente lembrou-se, virou a cabeça para a porta do quarto, para a rua. Imediatamente ficou muito claro que o som tinha vindo da rua. Ficou imóvel, lutando para lembrar que tipo de som tinha sido, a trama do sono se dobrando cada vez mais distante em sua mente. Talvez tivessem ido pegar Finkelstein...

"Alícia! Polícia!"... talvez fosse mais tarde do que ele imaginava e Finkelstein tivesse saído para abrir a loja, saltaram em cima dele e ele estivesse lá caído na rua, ou ainda estivessem brigando com ele na esquina... Pegou o relógio. Quatro e dez. Aliviado, sabia que Finkelstein não estaria na rua a essa hora, e eles certamente não invadiriam sua casa para pegá-lo. Aliviado porque não sabia o que faria se visse aquele homem ser espancado lá fora... ou melhor, porque sabia que não faria nada, mas que isso o incomodaria durante um longo tempo. Não, ele chamaria a polícia. Era isso. Simplesmente chamar a polícia e não ter de sair de casa...

Simplesmente chamar a polícia...

Veio nítido e baixo, e ele sabia que era o mesmo som que o acordara. Deslizou as pernas para fora da cama, encontrou os chinelos, os óculos e saiu do quarto na ponta dos pés, seguiu o corredor, desceu a escada... Olhe aí... de novo. Deslocou-se com passos largos e cuidadosos perto da mãe, que estava roncando na sala. Parou junto à janela e olhou entre as lâminas da persiana.

Eles estavam terminando. Dois homens... movendo-se atleticamente como meninos. Um deles sacudia um saco de papel no gramado, o outro chutava silenciosamente a lata de lixo. No meio da rua, o grande cupê parado com faróis apagados. A lata de lixo estava caída no meio da calçada.

Maldizendo o poste de luz que ficava na calçada oposta, fez um esforço para enxergar o rosto deles. Ambos usavam suéteres. Ele fixou os suéteres na memória e, sem fôlego, procurou seus rostos. O rapaz mais alto jogou o saco vazio, limpou as mãos e virou para o cupê. O outro rapaz deu um último chute em alguma coisa na grama e o seguiu. Ao passar por baixo da árvore de Newman, estendeu a mão, arrancou um ramo de um galho baixo e atirou na direção da casa como se fosse uma pedra.

Newman se viu com a mão na maçaneta da porta. O que devia fazer? Não podia brigar com os dois — talvez houvesse um terceiro sentado à direção do carro, esperando. E no entanto estavam cuspindo na sua cara. Estavam cuspindo nele. O que era digno, o que, em nome de Deus era digno!

Lá fora, o motor gemeu quando foi dada a partida. Ele girou a maçaneta e saiu para a varanda, sincronizando sua saída com o afastamento do carro.

Ficou olhando o carro rugir rua abaixo, depois viu a luz de trás rebrilhar quando virou a esquina e desapareceu, deixando o silêncio da noite a zumbir no ar. Branco e limpo com seu pijama na varanda, ele olhou lá embaixo o brilho de uns restos de comida úmidos espalhados na grama. Desceu a escada, levantou as mangas e curvou-se sobre uma confusão de ossos cortados, tocou-os e retirou a mão porque os ossos estavam frios e o repugnaram. Se pôs ereto.

Por um instante viu-se parado em um local público de pijama, rodeado de lixo. Era como a continuação de um sonho, e sentiu o torpor de alguém que observa o próprio sonho. O ramo quebrado, com três folhas, chamou sua atenção. Ele o apanhou na varanda, foi até a calçada e o jogou. Depois, endireitando o corpo, olhou à direita e à esquerda da rua, e parou quando pousou os olhos numa forma vestida de branco perto da esquina. Finkelstein estava olhando para ele debaixo da luz do poste, ao longe. O sr. Newman viu em sua mão a tampa de uma lata de lixo. Uma ardente sensação de vergonha o forçou a voltar para casa, mas não conseguia se mexer. Era como se sair dali confirmasse sua demonstração de covardia. O sr. Finkelstein tinha posto a tampa no chão e vinha vindo até ele, caminhando cautelosamente pelo meio da rua. Newman ficou parado. Não tenho medo dele, disse a si mesmo. Por um momento, foi como se o judeu tivesse espalhado o lixo, porque era o judeu que se aproximava agora, e Newman tinha apenas de enfrentá-lo. Ficou parado, imóvel, olhando o homem que avançava para ele pelo meio do asfalto abaulado. Ouviu seus chinelos arrastando, viu o volume da barriga por baixo do pijama e sentiu que era como se o mundo tivesse parado e o deixado na noite, ao ar livre, de pijamas, sozinho com aquele judeu.

Virou para a casa, subiu depressa os degraus e sem hesitar atravessou a varanda e entrou. Ao subir a escada para o quarto, viu o desprezo no rosto de Finkelstein e, praguejando, tirou aquilo da cabeça.

Deslizou entre os lençóis. Gertrude se mexeu, e ele sabia que ela estava acordada o tempo todo.

"O que aconteceu?", ela sussurrou.

"Viraram o lixo outra vez."

"Você saiu e falou com eles?"

Ela teria saído e falado com eles, ele entendeu isso. E decidiu que conquistaria esse tipo de entendimento deles para poder ir até eles e dizer: "Olhem aqui, vocês...", e protestar como se fosse absolutamente implacável e estivesse do mesmo lado que eles.

"Foram embora antes que eu conseguisse sair", ele disse.

"Então é melhor você ir a essa reunião", ela disse, definitiva. "Você vai?"

"Vou... claro", ele respondeu, virou para o lado e fechou os olhos, como se não houvesse a menor dúvida.

15.

Em tempos mais pacíficos, tomava a forma de um desejo de ir pescar. Quando se cansava da esposa, dos dois filhos e do velho sogro, pedia para a mulher embalar o almoço, instalava-a na loja e tomava o metrô até Sheepshead Bay. Lá, evitava os barcos de pesca grandes que levavam dezenas de pessoas e alugava um bote com remos. O mar era vasto, e bastava remar menos de um quilômetro baía adentro, jogar a linha e gozar a "solidão, o cálice dourado do homem urbano".

Ultimamente, porém, ele não gostava da ideia de passar um dia distante da família. Embora não pudessem entrar em contato com ele quando circulava pela cidade, ainda estava em terra — a mesma terra em que eles viviam —, e isso fazia com que se sentisse mais seguro. Então, nessa quarta-feira de manhã deixou sua mulher em casa e pegou o metrô para Bushwick, onde estava localizada uma grande firma de brinquedos. Fez algumas compras, que levou consigo numa caixa de papelão comprida.

Gastara quase toda a manhã para completar a viagem e fazer as compras. Estava quase dando o dia por encerrado para pegar o metrô de volta quando se lembrou de uma coisa. Era aniversário do enterro de seu pai.

O sr. Finkelstein não era um homem religioso. Além disso, havia enterrado o pai dezessete anos antes, não era mais particularmente ligado à sua memória. Apesar da lei que exigia que o filho prestasse homenagens no túmulo dos mais velhos ao menos uma vez por ano, o sr. Finkelstein não ia ao túmulo havia três, talvez quatro anos, não se lembrava exatamente. A negligência era devida principalmente a sua ausência de medo da morte, coisa rara entre os judeus, e sua intensa preocupação com os acontecimentos deste mundo e com as notícias do dia. Aos mortos ele desejava boa sorte, mas não via razão para ficar parado na frente de uma pedra no cemitério, fingindo tristeza. Desprezava toda hipocrisia, e essa choradeira por pessoas que estavam mortas havia muito que para ele não passava de um travestimento, e ele se recusava a participar disso.

Então foi estranho para ele se deter já na catraca do metrô, lembrando que seu pai havia sido enterrado naquele dia, perguntando a si mesmo se não deveria ir ver o velho. Mas perguntar a si mesmo é uma expressão falsa para o estado mental dele nesse momento. Tudo o que ele sabia era que alguma coisa o atraía ao cemitério. A verdadeira solenidade da alma havia, de alguma forma, baixado sobre ele, que obedeceu, voltou à rua, caminhou sete quarteirões até o bonde e tomou-o na direção dos populosos cemitérios no limite norte do Brooklyn.

Os judeus mortos jaziam na terra exatamente como tinham vivido nela: amontoados, uma lápide colada à vizinha. O sr. Finkelstein entrou no cemitério e caminhou pela rua de concreto que serpenteava por todas as partes do terreno em grandes curvas. Para um homem com a propensão especulativa do sr. Finkelstein, esse modo indireto de chegar a um túmulo apresentava interessantes possibilidades. Notou, ao caminhar, que a maior parte dos mausoléus custosos estava congregada à vista dos portões do cemitério, emprestando ao local uma atmosfera serena e elegante. Mas, depois de passar por eles, as vastas extensões de lápides contava a história real, no entender do sr. Finkelstein. Ali estava o povo, a massa do povo. E, para cada lápide larga e bem cuidada, havia centenas, milhares, de pedras baratas inclinadas na direção contrária à do vento, os túmulos afundados ou achatados como outros tantos peitos esvaziados. À direita, uma pequena procissão fúnebre seguia seu rumo, e ele ouviu por um momento um vago som de choro. Mais um que vai ao encontro de Moisés, pensou, e seguiu as curvas do caminho.

Foi difícil encontrar o túmulo do pai, mas sua boa memória o conduziu com segurança. Ele saiu do caminho principal para uma trilhazinha de cascalho, depois deixou da trilha e caminhou oscilante entre os túmulos de um setor, espremendo-se até a campa que procurava.

Ler a inscrição na lápide o deixou paralisado. Sempre o deixava, apesar da frieza de sua visão da morte. Mas dessa vez foi pior, de alguma forma, pior do que nunca. Olhou a pedra marcada pelo tempo e o túmulo gramado e irregular, e um discurso tomou forma dentro dele. Isso o perturbou, porque não gostava de ser afetado por esse tipo de coisa. Em um movimento automático, apoiou um lado da caixa de papelão no chão e, com o outro escorado na perna, pôs as mãos nos quadris.

O que estou fazendo aqui?, perguntou a si mesmo. Aí embaixo não devem restar nem ossos. Talvez um osso. O que posso dizer para um osso? O que estou fazendo aqui?

Mas não conseguia ir embora ainda, porque era como se tivesse vindo por alguma razão, e nada acontecera ainda.

E então entendeu. Parado ali diante da velha pedra, ele conseguia lembrar o que tinha de lembrar, o que precisava agora. Uma velha história. Ele viera para recordar a história, a única história que seu pai conseguira lhe contar vez após vez, sem mudar nada do começo ao fim. O sr. Finkelstein sempre acreditara naquela história, assim como não tinha acreditado nas outras que o velho contava, porque essa saía sempre do mesmo jeito. E ficou ali parado olhando a lápide, lembrando da história.

No velho continente, na região da Polônia que naquela época pertencia à Áustria, um grande barão morava numa propriedade que não tinha fim. Nenhum homem da aldeia ali perto jamais a havia circundado inteira, e ninguém sabia realmente onde ficavam seus limites. Mas havia uma parte fechada por uma alta cerca de ferro que levara muitos anos para ser construída. Atrás dessa cerca havia árvores altas e cerrados arbustos, e ninguém da aldeia sabia dizer o que havia além deles. Mas supunha-se que a casa do barão ficava em algum ponto ali dentro. Quem haveria de construir uma cerca tão boa senão em torno de uma bela casa?

Além da cerca, porém, havia sempre silêncio; ninguém nunca ouvira vozes, e nenhum som de rodas de carro ou de foices de lá vinha. E então um dia ouviu-se um grande grito e rugidos dentro da parte cercada. As pessoas da aldeia correram à cerca e algumas treparam pelo ferro, subiram nas árvores e olharam para dentro. Viram camponeses correndo para uma carroça atolada e viram homens com lanças e chicotes a afastá-los. Viram uma espécie de batalha ocorrendo, e a batalha só terminou quando os homens com as armas foram derrubados. Então os camponeses pegaram as lanças deles e os mataram todos.

A história toda só veio à tona depois. O que aconteceu foi o seguinte. Dentro da cerca, o barão mantinha várias centenas de servos. A emancipação havia sido proclamada gerações antes, mas não havia chegado a muitas propriedades. Os servos nunca tinham permissão para deixar as propriedades, viviam e morriam sem jamais conhecer o mundo exterior. Um dia, quando estavam puxando essa carroça, as rodas atolaram na lama e se recusavam a sair. O capataz ordenou que puxassem mais forte e acabou erguendo o chicote. Enquanto puxavam as correias, ele baixou o chicote nas costas de vários deles. Isso não era nada fora do comum, acontecia sempre, mas dessa vez os camponeses largaram as correias, viraram e enfrentaram o capataz. Então o cercaram e ele os chicoteou de novo e de novo, até que o pegaram e quebraram seu pescoço ali mesmo. Só o soltaram porque parou de bater com o chicote e, quando se afastaram, ele caiu ao chão e viram que estava morto.

Ali estava ele, morto, com o chicote ainda na mão. Eles não sabiam o que fazer, então ficaram parados, esperando. Porque agora sua raiva havia esfriado e eles esperavam que alguém viesse e assumisse o lugar do capataz para eles poderem continuar com o trabalho do dia. Depois de algumas horas de espera, viram um outro criado, chamaram-no e contaram que precisavam de outro capataz, porque aquele havia caído e quebrado o pescoço. O criado viu o morto e voltou para a casa. Foi então que aquele bando de capatazes começou a atacar os camponeses, com a intenção aparente de matá-los.

Mas eles eram contra serem mortos, então se puseram a gritar por socorro, mandaram homens e, enquanto resistiam aos agressores, fizeram contato com outros camponeses que trabalhavam em outros campos, e logo havia cerca de duzentos camponeses espancando os capatazes. E finalmente mataram todos. Então puseram-se em marcha e foram até a casa do barão. Ele não estava lá naquele momento, e os camponeses sabiam disso. Entraram na casa e destruíram tudo. Quebraram a mobília e arrancaram as cordas do piano — que nunca tinham visto antes —, arrancaram o estofo dos sofás e rasgaram os quadros em suas molduras nas paredes. Foram até a cozinha, espalharam sal em cima de tudo o que era comestível e, subindo a grande escadaria de pedra, destruíram os quartos. Então, encontraram a caixa.

No quarto do senhor, encontraram aquele baú, mas como havia nele um grande fecho, eles arrancaram a fechadura e abriram a caixa. Dentro, encontraram muitos belos retratos do rei. Eles sabiam que era o rei porque o barão havia ordenado que o retrato do rei fosse pendurado ao lado do crucifixo em suas cabanas. Eram contornados por arabescos dourados e havia palavras escritas nas bordas. Eles amavam seu rei, então tiraram as pilhas de retratos da caixa e as distribuíram entre eles. Era muito estranho que todos os retratos fossem exatamente iguais, e eles não conseguiam superar esse fato. Depois disso, saíram da casa, voltaram aos campos e continuaram trabalhando, cada homem com pelo menos dez ou doze retratos cuidadosamente dobrados no bolso. Iam trocar os velhos retratos do rei por esses novos. Alguns deles tinham retratos suficientes para cobrir todas as paredes de suas cabanas e mal podiam esperar que o sol se pusesse para poderem voltar para casa e fazer isso.

Mas nessa noite o barão voltou. Quando descobriu que sua casa estava daquele jeito e que os capatazes tinham sido mortos, mandou um cavaleiro à cidade que ficava alguns quilômetros a leste, onde os soldados do rei tinham um quartel. Ele então passou entre as cabanas de seus camponeses e viu aqueles retratos nas paredes. Não disse nada, porém, e voltou para sua casa.

Mas não ficou lá muito tempo. Pegou o cavalo, saiu de sua propriedade e foi à pequena aldeia que ficava ao lado. Havia muitas famílias judias nessa aldeia, e uma delas era a de Itzik, o mascate, que estava em casa depois de uma temporada viajando pelo campo com os potes e as panelas que vendia aos camponeses. O barão chamou esse Itzik para fora de sua casa e disse: "Mudei de política. O portão da mansão estará aberto para você esta noite. Vá até lá com sua mercadoria e, se alguns dos meus servos quiserem comprar, pode vender a eles tudo o que possam pagar. Não vou fornecer mais nada a eles".

Itzik pensou a respeito e analisou o rosto do barão. Entrecerrando os olhos contra o sol que se punha, Itzik falou: "Eu ficaria muito feliz e honrado em fazer isso, excelência, mas o senhor sabe que tenho de pagar em dinheiro os meus potes e panelas, e seus servos não têm dinheiro."

"Vá até lá que eles pagarão."

"Mas, excelência, minha casa já está cheia de creme azedo e de muitas peles que tive de aceitar em troca dos meus produtos. Mesmo fora de sua propriedade as pessoas têm muito pouco dinheiro. Não tenho como dispor dessas coisas, excelência. Não posso pagar potes com creme azedo, preciso de dinheiro para comprar."

O barão olhou para ele com superioridade e disse: "Vá à minha propriedade e leve seu comércio com você. Vá agora".

Itzik entendeu que era uma ordem, fez uma profunda reverência e o barão foi embora. Ele atrelou o cavalo à carroça, seguiu atrás do barão, encontrou os portões da propriedade abertos e entrou. Atravessou uma floresta e então chegou às cabanas dos camponeses. Era a primeira vez que um estranho entrava naquelas terras, e todos saíram para olhar. Tristemente, Itzik desceu de seu banco e todos se reuniram em torno dele e de seus potes e suas panelas brilhantes. Em polonês, disse a eles que podiam comprar qualquer coisa que houvesse na carroça. Então se calou. Era o pior anúncio de venda que fizera na vida. Ele achava também que eles não entenderiam de compras, pois sabia que nunca haviam comprado nada na vida. Mas algum instinto os levou a entender que ele estava tentando trocar aqueles potes e panelas, e vários apontaram cautelosamente determinados artigos na carroça e perguntaram a Itzik como poderiam possuir aquilo.

"Bom", ele disse, "se tiverem em casa qualquer coisa de valor, me mostrem e eu digo como podem adquirir estes potes e panelas."

Vários voltaram para suas cabanas e trouxeram o que acharam que pudesse ter valor. Uma mulher trouxe um sapato que disse que o padre havia usado, mas Itzik sacudiu a cabeça que não. Outro mostrou-lhe um saquinho com botões quebrados e ele sacudiu a cabeça que não. Então, um homem veio até ele e disse:

"Tenho um retrato do rei. Tenho vinte retratos."

"De que tamanho?", Itzik perguntou.

"Olhe, tenho alguns aqui no bolso", disse o homem. E com isso tirou do bolso um punhado de retratos dobrados cuidadosamente.

Itzik olhou os retratos, notou bem os números impressos nos cantos. Estava escrito "1000 coroas". Ele respirou fundo.

"Algum de vocês tem mais desses retratos?"

A pergunta recebeu uma onda de respostas. Antes que se desse conta, levaram-no a uma cabana e nas paredes viu centenas de notas de 1000 coroas coladas. Foi à cabana seguinte e à seguinte, e por fim parou no meio da rua de terra e se deu conta de que havia entrado numa mina de ouro.

O que podia fazer? Entendia agora que o barão havia ordenado que vendesse aos camponeses... eles com certeza possuíam dinheiro. Ele era um daqueles que havia subido na cerca e vira os camponeses matando os supervisores. Juntou um mais um e concluiu que aquela fortuna havia sido roubada da casa do barão. Fez mais alguns cálculos e concluiu que o barão iria adorar que ele, Itzik, o judeu, limpasse a fortuna daquela gente ignorante para depois encontrar as pilhas de dinheiro em sua posse. Em resumo, ele percebeu que um *pogrom* estava sendo armado.

Seu primeiro desejo foi fugir. Deixar carroça, potes e panelas, sair pela cerca e ir embora. Mas tinha uma família na aldeia lá fora, não suportaria abandoná-los num momento daqueles. E havia mais uma razão para não fugir. Ele não era tolo, esse Itzik.

Sabia o que estava acontecendo na Europa, pois em suas viagens com a carroça visitara muitas regiões do país, oportunidade vedada à maior parte das pessoas naquele tempo. E, em suas viagens, ele muitas vezes fora depreciado e ofendido por ser judeu, e chegara a um momento da vida em que estava cansado daquilo. E aquela dificuldade lhe parecia agora a indignidade final de uma vida de indignidades.

Então, com a grande amargura que surge quando um homem tem de externar sua rebelião, ele foi de cabana em cabana e pegou os retratos do rei em todos os lugares em que os encontrou, e em troca entregou seus produtos aos camponeses, até ficar com a carroça vazia e a bolsa cheia com mais de um milhão de coroas. Depois subiu na carroça, tomou seu assento e saiu da propriedade. No caminho não viu ninguém, e chegou em casa incólume.

Caiu a noite. Ele jantou, fez orações prolongadas, especiais, e deitou-se para dormir. Em torno dele dormiam os filhos, a seu lado a mulher. Ele esperou o som dos cascos de cavalos e o cheiro de queimado.

E, quando estava muito escuro, ouviu o som de passos se aproximando. Saiu correndo de casa e alertou os vizinhos, que trancaram as portas e fecharam as janelas. Voltou correndo para casa e fez a mesma coisa. Minutos depois, a cavalaria atacou a cidade e começou a destruir as casas dos judeus. Primeiro uma, depois outra, com as mulheres gritando, e duas delas estupradas na porta de entrada.

Então chegaram à casa de Itzik e arrombaram a porta. O teto da casa começou a queimar. Ele tentou segurar a família em torno dele, mas os soldados arrancaram seus filhos de seus braços e os espetaram como se fossem porquinhos, depois estupraram três vezes sua mulher e nele bateram na cabeça com baionetas e o deram por morto.

Quando chegou a manhã, Itzik acordou em grande dor. Olhou a família morta à sua volta e se pôs de pé. Para sua surpresa, no meio da sala estava caída a bolsa. Ele a abriu. As centenas de notas estavam arrumadas e intocadas.

Como Jó, ele sentou no chão, olhando o sol brilhando lá fora. No final da manhã, o barão veio com dois soldados, foi a pé até sua casa, curvou-se, pegou a sacola. Sem nem olhar para Itzik saiu, montou no cavalo e foi embora.

A partir desse dia, Itzik, o mascate, ficou louco. Outros tiveram de enterrar seus mortos, e durante muitos anos ele não pronunciou mais nenhuma palavra para ninguém. E um dia saiu da aldeia na direção que tomava em anos passados quando partia em suas viagens. Ainda se diz na região que ele caminhou a rota inteira, que cobria centenas de quilômetros, e ao terminar voltou à aldeia, onde morreu poucos dias depois.

O sr. Finkelstein ficou olhando a lápide que estava à sua frente, mas era o rosto de seu pai que flutuava em sua mente. E internamente formulou a velha pergunta que sempre fazia a seu pai quando a história terminava.

"Então? O que quer dizer isso?"

"O que quer dizer? Não quer dizer nada. O que esse Itzik podia fazer? Só o que tinha de fazer. E o que ele tinha de fazer era terminar do jeito que ele sabia que ia terminar, e não havia mais nada que pudesse fazer, não havia outro fim possível. É isso o que quer dizer."

O sr. Finkelstein virou as costas ao túmulo e ia voltar pelo caminho de cascalho quando um velho de barba crespa e grisalha veio em sua direção. Reconheceu o homem como um daqueles que diziam preces pelos que vinham visitar os túmulos. Ele não gostava desses tipos, assim como não gostava de nada que fosse cerimonial e insincero. O homem, todo vestido de preto, encontrou o sr. Finkelstein quando ele passava por cima dos túmulos para o caminho de cascalho. Perguntou se podia fazer uma oração pela pessoa que o sr. Finkelstein estava visitando aquele dia.

"Não, obrigado, tudo bem", disse o sr. Finkelstein.

Aparentemente, o velho já estava observando o sr. Finkelstein antes, porque apontou o túmulo de seu pai e disse: "O senhor não deixou nada".

O sr. Finkelstein olhou a lápide e lembrou que devia colocar um seixo em cima dela para mostrar que havia parado ali e prestado seus respeitos. Aqui e ali, em outras lápides, havia seixos de todos os tamanhos, como cartões de visita que sobreviveriam às chuvas. Ele voltou-se para o velho e disse em iídiche: "Se ele me viu, sabe que estive aqui. Se não me viu, não vai ver a pedrinha também. Deixe para lá".

Foi se virando para ir embora quando o velho disse: "Viu o túmulo quebrado?".

O sr. Finkelstein virou as costas e olhou os olhos minúsculos do velho. Agora que não se tratava mais de negócios, o velho tinha um momento disponível. Apontou para trás do sr. Finkelstein e disse: "Eles vieram e quebraram, os *momseirem*, os filhos da puta".

Virando-se, o sr. Finkelstein viu uma lápide tombada de cara para baixo. Foi até ela com o velho e olhou. Sobre a superfície lisa da pedra, agora voltada para o céu, estava pintada uma suástica amarela.

Seu estômago revirou. Porque a pedra, ao cair, havia cavado um buraco na terra fofa do túmulo. Lágrimas ameaçaram se formar em seus olhos e ele se virou, olhando para o velho.

"Pegaram quem fez isso?"

"Fizeram durante a noite. Ninguém sabia até de manhã."

"Não deviam deixar essa marca aí desse jeito."

"Estão procurando alguma coisa para remover. Como é que vai ser, *mister*? *Noch* nos Estados Unidos."

O sr. Finkelstein olhou para os olhos azuis e úmidos do velho. A incompreensão que viu ali, a tristeza e a morte da esperança por aquilo ter acontecido "*noch* nos Estados Unidos" — o rosto e a postura curvada do velho de alguma forma o lembraram de seu pai. Deu de ombros e, erguendo a caixa de brinquedos, seguiu o caminho serpenteante até o portão.

No bonde de volta para casa, ficou sentado quieto, num estado de espírito de alguém cuja vida está chegando a um ponto decisivo, a um clímax indesejado, a um momento que não precisaria nunca chegar e no entanto, apesar de tanto planejamento e tanta ilusão de esperança, estava se aproximando e logo chegaria. Sentiu dentro dele aquela inquietação peculiarmente filosófica que é o suvenir do cemitério a seus visitantes. E viu de novo, como tinha visto muitas vezes antes em sua vida, como estavam errados seu pai e tantos outros pais que jaziam ali ao lado dele. Aquele Itzik, o mascate — havia um sentido em sua história. E não era que os judeus estavam fadados a um final sangrento. (O sr. Finkelstein não pretendia morrer desse jeito, nem permitiria que seus filhos morressem desse jeito, nem sua alta esposa.) O sentido, ele viu de novo ao passar de bonde por Bushwick, era que Itzik nunca deveria ter permitido que lhe fosse imposto um papel que não era dele, um papel que o barão criara para ele. Quando viu que o barão pretendia desviar de si mesmo a raiva dos camponeses, deveria ter se forçado a se deixar levar pela indignação, pegado sua carroça e ido diretamente para casa. E então, quando veio o *pogrom*, como viria de qualquer forma, podia ter encontrado força suficiente para lutar. O *pogrom* é que era inevitável, não seu resultado. O resultado só parecia inevitável porque aquele dinheiro estava em sua casa quando os cascos dos cavalos vieram ressoando pela aldeia. Aquele dinheiro em sua casa o enfraquecera, era a venda que tinham posto em seus olhos, e ele não tinha o direito de deixar que a pusessem. Sem aquela venda ele estaria pronto para lutar: com a venda estava pronto apenas para morrer.

Para o sr. Finkelstein, sacudindo no bonde de volta para casa, a moral da história estava mais clara do que jamais estivera. Eu sou inteiramente inocente, disse a si mesmo. Não tenho nada a esconder e nada de que me envergonhar. Se existem outros que têm alguma coisa de que se envergonhar, eles que se escondam e esperem essa coisa acontecer, eles que cumpram o papel que lhes foi dado e que esperem como se fossem efetivamente culpados de erro. Eu não tenho nada do que me envergonhar, e não vou me esconder como se houvesse alguma coisa roubada em minha casa. Sou um cidadão deste país. Sou um homem honesto, pensou ao descer do bonde e seguir para o metrô que o levaria para casa, não sou nenhum Itzik. Maldição do inferno, disse a si mesmo ao passar pela catraca, não vão me transformar em um Itzik.

Um barulho no chão da plataforma o trouxe de volta para onde estava. Ao passar pela catraca, a caixa de papelão se rasgara. A seus pés estavam dois tacos de beisebol. Um terceiro estava começando a escorregar por um buraco na caixa. Ele apoiou a caixa no concreto, recolheu os dois bastões e empurrou-os de volta pelo buraco. Então foi até a beira da plataforma e esperou. Da próxima vez, pediria que embrulhassem os tacos em caixas mais resistentes. Era a primeira vez que os comprava, tendo decidido apenas nos últimos dias que era bom tê-los na loja.

16.

Durante quase quarenta dias não choveu na cidade. A chuva é um insidioso pacificador; as pessoas ficam em casa, e as páginas do livro de registros da delegacia são viradas com menos frequência. Mas, quando o céu fica tão azul como naquele verão, dia abafado após dia abafado, e o ar úmido sufocante, acordando as pessoas, são as ruas e varandas da cidade que ficam povoadas, e a autoridade da família se desintegra por um momento. As sorveterias ficam lotadas, e os bares; as praias são aplainadas por mais gente do que deveriam receber — as próprias artérias inchadas da cidade se esvaziam. Nesse verão, a cidade não teve chuva e nenhum dia realmente fresco durante quase quarenta dias, e as pessoas se atritavam umas contra as outras em sua busca irritada por uma aragem e um momento para respirar. Algumas levavam o despertador e dormiam a noite toda no Central Park, outras, desafiando os insetos, se esticavam na praia de Coney Island. E muitas foram assaltadas lá e outras roubadas nas coberturas dos prédios onde tinham fechado os olhos para descansar. As pessoas se deitavam em escadas de incêndio, que despencavam nas horas que antecediam a manhã. Outras, acordadas até tarde, voltavam para casa e percebiam que os apartamentos haviam sido assaltados, pois não tinham trancado as janelas para manter o ar fresco. Havia toda sorte de acidentes, refrigeradores sobrecarregados explodiam na cozinha. Dois rapazes querendo uma brisa a mais puseram a cabeça para fora das janelas do trem da linha Culver e foram decapitados por um poste. Várias mulheres grávidas tiveram seus bebês antes do tempo em ônibus cheios de monóxido de carbono. Um homem na Sexta Avenida ficou tão perturbado com o calor que pegou uma espingarda e disparou duas vezes contra uma multidão que esperava o farol abrir para atravessar. Ele disse depois que não conseguia suportar a visão de tanta gente. Uma mulher de quase setenta anos foi encontrada tentando pular a cerca em torno do reservatório do Central Park. Na delegacia, permitiram que tomasse uma ducha e a mandaram para casa com um lenço úmido. No Bronx, havia muitos cachorros correndo soltos, contaminados pela raiva. Centenas de pessoas estavam contraindo paralisia infantil, e correu um boato de que a água de Coney Island estava contaminada. Mas as pessoas continuavam indo a Coney Island, e muitas agitavam a água em torno de onde estavam para fazer com que parecesse espumosa e limpa, afastando a paralisia; os salva-vidas observaram isso. Nos cafés, o cheiro de leite azedo transformava tudo o que os clientes consumiam em algo acre. Não conseguiam comer bem e não tinham dormido. No Brooklyn houve uma invasão excepcionalmente intensa de moscas e era difícil comprar telas por causa da guerra. Dois enormes parques de diversão foram incendiados, e vários ancoradouros pegaram fogo. As pessoas ficaram com medo de ir aos parques de diversões depois disso, e com medo de ir a Coney Island, mas tinham de ir e iam, sempre preocupadas. Até os trens do metrô começaram a se comportar de jeito estranho. Em apenas uma semana, descobriram que três deles estavam rodando nos trilhos errados. Durante quase quarenta dias não choveu na cidade.

E no Queens era a mesma coisa que em todo o resto da cidade, só que havia mais pernilongos. São poucas as árvores no Queens, o solo é absolutamente plano, e como em todos os lugares planos o calor parece mais impiedoso, principalmente nos locais construídos em cima de pântanos aterrados. Ali, em terrenos baldios, a terra é composta de cinzas que precisam pouco mais que o movimento do sol para se agitar numa fina névoa de poeira.

Foi através de um desses terrenos baldios que o sr. Newman seguiu às quinze para as oito de uma noite de verão, depois de a cidade estar havia tanto sem chuva. Seus sapatos quebravam ruidosamente tições onde ele pisava, e pequenas nuvens de fumaça seca cresciam debaixo das pernas de sua calça toda vez que baixava o pé. Estava cortando caminho pelo terreno, mas agora lamentava ter feito isso. Era um homem muito limpo e podia sentir o pó nas panturrilhas pegajosas. A camisa limpa que acabara de vestir em casa já estava grudando nas costas. Apesar do calor, ele ainda usava paletó e gravata; a reunião, afinal de contas, tinha certo grau de formalidade, ele achava, e essa noite poderia fazer contatos que viriam a ser importantes para ele. Acreditava no poder das primeiras impressões.

Quando chegou de novo à calçada, a dureza do concreto o aliviou e ele se lembrou da boa notícia que recebera durante o dia. A empresa ia mantê-lo depois que a guerra acabasse. Ele pensou como seria ganhar sessenta e dois dólares por semana durante a próxima depressão, e lembrou com prazer de quantas coisas podia comprar com sessenta e dois dólares quando as coisas estivessem de volta ao normal. No geral, sentia se aproximar um momento bastante agradável de sua vida.

Ao virar uma esquina, viu a multidão que se dirigia à sala no fim do quarteirão. Diminuiu o passo. Ia esperar, depois entrar e procurar um lugar isolado. Ao se aproximar do salão, viu que havia um carro de polícia estacionado na calçada oposta. Perto do carro, seis ou oito policiais parados, à espera. Havia um número surpreendente de meninos novos correndo ao redor da multidão em movimento. Alguns marinheiros, afastados da aglomeração, observavam em silêncio. Depois viraram e foram embora, conversando entre eles. O sr. Newman chegou à entrada e parou de lado, observando as pessoas entrarem, tentando localizar Fred.

O sol já havia se posto, mas ainda havia uma certa luz alaranjada em torno da borda do céu, e ele podia ver os rostos com bastante clareza ao passarem pela fachada de colunas sólidas. A maior parte era de meia-idade. Para o sr. Newman começou a parecer que, de cada três, ao menos um era velho. Mas muitos soldados. Muitos. Um apoiado em muletas, com um velho e um marinheiro abrindo caminho para ele. Uma mão tocou o braço de Newman, e ele virou para olhar o rosto do corcunda de chapéu-panamá, vendendo jornais. O homem ergueu um à altura de seus olhos. Era o *Gaelic-American*. Ele sacudiu a cabeça. Nunca lia o jornal. O homem de chapéu-panamá se afastou, fazendo pequenos círculos para abranger a multidão.

A aglomeração na rua estava se desfazendo agora. O sr. Newman entrou com os remanescentes, sempre à procura de Fred, e abriu caminho pelas portas do velho prédio de pedra que um dia havia sido um banco. Conhecia o interior, porque havia comparecido a uma reunião ali antes da guerra. Dessa vez, não ficara muito, porque as pessoas em torno dele estavam muito obviamente enraivecidas e beirando a esquisitice. Mas nesse dia, ao se sentar, ficou surpreso. À luz do salão, o público parecia mais classe média. Vários presentes estavam com suas famílias.

Dois pastores sentados lado a lado... uma outra dupla à direita. Havia algo peculiar na plateia, as expressões. Em nenhuma outra massa humana o sr. Newman havia notado tal concentração nervosa no que estava acontecendo à sua frente. Sempre que alguém subia ao palco baixo, todas as cabeças se viravam, e havia murmúrios ininteligíveis à sua volta. Ele perscrutou o palco, tentando encontrar Fred.

Pendurada bem alto acima do palco, uma reprodução fotográfica de quatro metros e meio de uma pintura de George Washington. O sr. Newman olhou o rosto do presidente e sentiu um clima fúnebre se espalhar pelo corpo. As faces no quadro estavam pintadas de um rosa tão brilhante que o rosto parecia estar olhando a multidão como um ser embalsamado. Enroladas em volta do retrato, havia pelo menos cinquenta bandeiras norte-americanas de todos os tamanhos, descendo em pregas até uma fileira de altos vasos cheios com flores. Ele começou a sorrir à visão da mulher sentada numa cadeira dobrável entre os vasos. Era atarracada, de seios grandes, o nariz severamente achatado, e atravessada no peito usava uma larga faixa de cetim vermelho com letras vermelhas que diziam "MÃE". A outra meia dúzia de pessoas em cima do palco ao lado dela era composta de homens, sentados a intervalos de trinta centímetros, sem dizer nada uns aos outros com a intensidade de homens jurados de silêncio. Provavelmente algum tipo de funcionários. Ficou intrigado de Fred e o sr. Carlson não estarem entre eles. Examinou os rostos nas fileiras à sua volta. Ninguém que conhecesse. Sentiu-se decepcionado e tolo...

O terrível calor da aglomeração estava começando a pousar sobre ele como lã. O homem à sua esquerda tinha rugas profundas no rosto vermelho e uma barba líquida de suor escorria dos sulcos pelo queixo. À sua direita, um homem alto e loiro, sentado calado a olhar para a frente, dobrando e desdobrando sem parar o paletó que tinha no colo. Havia pessoas que se levantavam para desgrudar as nádegas da roupa e tornavam a se sentar. Havia suspiros por toda parte, como se as pessoas estivessem fazendo um esforço atrás do outro para começar de novo e respirar normalmente. Um movimento ascendente de repente varreu o salão... *Padre!*

O sr. Newman virou em seu lugar, assim com seus vizinhos, e viu o padre. O homem tinha a constituição de um atleta e estava caminhando pelo corredor central na direção do palco, ladeado por dois homens em mangas de camisa que pareciam irmãos. Tinham a mesma carranca de alerta em seus rostos. Atrás deles marchava uma meia dúzia de outros homens, depressa, como se estivessem trazendo alguma espécie de despacho para a plateia. A multidão se inclinava, gesticulava, todo mundo dizendo ao vizinho o que o vizinho tentava dizer a ele — que aquele era o padre de Boston, que aquele era o padre importante de Boston. "*Padre?*" Ele ria sempre e cumprimentava as pessoas por todo o salão. Tinha o pescoço tão grosso, que era difícil girar. Chegando à escada do palco, subiu saltando de dois em dois degraus e começou a apertar as mãos das pessoas sentadas atrás do púlpito estreito. Os homens que haviam chegado com ele pareciam ter ocupado lugares predeterminados nos extremos do palco e, embora houvesse cadeiras para eles, preferiram ficar de pé, de frente para a plateia. O sr. Newman esqueceu do padre por um momento e observou esses homens. Não conseguia superar o fato de que estavam todos examinando o auditório e franzindo a testa. O que procuravam? Não conseguia controlar uma crescente inquietação. Tinha um emprego que ia durar, o que estava fazendo ali? Mas, vendo os olhos duros e excitados à sua volta, ele se lembrou dos jovens corpulentos a espalhar seu lixo no gramado e acabou achando sensato estar ali essa noite. Definitivamente era uma coisa sensata a fazer. Mas aquele calor...

Silêncio. O silêncio de um vento interrompido tomou conta da plateia. O padre de repente afastou-se do homem com quem estava falando e subiu ao palco. O sorriso havia desaparecido. O maxilar grande, brilhando de tão bem barbeado, projetou-se da cabeça pesada. Não tinha nenhum papel na mão e simplesmente apoiou os braços no púlpito e lentamente, muito lentamente, passeou os olhos pelos rostos à sua frente. Durante alguns momentos, o silêncio se manteve. Parecia haver um problema pairando no ar. Parecia que alguma coisa já havia acontecido e que aquele homem de preto dera um passo à frente para resolver o problema. Mentalmente a multidão se inclinava na direção dele como se fosse um acidente ocorrido na rua. O sr. Newman esqueceu todo seu calculismo. Sua boca estava um pouco aberta. Ele esqueceu de piscar. Respirava devagarinho.

"Não preciso ser apresentado", irrompeu o padre. Era como se estivesse continuando um sermão em vez de começar, o tom tão surpreendente e arrebatado. Parecia que ele já estava furioso, e o sr. Newman se perguntava por quê.

O padre, depois desse pronunciamento, pareceu voltar os olhos para cada espectador individualmente. Passou o olhar por toda a periferia distante da multidão, pareceu puxar todos para ele. Depois sorriu modestamente, como se fosse íntimo de todos, e batucou no púlpito de madeira.

"Não, não preciso ser apresentado", disse, bem baixo.

A multidão sorriu com fascínio e com algum amor. O sr. Newman riu também, um pouco. Era um discurso estranho. Ele não fazia a menor ideia do que o fizera rir, mas estava decidido a descobrir a causa e ouviu. E a multidão ouviu.

Respirando fundo, o padre projetou sua voz na sala. "Não preciso de apresentação porque vocês me conhecem. Uso a batina e por isso vocês me conhecem!"

O aplauso começou. O padre ergueu a mão.

"Vim até vocês esta noite, minha boa gente, no terrível calor deste dia, para lhes trazer uma mensagem de uma cidade. Uma cidade aos meus olhos bela, mas uma cidade vilipendiada e crucificada por alguns que geram ódio e se nutrem desse ódio. Uma cidade que resistiu por sua independência, assim como resistiu em outra era quando a América atirava fora o chá da pior, eu disse a pior, tirania de todos os tempos, sem excluir nenhuma!"

O público irrompeu em aplauso, como se mil flechas fossem disparadas no mesmo instante, e com elas ergueu-se o clamor de vozes.

"Eu lhes trago esta mensagem de *Boston*!"

Em vez de baixar, o clamor dobrou-se sobre si mesmo.

"Boston está se limpando, senhoras e senhores, Boston está resistindo!"

Agora, o clamor era uma onda ganhando força por cima da cabeça do sr. Newman. Ele entendeu. Tinha lido que estavam espancando judeus em Boston. Um súbito movimento a seu lado... o homem à sua esquerda se pusera de pé e socava o ar para cima e para baixo, como se puxasse a corda de um sino, gritando: "Os judeus! Os judeus!". O sr. Newman olhou o rosto do homem, o rosto sulcado e suado, viu os seus olhos e desviou o rosto. Um momento depois, o homem se sentou e o sr. Newman sentiu seu olhar. Virou-se ligeiramente para o homem e acenou com a cabeça. Mas o homem já estava olhando para o padre.

Mais uma vez, o padre estava batucando na madeira do púlpito. Parecia ter esquecido inteiramente a multidão, que estava voltando ao silêncio. De repente, ele olhou diretamente para o público e dirigiu-lhes um olhar raivoso. O sr. Newman sentiu que era um homem que dizia as coisas que lhe ocorriam, e ficou curioso sobre o que viria em seguida porque temia que pudesse ser qualquer coisa.

"Mas antes de prosseguir esta mensagem, meus queridos irmãos e compatriotas, antes que eu continue, gostaria de informar, não, de alertar vocês que existem entre nós esta noite certos representantes da imprensa — como posso dizer? — da imprensa internacional."

A toda volta do sr. Newman, as pessoas olhavam seus vizinhos. O sr. Newman olhou o homem de rosto sulcado exatamente a tempo de encontrar o olhar do homem. Ele sorriu, mas o homem não correspondeu. Estudou os rostos à sua volta e não percebeu ninguém que pudesse ser judeu. Para ajudar quem pudesse de alguma forma estar demorando para entender, o padre continuou: "Acho que nós todos sabemos distinguir um internacionalista de um nacionalista".

Houve algumas risadas e mais alguns olhares nos rostos em torno. Outra vez o sr. Newman voltou-se para o homem com o rosto sulcado e encontrou o homem olhando para ele. Sentiu a raiva crescer dentro dele e baixou o rosto, mas o olhar do homem era como uma luz quente em sua face.

"A razão de eu informar isso", disse o padre, que agora estava com as mãos na cintura, "é que podemos esperar, assim como no passado, que esses cavalheiros nos dediquem a devida atenção em seus jornais e, uma vez que suas opiniões inevitavelmente interferem em seu trabalho como repórteres, devemos estar preparados para exclamações de discórdia da parte deles. Se algum protesto dessa ordem ocorrer, confio que vocês haverão de se controlar e lidar com os cavalheiros conforme convém a seu bom senso e qualidades de liderança..."

O sr. Newman sentia a mente se debatendo de ansiedade. Como lidariam com eles? Suponhamos que a pessoa à sua direita, o homem calmo com o paletó no colo, pudesse irromper de repente contra o orador? Ele deveria ajudar a expulsar o homem? Era isso o que o padre queria dizer com liderança? Ou devia simplesmente tolerar o homem? Ele não queria ser surpreendido sem um plano de ação predeterminado, porque sabia que em algum lugar da sala estava Fred, e ali estavam também as pessoas que tinham revirado sua lata de lixo, e ele preferia ser visto fazendo o que era certo com todo o vigor. Queria ser tido como uma daquelas pessoas, como era de fato, e não confiava em suas reações a emergências. A voz do padre interrompeu seus pensamentos.

"... perto do fim da guerra mais brutal de toda a história. Muitos de nós aqui presentes nesta reunião perdemos irmãos de sangue, maridos, amigos..."

Os olhos de Newman passearam pelas cabeças à sua volta. No corredor à direita, estava um soldado de cabeça descoberta, um aparelho de aço apoiando o pescoço e o queixo. Mantinha a boca ligeiramente aberta ao ouvir, e parecia estar vermelho. O sr. Newman se perguntou ansiosamente se seria de vergonha ou de raiva por... Sobre o que pensavam, aqueles soldados? Perguntou-se se culpariam os judeus pela guerra. Percebeu outro soldado sentado atrás do militar ferido. Estava escrevendo num bloquinho. Ele era a favor ou contra? Examinou avidamente a plateia em busca de mais soldados. De repente se deu conta de que o salão explodira em aplausos. Olhou rapidamente para o padre e ergueu as mãos do colo quando o aplauso cessou. Ao baixar as mãos, o homem de rosto enrugado à sua esquerda olhou para ele. Era um rosto sem vida, sem expressão, como o de alguém que tomava banho de sol. O sr. Newman baixou as mãos e olhou em frente.

"Como podemos com toda a honestidade... vitimizar... o dinheiro... os irmãos..."

Um frio gélido estava subindo pela nuca do sr. Newman. Ele se endireitou um pouco na cadeira para relaxar e notou uma velha mais adiante na fileira, com sapatos que cobriam os tornozelos, amarrados com um cordão branco. Tinha um maço de jornais apertado contra o peito ossudo. Um cheiro fétido chegou às narinas de Newman, o cheiro de pés e de idade. Esfregou o pescoço. Estava gelado. Debaixo do queixo, sua pele estava quente. À sua esquerda, uma nova agitação... o homem de rosto sulcado estava resmungando. Sentado ali, com os olhos no palco, resmungava e repuxava um joelho, as sobrancelhas subindo e descendo numa conversa reprimida com o padre. Newman se afastou e seu ombro tocou no homem loiro à sua direita, que inconscientemente o empurrou com a mão grande e dobrou de novo o paletó em seu colo. Newman viu um pesado anel de ouro em seu dedo e ficou olhando um momento...

"... Guerra! Por quê? Por que, em nome de Deus, por quê?"

De trás, o mugido de vozes roucas... "Judeus! J...!"

Newman deu um salto de terror... o homem à sua esquerda havia levantado o punho direito no ar, rugiu um grande "Ohhhh!" e, ofegante, sentou-se. Seus grunhidos agora eram ritmados, no tempo das estrofes inflamadas do padre, e ele ficava oscilando para a frente e para trás, no ritmo, repuxando os joelhos das calças, que eram um nó de rugas molhadas. O sr. Newman apertou os cotovelos e juntou os joelhos, tentou apagar da mente aquelas pessoas e então sentiu a onda começar outra vez.

"... tempo, ó, Deus, por quanto tempo!"

Aquilo pairava como uma fera viva acima de sua cabeça; era algo que quase se podia tocar, tinha peso ao deslocar o ar no alto e correr por todo o salão até o palco. As pessoas estavam de pé, rugindo e aplaudindo. Ele tentou se lembrar do que o padre havia dito. A velha de sapatos de cano alto derrubara no chão os jornais e estava de pé, devotamente olhando o padre, as mãos amarelas apertadas ao peito. Onde estava Fred? Algo caiu no chão atrás dele, algo pesado. Alguém desmaiou, talvez? Onde estava Fred, rogou, onde havia alguém que ele conhecesse?

"... o lema doravante. Ação! Ação! Ação!"

O piso tremia com o sapatear das pessoas. O rosto do padre estava cor de vinho, e ele gritava por cima de suas cabeças, os braços estendidos, rígidos, os punhos cerrados. O homem de rosto sulcado à esquerda estava de pé, golpeando o ar para cima e para baixo, gritando "Ohhh!". Estavam todos de pé à sua volta agora, e o cheiro de seus corpos o sufocava. Ia se levantar quando alguma coisa pesada caiu em seu ombro. Ele se virou horrorizado e viu o homem de rosto sulcado, enlouquecido e pingando suor, olhando em seu rosto. Se deu conta de que o homem estava segurando sua lapela. "Ora!", reclamou e bateu discretamente no antebraço do homem, temendo que rasgasse seu terno. O homem continuava mexendo o maxilar com os lábios estendidos, sacudia o sr. Newman, grunhindo para ele. O sr. Newman agarrou o braço do homem com ambas as mãos e tentou soltar-se, mas temeu por seu paletó. Então virou a cabeça para pedir socorro, a tempo de notar as pessoas olhando para ele, enquanto no palco o padre se punha na ponta dos pés, tentando enxergar dentro do círculo que se formara em torno dele. Ao ver o padre, o sr. Newman começou a gritar por ele, mas um outro rosto chegou muito perto do seu. Esse novo homem era um daqueles que estava parado ao lado do palco.

"Tire as mãos dele de cima de mim", o sr. Newman lhe disse.

O homem que veio do palco olhou para o homem de rosto sulcado e perguntou: "O que aconteceu?".

"Ele não aplaudiu nem uma vez!"

O sr. Newman sentiu uma risada borbulhar idiotamente na garganta, mas os rostos à sua volta não estavam rindo. "Ora, pelo amor de Deus", disse para os rostos em torno, "eu nunca aplaudo. Nunca, só isso. Nem num show..."

"Ele é judeu, pelo amor de Deus!"

O dono da voz estava além do círculo de rostos. Imediatamente, o sr. Newman se pôs na ponta dos pés o máximo que pôde, porque o punho ainda estava agarrado a sua lapela. "Ora, parem com isso!", exigiu.

"Deus Todo-Poderoso, não estão vendo que é um Jacó?" A voz ressoou através do círculo em torno do sr. Newman, e o dono dela agarrou-o pelas lapelas e empurrou-o contra a cadeira. O horror penetrou-lhe as costas como uma agulha, e ele gritou: "Não sou!". A visão de si mesmo quando bebê sendo batizado passou de alguma forma diante de seus olhos quando sentiu um empurrão no pescoço e ouviu o paletó se rasgar. Depressa tirou os óculos e girou o rosto para que todos o vissem. Encontrou uma mão que o esbofeteou, uma mão de mulher, e foi empurrado por trás. Rostos passavam por ele enquanto lutava para tocar os pés no chão, mas pisava no ar. Só muito tempo antes, no exército, havia sido tocado, empurrado de propósito, sacudido; nunca havia jogado futebol, nem feito trabalho pesado, e aquilo inflamava seu horror, sua dignidade, e ele gritava, embora não soubesse que estava gritando, até que alguma coisa sólida bateu em seu ombro, ele cambaleou e quase caiu, mas recuperou o equilíbrio com os braços estendidos. Naquele instante, viu o pavimento abaixo dele e entendeu que estava na rua. Por um instante ficou ali ouvindo, sem ver nada, e então ouviu seu grito e sentiu o ardor na garganta: "Não sou, seus idiotas, não sou!", e se deu conta de que estava com os óculos erguidos numa mão, apontado para eles com a outra. Em torno dele, rostos se reuniram, mas estranhamente ele não sabia se eram aqueles que o maltratavam ou transeuntes curiosos. Porém não se importava mais com a cena que estava fazendo — não havia lhe ocorrido que estava fazendo uma cena — e em sua fúria confusa, com o impulso da indignação que o roía por dentro, passou pelos rostos na direção da porta iluminada do salão e foi detido por mãos nos ombros e nos braços. "Não seja idiota!", gritou para os olhos nos rostos e o eco voltou: "Jacó, droga!! Jacó sim, Jacó, Jacó!".

"Não sou, não, seus malditos...!"

"É o que todos dizem quando são encostados na parede!"

Isso ele ouviu. Ouviu em claro e bom som, e isso o fez parar para pensar. Olhou à direita e viu um rosto, olhou à esquerda. Virou completamente e viu ainda outro rosto, lembrando, loucamente, da frustração de discutir com Gargan sobre seus olhos... Havia apenas três homens parados em torno dele agora. Os outros, ele percebeu, tinham voltado havia muito para dentro. Então aqueles três se viraram e passaram por ele em direção à entrada. Ele não queria ser deixado sozinho por eles. Não queria ficar sozinho de jeito nenhum. Tinham de entender que ele era Lawrence Newman, de uma família chamada Newman que viera de Aldwich, na Inglaterra, no ano de 1861, e que tinha em casa fotos mostrando seu batismo e, se parassem ali mesmo nos degraus um momento apenas, ele podia explicar que tinha sido empregado por mais de vinte anos em uma das companhias mais antissemitas dos Estados Unidos e que ele...

O empurrão no peito parecia uma pedra a atingi-lo, e ele se sentou na calçada. Levantou os olhos e viu os três homens entrando no salão. Um braço, firme mas aparentemente inofensivo, o ajudou a levantar. Ele ergueu os olhos e viu um policial.

"Não sou", disse, rouco, e parou de falar.

"Melhor voltar para casa, senhor", disse o policial.

"Mas eu..."

"Como está se sentindo? Está ferido?"

"Não, não estou ferido. Mas eles estão loucos, estão fora de si. Será que não entendem que eu...?"

"Melhor ir para casa agora", disse o policial. "Não ligue para esses malucos." A voz dele, muito grave, e o tom lisonjeiro demonstravam ao sr. Newman que não estavam lhe dando crédito. Um choro, um soluço subiu de seu peito, e ele passou diante do policial. Seguiu pela rua, a boca aberta, as mãos imóveis ao lado do corpo. A calçada oscilava e impedia que seguisse em linha reta, e quando tomou consciência do próprio corpo outra vez estava sentado no mato alto. Levantou-se e viu que estava no meio de um terreno, e que um mosquito picava seu pescoço. Deu um tapa nele e continuou olhando em torno. Durante longo tempo não conseguiu se concentrar nos arredores, então viu o trem elevado e se localizou. Tinha andado metade do trajeto até em casa.

Só depois de avançar alguns metros foi que entendeu por que levou tanto tempo para saber onde estava. Os óculos estavam pendurados de uma orelha. Quando os tinha colocado? Ou alguém os colocara em seu rosto para zombar dele? Parou e examinou os óculos. As lentes estavam intactas, mas a haste direita estava torta. Parou ali tentando endireitá-la e acabou desistindo por causa dos mosquitos, que atacavam seu rosto outra vez. Pôs os óculos e continuou caminhando pelo terreno. Sentia um incômodo no nariz, porque os óculos estavam meio tortos e pressionavam o osso. Depois de alguns momentos precisou andar segurando os óculos para que parassem de machucar daquele jeito. De repente, não conseguia dominar os pés, e o choro tomou conta dele. Ficou parado no escuro com o mato alto em torno, chorando numa mão enquanto a outra segurava os óculos no lugar. Ouviu a si mesmo fungando e dando tossidas curtas, soando exatamente como uma criança gripada, e alguma coisa maluca estava rindo aos gritos dentro dele ao mesmo tempo, mas tudo o que conseguia fazer era sacudir a cabeça e continuar chorando.

Quando passou a crise, encontrou o lenço, assoou o nariz e enxugou o rosto. Jogou fora o lenço, porque estava encharcado, e continuou caminhando para sua esquina, para sua casa. Ao chegar à calçada, ficou um pouco aliviado, porque ainda estava minuciosamente preocupado com a poeira de cinzas do terreno, e caminhou um pouco mais depressa. Ao dar o primeiro passo mais rápido, ouviu outros passos atrás; estavam saindo da poeira e pisando na calçada. Se estão vindo atrás de mim, disse a si mesmo, acabo com eles. Parou e virou-se. Um homem da sua altura vinha andando em sua direção no escuro. O homem, em mangas de camisa, parou na frente dele e arrumou a calça na barriga.

"Boa noite, senhor Newman", disse o homem.

O corpo tenso do sr. Newman se desmanchou. Era o sr. Finkelstein.

"Posso ajudar?", ele perguntou.

"Eu estou bem."

Ficaram ali parados.

"Acho que o senhor devia tirar o paletó. Não está muito alinhado", o sr. Finkelstein disse depois de um momento.

O sr. Newman ia negar, mas notou que metade do paletó estava pendurada do ombro. Puxou a beira da manga e metade do paletó escorregou, ficou pendurada em sua mão. Ele tirou a outra metade e enrolou as duas juntas.

"Está indo para casa? Gostaria de andar com o senhor, se não se importa de eu o acompanhar", disse o sr. Finkelstein e acertou um passo lento com o dele. Caminharam todo um quarteirão em silêncio. Por fim, o sr. Finkelstein falou. "Eu vi o que aconteceu lá."

O sr. Newman continuou olhando em frente, não respondeu. No terreno atrás deles, grilos trilavam ruidosamente na noite. Depois de esperar alguns momentos, Finkelstein falou dc novo.

"Eu imagino", disse ele, "que vão me pegar de qualquer jeito, então vou até eles primeiro. Fiquei do lado de fora. Vi o que fizeram com o senhor."

O sr. Newman não deu sinal nem de escutar o que o outro dizia. Caminharam um quarteirão em silêncio.

Se fosse durante o dia, teria feito um esforço para se afastar do sr. Finkelstein; mesmo agora, no escuro da noite, uma mancha de ressentimento se espalhava por dentro dele pela maneira como o homem conseguira se impor, quando devia ser óbvio que ele não queria ser visto.

E, no entanto, enquanto caminhavam pela rua escura, o sr. Newman sentiu uma aguda curiosidade. O que o sr. Finkelstein teria a dizer para ele agora? De forma inconsciente, sentia-se atraído por aquele homem. Não que pensasse se encontrar na mesma situação do judeu que caminhava tranquilamente a seu lado, porque conscientemente ele não pensava em si mesmo daquela forma. Só que via aquele homem de posse de um segredo que o deixava controlado e forte, enquanto ele próprio estava andando em círculos, confuso, em busca de uma fórmula com a qual pudesse reencontrar sua dignidade.

Olhou o queixo saliente e o nariz bulboso do sr. Finkelstein, que virou-se para ele e falou, com certo embaraço.

"A razão por que parei o senhor agora é a seguinte", disse ele. Então baixou os olhos para a calçada e pensou um pouco. "Primeiro, peço que o senhor me entenda; do senhor não estou pedindo nada. Estou atrás de informação. O que vai acontecer vai acontecer, e eu não posso impedir. Sou um homem que lê todo dia diversos jornais. De todo tipo, desde o comunista até o mais absolutamente reacionário. É da minha natureza não ficar feliz enquanto não entender o que está acontecendo. Isto eu não consigo entender."

O sr. Newman se pegou ouvindo. Porque, por trás da voz profunda do sr. Finkelstein, um tremor se traía. Isso era atraente. Era algo que ele acreditava ser capaz de entender instintivamente. O homem ao lado dele estava sentindo alguma intensa emoção. Continuaram andando. Esta noite, ele queria alguma coisa que conseguisse entender. Ouviu a voz profunda, nervosa.

"Outro dia", o sr. Finkelstein começou a contar, cautelosamente, "um homem de cor, que eu nunca tinha visto antes, entrou na loja para comprar cigarros Camel. Eu não tenho Camel, e disse para ele que não tinha. 'Está guardando para quem?', ele perguntou, 'para os Goldberg?' Se ele estivesse do lado de fora da loja eu batia nele com uma caixa. Nessas horas, sinto uma certa coisa sobre essa gente. Para mim eles não são clientes normais. Mas tento controlar meus julgamentos sobre eles. Digo para mim mesmo; afinal de contas, quantas pessoas de cor eu conheço? É melhor eu dizer que não gosto desta ou daquela pessoa de cor. Mas não tenho direito de condenar um povo inteiro porque não conheço o povo inteiro, entende? Se nunca vi uma sequoia da Califórnia, que direito eu tenho de dizer que elas não são tão grandes? Está entendendo? — Não tenho direito."

Atravessaram uma rua, e o sr. Finkelstein continuou. "Então o que eu não entendo é o seguinte — veja bem que estou pedindo uma informação ao senhor, não algum tipo de favor. Entende?"

"Entendo", confirmou o sr. Newman. Entendeu que aquele homem ainda o tomava por um membro da Frente. Isso o deixou aliviado, porque sentia certo temor de que o sr. Finkelstein estivesse a ponto de abraçá-lo como irmão. E agora descobria que estava mais à vontade com aquele judeu, porque ele na verdade não estava querendo impor nada. "Entendo o que está dizendo", repetiu.

"O que eu não entendo é como tanta gente pode ficar tão aborrecida por causa dos judeus se naquele salão inteiro não tem nenhuma pessoa que conheça, pessoalmente, mais do que três judeus. Antes que me responda — entendo que uma pessoa possa odiar um povo inteiro porque eu mesmo caio nessa armadilha quando me distraio. Mas não entendo como podem chegar a ponto de fazer uma reunião numa noite quente como hoje com a finalidade de se livrar dos judeus. Uma coisa é... não gostar. Mas partir para a ação e se comportar daquele jeito... isso eu não entendo. Qual é a resposta para isso?"

O sr. Newman mudou o paletó enrolado para o outro braço. "A maioria deles não é muito inteligente", disse, erguendo as sobrancelhas discretamente.

"É, mas vi alguns lá que pareciam mais inteligentes do que eu. Se o senhor me permite, acho que o senhor mesmo é homem educado..." Ele hesitou e então disse depressa: "Quero pôr as coisas em pratos limpos, senhor Newman. Não quero pedir nenhum favor ao senhor, só entender, de homem para homem. Se o senhor não se importa de discutir isso comigo. Por que o senhor quer que eu mude do bairro?"

Estava com a respiração mais pesada e começava a fungar.

"Bom, não é o senhor particularmente..." Newman ficou envergonhado porque, diante da pergunta ousada de Finkelstein, ele de certa forma não podia responder de coração.

"Mas sou eu, sim, particularmente", insistiu o sr. Finkelstein. "Se o senhor quer que judeus vão embora, então quer que eu vá embora. Fiz alguma coisa de que senhor não gostou?"

"Não é uma questão de fazer alguma coisa de que eu não goste."

"Não? O que é então?"

"O senhor não quer mesmo saber, quer?"

"Por quê? O senhor não quer me dizer?"

Então a força obstinada daquele homem atingiu o sr. Newman com plena força, e o sorriso de condescendência que vinha se formando em seu rosto desapareceu; seu ar de dominação encolheu diante da indignidade de deixar o sr. Finkelstein pensar que ele era tão burro e irracional quanto aquela multidão que o havia expulsado do salão.

"Eu falo, se quiser que eu fale", disse. "As pessoas não gostam de judeus por uma porção de razões. Eles não têm princípios, para começar."

"Não têm princípios."

"É. Nos negócios, você encontra os judeus enganando e tirando vantagem, por exemplo. Isso é uma coisa que as pessoas..."

"Deixe eu entender. O senhor está falando de mim agora?"

"Bom, não, não do senhor, mas..." Sua mão direita começou a tremer.

"Não estou interessado nos outros, senhor Newman. Eu moro neste quarteirão" — estavam chegando à confeitaria agora — "e não tem mais nenhum judeu no quarteirão além de mim e da minha família. Eu alguma vez enganei o senhor no meu comércio?"

"A questão não é essa. O senhor..."

"Me desculpe, meu senhor. Não precisa explicar para mim que existem judeus que trapaceiam nos negócios. Isso está fora de discussão. Pessoalmente, eu sei de fonte limpa que a companhia telefônica cobra cinco centavos numa ligação local quando já podiam ter um bom lucro se cobrassem um. Isso é fato que está sob investigação. A companhia telefônica pertence e é administrada por gentios. Mas só porque o senhor é um gentio não fico louco da vida com o senhor quando ponho uma moeda de cinco centavos para fazer um telefonema. E os gentios estão me roubando. O que estou perguntando, senhor Newman, é por que o senhor quer que eu mude deste quarteirão."

Pararam diante da vitrine iluminada da loja do sr. Finkelstein. O quarteirão estava deserto.

"O senhor não entende", Newman disse, brevemente, apertando a mão que tremia contra a barriga. "Não é o que *o senhor* fez, é o que outros do seu povo fizeram."

O sr. Finkelstein ficou olhando para ele um longo tempo. "Em outras palavras, quando olha para mim o senhor não me vê."

"Como assim?"

"Isso mesmo que eu disse. O senhor olha para mim e não me vê. Vê alguma outra coisa. O que o senhor vê? É isso que eu não entendo. Contra mim o senhor não tem nada, o senhor mesmo disse. Então por que está querendo se livrar de mim? O que o senhor vê que o deixa tão louco quando olha para mim?"

A voz de Finkelstein vinha do fundo do peito, e Newman de repente entendeu que aquele tremor era o som de sua fúria. Ele estava furioso desde o primeiro momento no terreno. E, parado ali olhando seu rosto raivoso, a ideia que Newman fazia dele se alterou. Em lugar do rosto que sempre considerara um tanto cômico, feio e obsequioso, agora encontrava um homem, um homem vibrando de raiva. E de alguma forma sua raiva o tornou compreensível ao sr. Newman. Sua raiva límpida, a fúria implacável e controlada abria um amplo canal para o ser de Newman, assim como Gertrude tinha aberto quando se sentara à sua frente na mesa do cubículo de vidro. E durante um momento sentiu intensa vergonha de que o sr. Finkelstein, aquele homem adulto e nada cômico, o identificasse com aquela multidão imbecil do salão. Porque não sabia responder a Finkelstein como um membro da Frente, como um homem consumido pelo ódio. O fato era que não tinha nenhuma reclamação sobre Finkelstein em particular, e não podia enfrentar aquele homem assim — e ele era um homem agora — e dizer que não gostava dele porque não gostava. Nem podia dizer que sua habilidade de ganhar dinheiro era questionável, porque Finkelstein obviamente não tinha essa habilidade. Também era impossível dizer a ele que não tinha higiene pessoal, porque ele tinha. Verdade que Finkelstein muitas vezes não fazia a barba durante dois dias, mas parecia infantil mandar que mudasse do quarteirão porque não se barbeava com a devida frequência. E, olhando para Finkelstein agora, Newman viu que nunca odiara realmente a *ele*, simplesmente estivera sempre a ponto de odiá-lo — passara por aquele homem toda manhã com a noção de que ele tinha em si a propensão a agir como se espera que ajam os judeus: desonestidade, sujeira, barulho. O fato de Finkelstein não ter correspondido às expectativas não mudava o sentimento de Newman por ele. E, no curso normal dos acontecimentos, seu sentimento jamais mudaria, por mais corretamente que Finkelstein se comportasse no quarteirão.

Mas a sensação tinha mudado agora. Porque agora o sr. Newman percebia que a única resposta que podia dar àquele homem era que não gostava dele porque seu rosto era o rosto de um homem que devia estar agindo de modo odioso.

"O que senhor vê quando olha para mim, senhor Newman?", repetiu o sr. Finkelstein. Newman olhou para ele, perturbado.

Um espasmo de aflição começou a tomar conta do estômago do sr. Newman. Era como se todos os sinais do mundo conhecido tivessem sido mudado, como se num sonho o número de sua própria casa tivesse mudado, o nome de sua rua, a localização do trem elevado em relação à esquina, como se todas as coisas que haviam sido verdadeiras fossem agora catastroficamente falsas. Ele sentiu que ia vomitar e chorar. Sem dizer uma palavra se afastou e diante de si viu o rosto de Gertrude e como a sua maldade estrangeira havia se dissolvido aquela vez no escritório de Ardell... o modo surpreendente como ela se tornara parte familiar de sua vida...

Além da área iluminada pela loja, a rua estava escura. O sr. Newman fugiu para essa escuridão como para uma sala particular que o envolvesse. Os olhos do sr. Finkelstein estavam às suas costas, machucando-o ainda mais. Se aquele homem simplesmente desaparecesse, fosse embora... pelo amor de Deus, vá embora e deixe todo mundo ser igual! Igual, igual, deixe todos serem como antes! Abriu silenciosamente a porta de casa.

A luz da cozinha estava acesa. O sr. Newman atravessou a sala na ponta dos pés, com os farrapos do paletó enrolados debaixo do braço, e sem prestar atenção à mãe chegou à escada da sala de jantar e subiu silenciosamente. No alto dos degraus, viu que a luz estava acesa no quarto da frente. Hesitou por um momento, percorreu o corredor no alto da escada e entrou no quarto.

Gertrude olhou para ele da cama, em que estava deitada com a revista *Screenplay* na mão. Ele deixou o paletó enrolado numa cadeira. Ela continuou olhando para ele.

Ele se sentou numa pequena banqueta coberta de cetim ao lado da cama. Os lábios dela se abriram e seus olhos não piscaram enquanto ela tirava uma conclusão a seu respeito.

"Você está com um corte", disse, e sentou-se na beira da cama. "Onde se cortou?"

"Vou me lavar daqui a um minuto", ele disse.

"O que aconteceu com você? Como se cortou? Está todo sujo."

"Eu estava lá sentado do lado de um imbecil. Ele começou a gritar comigo."

"Por quê? O que você fez?"

"Não fiz nada. Ele viu que eu não estava aplaudindo. Estavam todos excitados. Sabe como ficam."

"Ainda não acabou, não é?"

"Não sei." Não podia acreditar: ela estava zangada com *ele*.

"Não ficou até o fim? Devia ter ficado para..."

"Me botaram para fora."

Ela piscou. No rosto dela surgiu uma expressão que ele nunca tinha visto antes. Era agressiva e cruel, os lábios projetados como bexigas a se inchar. Estava tão irritado com o fato de ela estar irritada com ele que se levantou de repente e começou a tirar a roupa. A expressão dela não mudou enquanto ele tirava a calça e os sapatos. Toda massa interna de seu corpo estava flutuando junto à garganta.

"Ora, não adianta me olhar assim", ele alertou. "Eu nunca aplaudo."

Ele foi até a porta do quarto apenas de cueca.

"Devia ter aplaudido", ela gritou.

"Não grite, Gertrude", respondeu, elevando a voz.

"Meu Deus do céu, você está agindo como um..."

"É um bando de idiotas!" Ele berrou, furioso... ela parecia tão comum quando praguejava.

A intensa raiva fez com que ela se virasse e deitasse na cama de costas para ele. Depois de um momento, ele saiu do quarto, foi até o banheiro e ficou debaixo do chuveiro. O sabão queimou no rosto e, quando saiu, olhou no espelho e viu o corte. Não era maior que um cortezinho feito ao se barbear, mas o suficiente para endurecer alguma coisa dentro dele e fazê-lo sentir de novo sua indignação. Não era um homem acostumado a ser manipulado, como alguns homens são.

Ela ainda estava deitada de lado quanto ele voltou ao quarto. Encontrou roupa de baixo e meias limpas, vestiu, depois pôs uma camisa esporte cinza que ela havia comprado para ele e calça de linho listada. Ela ficou deitada na cama sem se mexer, até ele calçar os sapatos, então se virou e olhou para ele.

"Por que está se vestindo?", perguntou, por mera curiosidade.

"Tenho de estar vestido para sair, não tenho?"

"Aonde você vai?"

"Já volto."

Saiu do quarto e, no alto da escada, diminuiu o passo e procurou por algum ruído lá embaixo. Desceu com cuidado, virou na sala de jantar e saiu de casa.

Havia uma lua incrível lá fora. Só então ele notou. Uma lua nova, e os grilos cantavam muito alto.

Ele atravessou depressa o próprio gramado e chegou à varanda de Fred. Havia uma luz acesa no quarto superior da frente, mas o resto da casa estava apagado. Subiu os degraus de tijolo da varanda pisando na ponta dos pés e sentou ao lado da porta de entrada numa cadeira de balanço baixa. Estava no escuro completo. Não balançou nem uma vez.

Fred estava na reunião. Ele sabia disso. E não tinha feito nada para ajudar. Mas seu sentimento ia além da confusão da raiva. Friamente, as garras de sua mente se cravaram na rua à sua frente, no feroz silêncio que parecia erigir contra ele. Ele tinha de fazer uma coisa, e sabia que faria.

Um carro virou a esquina à esquerda, e o sr. Newman acompanhou com os olhos as luzes que se aproximavam. O carro parou na frente da casa e Fred desceu, mas ficou parado ao lado da janela de trás, conversando. Por fim se afastou, o carro foi embora, então ele seguiu seu caminho e subiu para a varanda. Deu um pequeno pulo quando da penumbra o sr. Newman falou: "Quero falar com você, Fred".

"Quem está aí?", Fred perguntou, olhando para o sr. Newman na cadeira. Evidentemente, precisou de apenas um momento para se recuperar, e queria dizer alguma coisa para demonstrar seu aborrecimento.

"Sou eu, Fred. Sente um minuto, por favor? Aqui." Puxou a outra cadeira de balanço, Fred se aproximou e sentou-se.

O sr. Newman ficou contente de ter planejado para aquilo acontecer no escuro. Os dois seriam mais corajosos com suas palavras.

"Acho que você viu o que aconteceu esta noite", o sr. Newman começou.

Fred inclinou-se e amarrou o cordão do sapato. Parecia

notavelmente desprovido de qualquer malícia. "Ouvi falar do que aconteceu, mas não estava no salão naquele momento."

"Aconteceu depois que a reunião começou", Newman lembrou a ele.

Fred endireitou o corpo e se pôs na ponta da cadeira como se fosse se levantar e ir embora. "Bom, não machucaram você, machucaram?"

"Um corte pequeno", Newman disse. "E conseguiram entortar meus óculos." Sua voz oscilava só um pouquinho.

Fred percebeu que aquilo não ia ser tão fácil como havia imaginado. "Bom, o que você queria, Larry? Eu não podia fazer nada, podia?"

"Vamos esquecer isso. Não estou dizendo que podia ou que devia. Vamos esquecer. Só não quero ser molestado de novo, Fred."

"Erros acontecem. As pessoas ficam exaltadas, Larry."

"Isso eu entendo. Mas não estão exaltadas quando reviram o lixo da minha lata."

"Fizeram isso?" A voz dele subiu, perplexa.

"Vamos parar de palhaçada, Fred. Eu contei para você."

"É, mas você não pode ficar acusando ninguém, Larry, eu não sabia nada disso..."

"Bom, você devia saber, Fred. O lixo estava espalhado por todo o gramado as duas vezes."

"Tudo bem, o que você quer que eu faça?"

"Quero ser deixado em paz, Fred. Quero que diga para eles me deixarem em paz."

Fred não respondeu. No escuro, o sr. Newman não conseguia ver sua expressão, então esperou e sentiu que qualquer coisa podia acontecer. Era claro para ele agora que sentia por Fred uma raiva sangrenta. O sujeito era um mentiroso viscoso, o sujeito era uma cobra.

"Bom? O que me diz, Fred?", o sr. Newman insistiu. Estava muito rígido na cadeira.

"Você fala como se eu fosse o líder do grupo, Larry."

"Tem influência suficiente para fazer eles tirarem meu nome da lista."

"Qual lista?"

"A lista dos judeus."

"Quem disse que temos uma lista?"

"Eu sei que vocês têm uma lista e quero que tirem meu nome dela."

"Como eu vou fazer isso, Larry?"

"Você é quem sabe, não eu." Era difícil, mas ele precisava dizer, precisava. Nada aconteceria, ele sabia, a menos que dissesse. "Você devia ter o bom senso de não me transformar em um judeu, Fred."

"Ninguém está achando que você é judeu, Larry."

"Eles não atacam uma pessoa duas vezes se não acham que seja um judeu. Duas vezes, não."

"Hoje eles só estavam exaltados."

"Alguém lá não estava exaltado, Fred. A agitação foi tão fácil de controlar quanto foi de começar."

"Já disse que não estava lá quando aconteceu."

"Eu digo que estava, Fred."

"Bom, então está bem, eu sou um mentiroso."

"Ninguém chamou você de mentiroso. Sente, por favor, eu quero falar com você."

"Eu preciso entrar."

"Não, eu quero falar com você, Fred. Sente."

"Tudo bem, mas eu não estava lá."

Ficaram sentados em silêncio por um momento. E o silêncio estava ameaçando selar a onda de discurso de Newman, de forma que ele falou antes do que gostaria.

“Quero que me diga uma coisa francamente. Eles acham mesmo que eu sou judeu?”

Fred demorou um momento. Era bom, o sr. Newman pensou de novo, que estivesse acontecendo no escuro daquele jeito.

“Bom, vou dizer para você, Larry.” Fred falou como se fosse apenas um intermediário. Aquela dissimulação enojou Newman, que sentiu vontade de bater nele.

“Como em toda organização grande, alguns elementos são mais esquentados. É de se esperar uma coisa dessas. É de se esperar que haja esses elementos, sabe?”

“Sei.”

“Bom, alguns andaram observando você. Eu admito. Desde que pôs óculos você tem de admitir que ficou parecendo meio hebraico.”

O sr. Newman não disse nada.

“Eu falei para eles, falei, o sujeito é meu vizinho faz muito tempo. Mas eles dizem que sabem do que estão falando. Quer dizer, quando você é um contra dez, tem de escutar, sabe?”

“Mas você sabe muito bem que eu...”

“*Eu* sei, Larry. Mas um contra dez é uma porcentagem muito pequena.”

Silêncio outra vez. Então realmente tinham discutido a seu respeito. E Fred não tinha tido a ousadia de defendê-lo como poderia.

“Então eu continuo na lista, é isso?”

“Bom, para falar a verdade, Larry, eu segurei as pontas por um tempo. Mas quando você trouxe a sua mulher, aí a coisa ficou feia para você.”

“Por que ficou feia por causa dela?”, o sr. Newman perguntou, furioso.

“Bom, ela é judia, não é?”

“Meu Deus do céu, Fred, você está maluco?”

"Quer dizer que ela..."

"Claro que não é. De onde você tirou essa ideia?"

Por um segundo, Fred recuou. Então disse: "Bom, nossa, eu sinto muito, Larry. Eu não sabia".

E agora era o fim da conversa, o sr. Newman levantou da cadeira. O falso remorso de Fred fedia como um gás denso nas narinas do sr. Newman. Ele não suportava continuar discutindo. Fred não acreditava nele, provavelmente não podia se permitir acreditar nele. Fred estava se levantando agora...

"Eu sinto muito por isso, Larry. Mas eu mesmo pensei que você tinha pegado e casado com uma moça judia."

O pesado respeito com que ele pronunciou "moça judia" traía sua incessante descrença. E isso engatilhou alguma coisa no peito do sr. Newman. Ele foi até o degrau do alto da escada da varanda, parou olhando as casas, acolhedoras e escuras, do outro lado da rua.

"Não vou desistir da minha casa, Fred..."

"Quem pôs essa ideia na sua cabeça?", Fred soltou um riso frouxo.

"Estou dizendo, Fred, e quero que saiba o que eu vou fazer." Newman falava baixo porque se levantasse a voz seu corpo se lançaria na direção de Fred, e ele sabia disso. "Comprei essa casa, paguei por ela e ninguém vai me fazer mudar daqui. Não importa a mínima quem tentar, ou quantos tentarem me tirar daqui, eu fico. E quanto a você..." Virou-se e olhou para Fred, cujo rosto via melhor agora que estava parado longe da sombra da casa. "Quanto a você, não brinque comigo." Ele não sabia como colocar seu ódio e seu desafio, então disse: "Simplesmente não brinque comigo, Fred. Eu sei me cuidar. Está entendendo o que eu digo? Sei me cuidar muito bem. Então não brinque comigo".

Virou-se no degrau de cima e desceu, os músculos se contraindo como pequenas cobras enroladas, e ao se afastar da varanda de Fred achou que seu coração ia explodir no peito. Com passo lento e comedido, calculado para demonstrar sua firmeza, seguiu o caminho de Fred até a calçada, depois virou à esquerda no seu ritmo e ao entrar no próprio caminho ouviu Fred bater a porta de tela com raiva. Com o som ele se deteve diante da varanda.

Diante dele estava a sua casa. "*Gertrude, querida, vamos ter de ficar e lutar aqui.*"

Virando as costas para a casa, ele começou a passear. E, ao passar pelas casas idênticas com suas silenciosas janelas quadradas olhando para ele, se deu conta outra vez de que havia um longo trecho de escuridão absoluta ali entre dois postes de luz, porque as árvores eram baixas sobre a calçada. Não conseguia distinguir nem a sarjeta. Estava caminhando por um longo armário. *Alícia! Alícia!* O agudo grito arfante voou em torno de sua cabeça enquanto ele passeava. *Polícia!*

Supondo que lá de cima agora formas armadas mergulhassem sobre seu rosto. *Socorro, socorro!* Quem sairia por ele de trás das venezianas? Quem?

Passeando, ele olhou. Todo mundo no quarteirão devia ter visto ou ficado sabendo sobre a sua lata de lixo. Ninguém jamais mencionou o fato a ele, nem mesmo aqueles que encontrava no trem indo para o trabalho.

Alícia! Ela podia ter sido morta, espancada até a morte ali mesmo naquela noite. Ninguém ousaria sair para ajudar, sequer para dizer que ela era um ser humano. Porque todos os que olhavam pelas janelas sabiam que ela não era branca...

Mas ele era branco. Um homem branco, um vizinho. Ele *fazia parte* daquele lugar. Será? Sem dúvida todos agora já sabiam dos rumores. Newman é judeu. Um ataque provaria isso a eles. Notem o nome: Newman. Claro: Newman! Quem haveria de sair no meio da escuridão da noite para enfrentar os valentões por sua causa? Quem sairia, por exemplo, para ajudar Finkelstein? Finkelstein. Eles o ligavam a Finkelstein. Sabia que ele próprio nunca sairia para correr o risco de quebrar o nariz por Finkelstein. Sabia que continuaria atrás das venezianas dizendo a si mesmo que Finkelstein devia ter mudado quando soube que estavam atrás dele, que um espancamento não era tão horrível para um judeu, porque ele nascia esperando por isso. Como não era tão horrível para aquela mulher, que estava acostumada à agressão porque nunca em sua vida estivera segura. Não era tão horrível para eles, era uma coisa natural para eles...

"Em outras palavras, quando olha para mim, o senhor não me vê. O que o senhor vê?"

Ele atravessou o asfalto até o outro lado da rua. E visualizou os Bligh atrás de suas venezianas, dizendo: Newman está sendo espancado. Descobriram que ele é judeu. Amanhã tudo passa, quando ele mudar para longe. Então tudo vai ficar bem outra vez. Por mais que um judeu possa parecer um ser humano, ainda não era tão sagrado quanto eles no momento cego da violência. Eles não sairiam porque ele seria um judeu aos seus olhos, e, portanto, culpado. De alguma forma, de algum jeito indizível, culpado. Não tinham prova de que ele já tivesse conspirado contra eles ou os prejudicado, e no entanto, no momento em que se convencessem de que era um judeu, Newman sabia que sentiriam que ele tinha uma maldição para eles em seu coração, e se estivesse caído ali, sangrando no asfalto, eles aplacariam sua consciência imaginando aquela maldição. E, se ele gritasse mil vezes que não os odiava, que os golpes o feriam tanto quanto feriam a eles, que era como eles sob todos os aspectos concebíveis, olhariam para seu rosto e aqueles que acreditavam nele não acreditariam inteiramente, e aqueles que não acreditavam de jeito nenhum o desprezariam ainda mais. *"Em outras palavras, quando olha para mim..."*

Caminhou na direção da luz amarela da vitrine da confeitaria, tomado pelo terror de seu velho sonho. Era isso o que estava sendo fabricado debaixo do inocente carrossel. Por trás daquelas casas acolhedoras, de tetos chatos, um monstro assassino de garras afiadas estava se formando na noite e tinha os olhos sobre ele; ele estava sendo marcado insensatamente pelo poder feroz dessa fúria que explodiria através das paredes das casas e sem dúvida o atingiria.

E não havia verdade a erguer contra isso. Não havia palavras com que aplacar isso. Era a loucura nas trevas, e não podia ser confrontada e acalmada.

Sem hesitar ao passar pela banca de revistas, ele entrou na confeitaria. O sr. Finkelstein estava sentado num banco de madeira sem encosto na frente da estante alta de revistas pendurada ao lado da caixa registradora. A loja era tão estreita que ele podia sentar com as costas apoiadas no mostruário de uma parede e apoiar os pés numa prateleira da parede oposta. Quando viu o sr. Newman, ele baixou os pés para o chão e, enquanto os olhos negros inspecionavam, a boca sorria.

"Boa noite", disse, ajeitando a cintura da calça.

Por um momento, pareceu que o sr. Newman não o enxergava. Ele então piscou diante do que via e acenou com a cabeça. Encostou-se a um mostruário, mantendo as mãos nos bolsos para se sentir confortável e seguro de si. Fingiu examinar os produtos nas prateleiras do outro lado da estreita loja.

"Como está se sentindo?", arriscou o sr. Finkelstein.

Com a cabeça longe, o sr. Newman disse que estava bem. Então olhou as tábuas do chão e disse: "Queria perguntar umas coisas".

O sr. Finkelstein assentiu de boa vontade e girou o toco de charuto entre os lábios.

Newman olhou para ele. "Já pensou no que vai fazer, se é que vai fazer alguma coisa... se eles tentarem alguma coisa contra o senhor?"

Finkelstein começou a parecer embaraçado. Tirou o charuto da boca e o inspecionou. "Tem alguma informação definida de que vão vir para cima de mim?"

Os olhos dele ficaram brilhantes. E Newman viu que ele estava com medo, tentando não demonstrar.

"Vai acontecer, sim. Não sei quando, mas vai acontecer."

"Bom", disse Finkelstein, e, quando o charuto tremeu, ele foi até o cinzeiro ao lado da caixa e se equilibrou apagando a ponta acesa. Newman sentiu que normalmente ele fumaria até o fim. "Não posso fazer muita coisa, naturalmente. O que puder, vou fazer", disse. Encarando Newman diretamente, admitiu: "A menos que eles venham em bando, eu talvez consiga me defender. Se vierem muitos, não vou me dar muito bem".

"Engraçado, pensei que o senhor sabia o que ia fazer."

"Bom, eu tenho uma coisa, eu..." Depois de um momento de hesitação, e sorrindo envergonhado, Finkelstein foi até a frente da loja, abriu uma gaveta comprida rente ao chão, tirou um taco de beisebol brilhante e veio com ele até Newman. "Este é o que chamam de Louisville Slugger. Madeira maciça", mostrou, estendendo o bastão para Newman inspecionar. Newman tocou a superfície lisa e pôs a mão no bolso outra vez. Finkelstein voltou à gaveta e guardou o taco cuidadosamente. Depois ficou lá parado, olhando nos olhos de Newman.

Newman disse: "Eu acho que se o senhor informasse propriamente a polícia...".

"Senhor Newman", disse o outro, sacudindo a cabeça devagar, "o senhor está falando como se isso nunca tivesse acontecido antes."

Olhando para aquele homem, Newman entendeu então o que o impedia de perder a cabeça.

"Aquela reunião", Finkelstein continuou, "não foi em nenhum porão escondido. A polícia sabe do que está acontecendo. Simplesmente não tem lei nenhuma que proíba as pessoas de odiarem os outros. Não tem... nada errado nisso. É direito deles fazer uma reunião daquelas para matar gente", ele disse, sarcástico. "Só ia adiantar ir até a polícia se... uma delegação é que fosse. Eu falo para eles, eles escutam e vão embora. A senhora Depaw fala para eles, mas é uma velhinha, o que ela significa para eles? Se dois homens do quarteirão fossem... fossem..."

Newman se viu parado ao lado de Finkelstein na delegacia, com os olhos do policial irlandês passando do judeu para ele.

"Senhor Finkelstein", ele interrompeu, "vou dizer o que eu acho."

"Diga", respondeu Finkelstein, escutando, atento.

Newman não olhou mais para ele, manteve os olhos passeando pelos produtos das prateleiras. "Acho que só existe uma coisa sensata para o senhor fazer."

"Sim", Finkelstein sussurrou, o queixo levantado, os lábios abertos.

"O senhor tem de ter em mente o tipo de gente que existe no bairro", recomeçou. "É um bairro novo. Por acaso eu sei que uma porção de famílias se mudou para cá para escapar dos antigos bairros", disse com uma expressão tensa nos olhos, "e acho que naturalmente se ressentem de qualquer... qualquer... bom, o senhor entende o que eu quero dizer."

A boca de Finkelstein se abriu um pouco mais, ele assentiu ligeiramente e encarou Newman.

"Se fossem só alguns que têm essa posição, eu diria para o senhor resistir e continuar aqui. Mas não acho que tenha muitos amigos por aqui, e eu... bom, sinceramente, eu acho que o senhor devia pensar em se mudar. É a minha opinião sincera."

Finkelstein franziu as sobrancelhas. Newman não conseguiu suportar sua expressão intrigada e olhou de novo para as tábuas do chão como se imerso em pensamento. Passou-se um instante. Mais outro. Ele levantou os olhos, e a expressão de Finkelstein havia mudado. O sujeito estava com a boca cerrada rigidamente.

"O senhor é judeu, senhor Newman?", Finkelstein perguntou.

Newman sentiu a pele gelar. "Não", respondeu.

"O senhor não é judeu", Finkelstein falou.

"Não", o sr. Newman repetiu, beirando a raiva.

"Mas eles acham que é."

"Acham."

"Digamos que eu falasse para o senhor mudar?"

"Isso é..."

"Digamos que eu falasse para o senhor, tem muita gente neste bairro parecida com judeus. Esses ignorantes não gostam disso. É melhor mudar, senhor Newman, porque não vai ter paz enquanto não mudar..."

"Eu dei a minha opinião sincera, e o senhor..."

"Estou dando minha opinião sincera também", disse Finkelstein, a voz trêmula. Tinha os olhos úmidos. "Na minha opinião eles marcaram o senhor com tinta indelével, e não ia adiantar nada para o senhor se eu..."

"*Eu* não estou precisando de ajuda", disse Newman, subindo o tom, indignado.

"Eu não nasci ontem, senhor Newman." As pernas da calça de Finkelstein começaram a tremer. "Pensei que o senhor estava comprando jornal no domingo daquele desordeiro porque eles forçavam o senhor a comprar. Pensei que, fizesse o que fizesse, o senhor era meu amigo, porque é homem com inteligência, uma pessoa inteligente. Mas o senhor..."

"Não vim aqui para ser insultado", Newman disse, rígido.

"Pelo amor de Deus!", Finkelstein explodiu, os punhos cerrados. "Não está vendo o que o senhor está fazendo? Que diabo eles podem tirar dos judeus? Este país tem duzentos e trinta milhões de pessoas e uns dois milhões de judeus. É o senhor que eles querem, não eu. Eu... Eu...", ele começou a gaguejar em sua fúria, "eu sou ração para galinha. Eu sou um nada. Eu só sirvo para eles apontarem o dedo para mim, e todo mundo entrega para eles o cérebro e o dinheiro, e eles conquistam o país. É um truque, um golpe. Quantas vezes vai ter de acontecer, quantas guerras vamos ter de lutar neste mundo até o senhor entender o que eles estão fazendo com o senhor?" Newman ficou parado como uma pedra. "Mudar. O senhor quer que eu mude", continuou Finkelstein, o corpo tentando se deslocar pela loja minúscula. "Não vou mudar. Gosto daqui. Gosto do ar, faz bem para os meus filhos. Não sei o que eu vou fazer, mas não vou mudar. Não sei como vou enfrentar eles, mas vou lutar com eles. Essa coisa é organizada para eles verem o que podem tirar disso. São um bando de demônios e querem este país para eles. E, se o senhor tivesse alguma consideração com este país, não me diria uma coisa dessas. Não vou mudar, senhor Newman. Não vou fazer isso. Não vou."

Ficou parado ali, balançando a cabeça.

Newman saiu porta afora, aturdido. Depois de alguns passos, desceu da calçada e seguiu para casa, mantendo-se no meio da rua asfaltada, onde havia mais luz que debaixo das árvores.

17.

Mas tudo começou a parecer diferente na manhã seguinte. Alguma coisa parecia ter acontecido com ele durante o sono.

Quando estava se vestindo, teve de novo aquela adorável sensação de independência e segurança. Ao abrir a porta da rua para Gertrude, notou que a lata do lixo estava em pé, intocada em seu lugar, e caminhou pela rua com sua mulher como se não pudesse ser de outro jeito, tendo se afastado afinal de todas as disputas.

E se, ao passar pela banca de revista sem comprar o jornal, brotou nele uma sensação de embaraço, isso estava mais perto da última gota de um casco vazio do que a primeira a revelar uma fissura. A única coisa que precisava de cuidados, em sua opinião, era Gertrude: ela ficou esperando que ele colocasse a moeda na catraca e explicitava tudo com um alçar de sobrancelhas e suspiros repetidos.

Os dias foram passando desse jeito, e quando falavam era como se houvesse uma pedrinha alojada em suas gargantas. Ele notou a ausência da conversa cotidiana, sabia que ela estava esperando que ele admitisse seu erro. Mas ele tinha uma casa com uma chave e, quando ela entendesse isso, ia se alegrar de novo e ficar feliz com ele atrás de sua porta.

Dentro de pouco tempo, porém, a verdade surgiu silenciosamente no horizonte como alguma lua escondida e lá ficou, bem diante de seus olhos. E ele viu que também estava esperando, esperando ser atacado.

A lata de lixo não havia sido virada na segunda vez mais violentamente do que na primeira, e no entanto ele sabia, sabia que estava vindo e sabia que ia atingi-lo. Não porque alguma coisa fora dele houvesse mudado, mas porque ele havia mudado. Naqueles dias solenes entre ele e sua esposa, a cidade ia esculpindo uma nova forma em sua alma. Como uma corrente se chocando contra a costa, ia erodindo silenciosamente as margens de sua mente. Não era nada que tivesse acontecido; como uma tortura, nunca assumia a forma de um acontecimento. Ele apenas passou a viver num estado de espera enquanto seu corpo o conduzia pelas tarefas diárias. Trabalho de manhã, almoço ao meio-dia, em casa à noite. Muitas noites, ele jantava com Gertrude em restaurantes e iam ao cinema um pouco menos, e um sábado à tarde, em busca de alegria, passearam ao longo do rio num ônibus da Quinta Avenida. Mas nada removia a pressão, pois para onde quer que olhasse via formas novas e ouvia sons novos, que nunca havia registrado antes. Muitas vezes, ao caminhar no meio de uma multidão, ele captava uma conversa atrás de si e diminuía o passo para ouvir. Porque o som "*deu*" tinha vindo ali de trás e ele precisava saber a que se referia. E tentando acompanhar a conversa, percebia a cabeça virar um pouco e levava um momento para voltar para o lugar.

Bêbados agressivos que passavam por ele numa rua o deixavam esquisito e tenso. Antigamente, se não brigasse, ele certamente contaria com a própria dignidade, procuraria um policial para cuidar do rufião, mas agora não sabia exatamente com que direitos poderia contar se o homem fosse atrás dele até o policial e o chamasse daquele nome. Estava perdido quanto a seu papel na cidade agora. Considerar que era apenas mais um cidadão? E se o policial fosse daquele tipo que o tomaria por um elemento estrangeiro, que sempre recorria à lei em vez de se defender? Ele sabia por antigas experiências qual havia sido sua atitude com inocentes desse tipo. E, no entanto, caso se defendesse, que compaixão poderia esperar de um transeunte se o bêbado continuasse repetindo aquele nome horrível? Como um homem podia lutar sozinho, tão terrivelmente sozinho?

Sua mente estava empacada nesses dias que passavam com tamanha regularidade e com tamanha calma aparente, mas uma mente tem de estar em movimento, e a dele movia-se na única direção aberta — na dissecação mais esmiuçada da violência. Nos lugares mais estranhos ele despertava ao descobrir seus punhos cerrados, consciente de que tinha visualizado a si mesmo em uma briga de socos. Questões brutais o devoravam. Com quanta força tinha que bater para derrubar um homem? Podia dar um soco no queixo de um homem sem quebrar a mão? Tinha força para derrubar um homem? Deslocava-se pela cidade nos caminhos de costume, e a cidade era nova, e sua honra o vigiava, exigindo o que lhe era devido.

E isso esgotava a sua paz interior, o sobrecarregava com uma nova personalidade, secreta. Não podia mais simplesmente entrar num restaurante e inocentemente se sentar para comer. Certos tipos altos e grandes de homens loiros, cuja aparência julgava muito contrastante com a sua, o desequilibravam. Quando acontecia de estarem sentados por perto, ele se via falando bem baixo, sempre preocupado com o volume de sua voz. Antes de pegar alguma coisa na mesa, certificava-se antes de que não ia derrubar nada. Quando falava, mantinha as mãos debaixo da mesa, embora precisasse gesticular. Nos olhares das pessoas, nos rápidos relances de seus olhos, ele procurava saber onde estava pisando, pois, apesar dos constantes alarmes a si mesmo de que estava ficando supersensível a respeito, de que não era de fato notado por nove em cada dez pessoas, ele ainda não conseguia distinguir se o que diziam era inocente ou vinha carregado de algum sentido dirigido a ele. E sentia a pressão se fechando ainda mais em sua vida. Muitas vezes, para desmanchar qualquer impressão de avareza, ele deixava gorjetas maiores do que costumava deixar e era amplamente recompensado com os sorrisos das garçonetes. Não ousava mais se deter no caixa para conferir o troco — sempre fizera isso, mas não mais. A cidade, as pessoas à sua volta, de alguma forma vieram cercá-lo com seus olhos penetrantes; nas ruas e em locais públicos, ele não se sentia mais anônimo. As coisas que tinha feito a vida inteira como gentio, os hábitos mais inocentes de sua pessoa, haviam se transformado em sinais de uma personalidade estranha e má, uma personalidade que ele sentia estar, lentamente, sendo implacavelmente imposta a ele. E, aonde quer que fosse, estava sempre tentando ocultar essa personalidade, descartando-a de todas maneiras possíveis ao mesmo tempo em que negava possuí-la. Sentia como se estivesse vivendo constantemente em volta das colunas do metrô, porque ficava tentando calcular quantas mentes aquelas inscrições violentas representavam. Ele um dia chamara aquilo de jornais secretos, de consciência real de milhões, de grito inédito do povo. Mas, mesmo então, ele não tinha certeza de quantos odiavam realmente. Quantos nesta avenida viriam em seu auxílio? Quantos no quarteirão de sua casa? Quantos teriam saído de casa por ele na escuridão daquela noite...?

Quando as folhas caíram e as caldeiras foram ligadas, o sr. Newman já esperava havia muito. Homem do Norte que era, esperava a mudança das estações como um momento de renovação e transformação, e no entanto no frio novo do inverno não encontrava mais respostas do que na noite em que fora jogado para fora do salão.

Havia, porém, uma estranha corda soando calada dentro dele com a chegada desse inverno. O vento vinha dessa vez como uma fortificação macia mas intransponível em torno dele, uma força natural que mantinha as pessoas longe das ruas e trancadas com segurança no regime sensato de suas famílias. Nunca havia pensado no inverno dessa forma e gostava da sensação que lhe dava. A cidade e os quarteirões estavam voltando para casa, para seus aquecedores, e ele seria deixado em paz sentado ao lado do seu.

Talvez tivesse se contentado, ou quase, em continuar vivendo sem amor, mas com aquela paz aquecida a vapor, só que houve uma noite tão excepcionalmente bonita que trouxe de volta aquele desejo por um êxtase extraordinário que visualizara um dia ao lado de sua esposa. Era uma daqueles noites raras, tranquilas, em que as estrelas lançam suas próprias sombras no chão, o céu está sem nuvens e o ar cortante e imóvel. A árvore no quintal, que ele podia ver pela vidraça da porta da cozinha, parecia congelada pelas estrelas. Atrás de sua cadeira, o radiador chiava. Gertrude estava tomando café do outro lado da mesa. Sua mãe tomava o seu ao lado do rádio na sala. Ele bebeu, sem ousar levantar os olhos para os da esposa — isso havia se tornado um hábito. Quanto mais baixava o café nas xícaras, mais baixavam os olhos de ambos, como se não viesse a acontecer de eles se encontrarem face a face quando não restasse para isso nenhuma razão externa.

Mas nessa noite, fosse a calma lá de fora ou a maneira como Gertrude estava maquiada, ele a achou linda e, em vez de se levantar para ir à sala onde sua mãe tornaria impossível qualquer conversa confortável entre eles, puxou a xícara e, sentindo vontade de chorar, disse: “Gert” na voz grave que usava para derrubar barreiras.

Ela levantou os olhos, magoada antes de ele falar — tendo percebido o pedido no tom de voz dele.

Ele estava sorrindo delicadamente, atencioso. "Muitas vezes eu penso", ele disse, pegando uma migalha da madeira da mesa, "como nós somos bobos. Realmente, Gert", deu um riso minúsculo, "nós temos tudo, sabe? Que tal a gente esquecer o que passou e se divertir outra vez?"

Ela concordava com ele, então era preciso que parecesse discordar.

"Nós saímos", ela disse com um suspiro.

"Eu sei, mas não nos divertimos. Não é verdade?"

"Acho que não", ela sussurrou, tristemente.

"Muitas vezes eu penso que nós temos", ele foi se aquecendo depressa, "uma casa boa, toda paga, bons empregos... Que tal nos desculparmos?"

O rosto dela se abrandou inocentemente e ela projetou os lábios até ficarem macios — algo que ele temia que ela tivesse aprendido em certo filme que viram juntos — e disse: "Ora, Lully, não tem de que se desculpar".

Ele jamais conseguira lidar com a timidez, então insistiu: "Bom, tem uma coisa. Eu gostaria... eu... por que não conversamos um pouco a respeito?".

Ela viu os olhos dele redondos e grandes atrás dos óculos, os lábios tão vermelhos por causa do café quente que pareciam grossos. Inconscientemente, ela apertou os lábios para destruir qualquer semelhança. "Não gosto daqui, Lully, é aí que está o problema."

Sentido, ele franziu a testa. "Por causa de minha mãe estar aqui ou por causa do bairro?"

"Do bairro." Decidida, ela esmagou o cigarro no pires. "Acho que a gente devia mudar, talvez. Para outra cidade."

Apreensivo, ele baixou a cabeça para a mesa para encontrar o olhar dela, sempre mais baixo. "Ora, vamos tentar examinar as coisas, meu bem. Por favor..." Ele tocou embaixo de seu queixo, e ela permitiu que levantasse sua cabeça. "O que eu posso fazer a respeito? Pense um pouco. O que exatamente eu posso fazer?"

"Fale com Fred. Ele não é nenhum demônio, ele é..."

"Você não está falando sério."

"Estou, sim, Lully", ela disse, na defensiva.

"Depois do jeito que ele nos insultou?"

"Ele não *insultou* de fato..."

"Insultou, sim, meu bem."

"É, mas..." As manchas vermelhas se abriam enquanto ela insistia. "Acontece que eu sei de uma coisa, Lully." Os olhos dela, que estavam ficando vermelhos, o incomodaram.

"Do que, meu bem?", ele disse depressa, com ainda mais ternura.

"Estão fechando um círculo em torno de nós aqui. Ora, espere um pouco, estão, sim. Toda vez que eu vou ao açougue, você precisa ver o jeito que olham para mim."

"Quem?"

"Todo mundo. A senhora Bligh, a senhora Cassidy, principalmente aquela que tem aquele Packard velho perto da esquina do outro lado."

"De que jeito olham para você?"

"De um jeito. Eu sei quando me olham de um certo jeito e quando não. Olham para mim como se eu tivesse acabado de descer do navio."

"Sempre olharam assim?"

"Não. É isso que estou tentando dizer. Alguém anda falando de nós. Eu sinto que está acontecendo isso. Estão fechando um círculo em volta da gente como se fosse com giz. Estou dizendo, Lully, vão limpar este bairro de qualquer jeito."

Preocupado, ele baixou os olhos para a migalha que tinha apertado debaixo da unha.

"O que eu quero saber", ela continuou, "é de que lado da história nós vamos ficar. Não podemos ficar em cima do muro, Lully."

Sem enfrentar o olhar dela, ele disse: "Não vão conseguir fazer isso. Não se preocupe". Ergueu os olhos, determinado.

"O que nós vamos fazer?"

"Não dá para fazer nada além de ignorar essa gente. Eles simplesmente não vão me expulsar, meu bem."

"Ignorar."

"É, não dê atenção."

"Bom, então para que estou aqui? Do jeito que você falava, parecia um quarteirão tão bom, gente tão simpática. Achei que ia ter uma porção de amigos, festas, coisas para fazer. Estou vivendo como um cavalo que volta para o estábulo toda noite depois do trabalho."

"A gente sai, não sai?"

"Você não é desse tipo, Lully", ela disse, e ele sentiu o crepitar pela verdade em suas palavras. "Você não dança, não sabe beber, você... você não é desse tipo." Ele viu que ela ficou vermelha. "Não estou reclamando disso; não casei com você para isso. Não mesmo. Mas pensei que você fosse pelo menos do outro tipo..."

"Mas eu sou...", ele disse, frouxamente.

"Você não tem nem um amigo no quarteirão. Não tem nem um amigo, Lully."

"Mas não menti para você, meu bem. Eu jogava boliche com o Fred e..." Ele viu uma veia no pescoço dela.

"É isso que eu digo. Sinceramente, agora, você se vê sendo convidado por alguma outra pessoa do quarteirão?"

Ele pensou.

Ela viu que ele estava convencido.

"É isso que eu digo", ela concluiu e recostou-se, triunfal. "Ou a gente muda e encontra amigos ou encontra algum aqui."

"Bom, eu... eu...", ele ficou olhando, abstratamente, "eu... domingo é o melhor dia. As pessoas saem de casa no domingo. O Bligh é um bom sujeito. A gente combina alguma coisa, a gente..." Mas ele viu como era o domingo e parou de falar.

"E o que acontece se ele não estiver interessado?", ela perguntou.

Ele olhou para ela então. Sua voz estava rala, como sempre ficava quando se defendia. "Bom, eles não estão todos nessa organização."

Ela se apoiou nos cotovelos. "Lully", disse, em voz baixa, pacientemente, "as pessoas não olham para a gente daquele jeito a menos que alguma coisa esteja acontecendo com elas."

Ela se encostou de novo e olhou para os olhos fixos dele. Sua voz ficou queixosa. "Pensei que você ia me dar uma vida, Lully. Pensei que eu ia ficar em casa e arrumar tudo para você. Não tive nem a chance de fazer uma comida gostosa. Eu cozinho bem. Não tive chance nem de pôr cortinas novas. Tem sido só problemas e mais problemas."

Ela esperou, mas o olhar dele permaneceu inalterado.

"Não me importo de trabalhar fora", ela complementou depois de um momento.

Ele não respondeu. Ela acendeu outro cigarro e olhou para a porta, alheia, soprando a fumaça.

Durante um longo minuto, ele estudou seu perfil. Então: "Meu bem?", ele disse. Ela se virou, exalando a fumaça. Ele viu que ela estava reprimindo o interesse no que ele estava para dizer, e sabia que o que ela queria discutir era deixar o emprego. Ele teria pedido isso a ela, se fosse para isso que casara com ele, mas, fosse qual fosse a resposta, não mudaria nada, então ele deixou passar. "Quero falar de uma outra coisa", ele propôs.

"O quê?"

"Vamos supor que eu fale com o Fred."

"Sei."

"Deixe eu começar de outro jeito. Falei com Finkelstein aquela vez."

"Sei."

"Tenho certeza que ele não vai se mudar, aconteça o que acontecer."

"Se ninguém mais comprar na loja dele, ele muda sem pensar duas vezes. Eles não ficam onde não tem dinheiro."

"Mas ele tem clientes em quatro quarteirões aqui em volta."

"A Frente também tem membros nos quatro quarteirões aqui em volta. Vão dar um jeito de ele não ganhar nem um tostão por dia."

"Eu duvido. A maioria das pessoas não vai andar dez quarteirões só para desprezar esse sujeito."

"Andam até um quilômetro se sentirem vergonha de serem vistos saindo da loja dele."

"Eu duvido."

"Então duvide, mas estou dizendo que isso acontece. Em Los Angeles, eles atacavam os judeus desse jeito a torto e a direito."

"É mesmo?"

"Claro. Do mesmo jeito que você não compra mais na esquina."

"É, mas... bom, eu não me afastei porque alguém mandou."

"Por que então?"

"Bom, eu simplesmente não me dou com aquele sujeito, só isso."

"Mas se dava antes da Frente começar a falar para não se dar com ele, não é?"

"Bom, não, eu..." Ele perdeu o fio da meada. Seria possível que estivesse fazendo exatamente o que o tinham forçado a fazer? No momento, não conseguia se lembrar quando havia decidido não comprar mais lá.

"É assim que funciona", ela disse. "As pessoas simplesmente não acham mais tranquilo comprar dele, e ele logo fecha as portas. O que eu não entendo é por que você não vai até o Fred e fala para ele sobre a sua posição e esclarece essa coisa. Nós estamos sofrendo sem razão. Não entendo por que você não faz isso."

"Porque eu... bom, eu não acredito que Finkelstein vá mudar de casa até baterem tanto nele que ele não vai poder fazer outra coisa senão fechar a loja."

"E daí?"

"Bom... Não sei se é certo fazer isso. Quer dizer, não sei se eu quero me envolver com isso."

"É, mas se eles souberem qual é sua posição você não tem com que se preocupar."

"O que eu quero dizer é: está certo eles baterem em Finkelstein?"

"Bom, ele pediu por isso, não foi? Avisaram mais de uma vez para ele ir embora."

"Eu sei, mas..."

"Quando o sujeito é avisado, não é a mesma coisa que pularem em cima dele sem aviso."

"Você não me entendeu", ele explicou. "Estou questionando inclusive se eles têm o direito de avisar."

"Bom... como assim?"

"Quer dizer... bom, veja a gente, por exemplo. Acho que se pode dizer que nos avisaram. Duas vezes, na verdade..."

"É, por isso que eu digo para você falar com Fred."

"Espere um pouco, deixe eu terminar. Você tem de ver os dois lados. Nós fomos avisados. Agora, você acha que eles têm o direito de nos dizer onde morar?"

"É, mas nós não somos judeus, somos?"

Ele não podia insistir no argumento. Não sabia como fazê-la entender e sentiu então que estava se tornando estranho em seu pensamento, que ninguém além dele conseguia imaginar esse jeito de ver a coisa. Ela estava falando...

"... o bairro. Ninguém pediu para ele vir morar aqui, pediu? Ele sabia que era um bairro cristão. Isso você tem de admitir, não?"

"É, mas... O que eu quero dizer é o seguinte. Se isso fosse lei, eu diria tudo bem. Mas não é seguro deixar as pessoas resolverem coisas assim por conta própria."

"Se mais pessoas resolvessem, você não teria esse problema. Você vai ver, dia virá em que eles vão ter bairros específicos, de onde não vão ter permissão de sair, ou até estados específicos."

"Ah, bobagem. De onde você tirou essa ideia?"

"Todo mundo na Costa Oeste falou disso durante algum tempo."

"Não podem fazer isso", ele disse, descartando nervosamente a ideia.

Ele franziu a testa. "Não entendo você, Lully. Sem brincadeira, não entendo você. Você tem umas ideias."

"A única ideia que eu tenho é que não vou ser forçado a sair da minha casa. Comprei esta casa, paguei por ela, e ninguém vai me dizer se posso viver aqui ou não. Principalmente um bando de lunáticos."

"Se você fosse falar com Fred não ia ser forçado a mudar."

"Não vou me ajoelhar aos pés de Fred pelo privilégio de morar na minha casa, meu bem. Assunto encerrado." Ele tentou sorrir para abrandar o tom de sentença definitiva.

Ela não entendeu. "Você quer dizer que não se importa com o que acontece no quarteirão, é isso que você quer dizer?"

"Finkelstein nunca incomodou ninguém. Se existisse uma lei dizendo que ele não podia morar aqui, bom... tudo bem. Mas..."

"Como assim, nunca incomodou ninguém? Então por que está todo mundo contra ele?"

"Você sabe por que estão contra ele."

"Bom, você está contra ele?", ela perguntou, em voz baixa.

"Bom, eu... Preferia que ele não estivesse aqui. Mas ele está, e não tenho o direito de forçar ele a se mudar."

"Mas você mesmo pediu para ele se mudar."

"Pedi, sim... mas... bom, só que eu não tenho o direito de bater nele." Isso, finalmente, era o que queria dizer, o que sentia. E apegou-se a essa ideia, estendeu a mão, pegou o braço dela. "As pessoas têm o direito de *pedir* para alguém se mudar, mas não têm o direito de *forçar* alguém a mudar."

Sentiu a cabeça rodando. Isso também não estava certo. O que as pessoas tinham o direito de fazer com um judeu? Por que era tão difícil para ele pensar nisso? Antes, costumava ser tão claro que os judeus simplesmente deviam ser enxotados de um bairro que não era para eles. Mas agora a imagem disso dava-lhe um aperto no estômago, e ele não conseguia nem formular isso, porque via os rostos maníacos do salão...

Viu que ela estava esperando que ele se explicasse. Parecia uma coisa irreal tentar captar a sensação de... bem... bondade dela. Ela era boa, ele sabia disso. Jamais iria querer ver sangue, mesmo sangue de judeu.

"Você não gostaria de ver o sujeito machucado, gostaria?", ele perguntou, como se isso fosse aplacar a atitude dela.

Ela ficou olhando para o nada e encostou na cadeira. "Bom, não digo que seria o melhor que podia acontecer, mas se for o único jeito de..."

Ele riu. "Ora, você não ia querer uma coisa dessas."

Ela ficou olhando sem rumo, abrindo a boca para falar e fechando outra vez. Alguma coisa dentro dele gritou que ela não devia dizer mais nada ou teria de confessar abertamente que o tempo todo ele não estava falando de ninguém além dele e dela.

E então não haveria como discutir a conversa com Fred; ele simplesmente teria de ir e salvá-la.

Alegre e subitamente, ele bateu ambas as mãos na mesa e disse: "Acho que devemos ir ao cinema".

Em resposta, ela olhou fixamente para ele, calculando alguma coisa que estava além daquela sala. "Escute", ela disse.

"O quê?"

"Só há uma coisa a fazer. Estou pensando nisso faz muito tempo, mas não queria fazer. Agora, acho que devo."

"O que, meu bem?"

"Eu vou até o Fred e..."

"Não, meu bem."

"Espere um pouco. Ele não sabe quem sou eu. Eu não queria que ele soubesse. Queria ser apenas uma pessoa comum o resto da vida. Achei que esse tipo de agitação tinha acabado na Califórnia, mas está aumentando em vez de diminuir. Eu vou falar com ele..."

"Não, meu bem, não vai."

"Vou contar para ele quem sou eu. Posso falar nomes que ele conhece. Nós tentamos isso logo de uma vez e vemos o que acontece."

Ele sacudiu a cabeça com determinação absoluta. "Não", disse.

O suspiro dela o abalou. "Eu digo que sim, Lully."

"Você não vai falar com ele. Não tenho seis anos de idade e ele não é meu pai. Venha, vamos ao cinema."

Ele se levantou. Ela continuou na cadeira, pensando.

"Eu proíbo você, Gert. Proíbo terminantemente."

Ela se levantou e com um suspiro irritado arrumou uma mecha de cabelo, de um jeito quase preguiçoso. O contorno de seus seios apareceu quando ela ergueu os braços, e ele a desejou,

desejou o tempo que vivera apenas para a noite. Ele se levantou e contornou a mesa até ela.

"Vamos esquecer disso, Gert", ele insistiu de mansinho, olhando no rosto dela.

Ela baixou os braços, piscou pensativa, e olhou para ele. Ele pegou sua mão e beijou. Sorriu do gesto tolo, e de si mesmo ao largar a mão.

"Venha. Podemos ir ao cinema e esquecer."

Ela deixou sua boca sorrir e evitou os olhos dele. "Tudo bem. Vou vestir alguma coisa", disse e saiu da cozinha, indiferente e contrariada.

Ele ficou olhando pela porta até ela desaparecer no alto da escada. Na sala, podia ver sua mãe na cadeira de rodas, recostada de olhos fechados, ouvindo uma valsa no rádio.

Virou-se, atravessou o linóleo amarelo até a porta da cozinha e olhou o pequeno quintal lá fora. Seu interior pulsava com animação, e com essa onda percebeu que nunca poderia perder Gert. Apesar de suas falhas ela era necessária para ele; precisaria de outra mulher se ela um dia o deixasse. A limpidez do céu e os ramos nus das árvores trouxeram-lhe um senso de oportunidade, como se de sua secura uma vida mais pura pudesse brotar, intocada pelo que tinha acontecido antes. Essa noite ele começaria. Faria com que ela esquecesse todo o pesadelo, pensou, para que pudessem aproveitar o tanto que tinham. E haveria paz. Se você só desejava paz, ele sentia, era isso que conseguia.

Virando-se da porta quando ela desceu a escada, ele sentiu muito poderosamente a privacidade do inverno à sua volta, e isso encerrou o mundo atrás de janelas solidamente fechadas. Foi até a sala para encontrar com ela, o antigo vago desejo de felicidade vibrando no sorriso.

A gola de pele em torno do rosto abrandava sua expressão. Enquanto caminhavam, ele inclinou a cabeça e roçou na raposa de sua gola. Ela olhou para ele, surpresa, e permitiu-se sorrir.

Ele riu.

A lua estava baixa em algum lugar atrás das casas. Ele olhou e não conseguiu encontrá-la. "Olhe as estrelas, Gert", ele sugeriu.

Ela olhou para cima. "Bonito", disse.

Ele segurou seu braço contra o corpo. "Está com frio?"

"Não, está gostoso aqui fora. Vamos ao Beverly, hã?", ela perguntou.

"Ótimo. É mais perto mesmo. O que está passando?"

"Não sei, mas não aguento mais musicais. São todos iguais. No Beverly tem aquele moço novo... como é o nome dele?"

Tinham passado pela loja de Finkelstein e ela não havia reagido. A loja parecia gostosa e quente. Através do vidro da porta ele viu Finkelstein sentado com a filha, lendo uma revista em quadrinhos.

Viraram a esquina para a avenida larga, ladeada por árvores, que nessa parte da cidade era residencial, com muitos terrenos baldios separando as casas. Alguns quarteirões à frente, na direção que seguiam, a avenida era comercial, com dois cinemas separados por vários quarteirões. Ele gostou de saber que Finkelstein ficava aberto até tarde e pensou nisso por um momento.

"Sei de quem você está falando, mas nunca consigo lembrar nomes de atores", ele disse.

Ela falou do novo astro com entusiasmo. Sua relativa falta de glamour lhe era atraente. "Ele é como uma pessoa, alguém que a gente podia conhecer", ela disse.

Tinham caminhado um quarteirão e agora podiam ver as luzes das lojas seis quadras à frente. A marquise do cinema que ainda não conseguiam ler emitia uma luminosidade nevada no céu noturno. Aos poucos, a atenção dele se fixou num grande tronco de árvore escuro, na esquina seguinte. Mas estava desalinhada com as outras árvores... Então se mexeu, transformou-se nas silhuetas de diversos homens parados, conversando. Ou eram meninos?

"O que você acha de fazer uma longa viagem? Para Hollywood, digamos?", ele perguntou, sem mexer a cabeça.

"A vida lá é barata", ela murmurou, olhando rígida o grupo na esquina.

"Estou falando de uma visita. É verdade que se pode comprar mapas que mostram onde moram as estrelas?"

"Beverly Hills. Mas nós não íamos conseguir dias de folga suficientes para uma viagem dessas."

"Nunca se sabe."

"A menos que a gente mude para lá de uma vez", ela disse, a voz quase inaudível porque se aproximavam do grupo na esquina.

Eram homens, ele viu então. Queria continuar conversando, mas seu corpo assumiu uma postura de intensa dignidade, e ele fez Gertrude passar pelos homens em silêncio, olhando diretamente para a frente. Continuaram andando por um minuto. Mentalmente, ele captou o ritmo dos saltos altos dela batendo na calçada, misturado ao ritmo de seus passos comedidos.

Em voz baixa, sem virar a cabeça, ela perguntou: "Por que eles pararam de falar daquele jeito?".

"Pararam?"

"Reconheceu alguém?"

"Não."

"Você ouviu que eles pararam de falar?"

"Não, não notei nada", ele mentiu, sem razão.

"Por que estão parados aí no frio?"

"Devem ter vindo juntos de algum lugar", ele disse.

Caminharam um quarteirão sem falar nada.

"Vamos pensar numa viagem", ela disse.

Ele não conseguiu responder.

Chegaram bastante tensos à bilheteria do cinema. Ele comprou os ingressos enquanto ela entrava no saguão externo. Ele guardou o troco, encontrou-a e entraram na sala escura. Ela continuou segurando o casaco fechado junto ao pescoço, mesmo lá dentro. Ele notou isso quando seguiu atrás dela pelo corredor.

Ela não questionou a escolha de lugares do lanterninha, como fazia às vezes, e aceitou os primeiros que ele apontou. Ele a seguiu passando pelos joelhos e sentaram-se. Ela ainda não tinha tirado a mão do casaco e ficou ali segurando as lapelas.

Ele levou um minuto para se concentrar no filme, que achou que estava quase na metade. Gertrude desligou-se de suas preocupações quando a tela monopolizou sua atenção e ele se acomodou no escuro.

Um vasto campo, vazio, de manhã cedinho.

Dois arbustos baixos aparecem, se aproximam. Um homem se levanta detrás deles. Está ferido e parece ter acabado de voltar da inconsciência.

Sente os braços e começa a caminhar.

Está numa estrada e chega a uma casa, onde entra. Caminha mancando agora.

Dentro da casa há apenas um cômodo. É um chalé numa fazenda. (Na Europa?) Uma cabana muito pobre.

Numa cama no canto, há um vulto. O homem caminha até ele. É uma mulher dormindo. Ele fica um longo tempo olhando para ela.

Ele então cobre o rosto dela com o lençol. Ela está morta. Ele se vira e pensa um momento; então sai do chalé para a estrada.

Uma rua na parte muito pobre de alguma cidade europeia. Nas casas fechadas com tábuas há placas em russo ou polonês.

(Deve ser polonês.) Um velho de barba grisalha está andando pela rua perto das casas. Leva um livro e está vestido de preto com chapéu de aba larga.

Vira-se numa porta e sobe uma escada estreita.

Num apartamento, há oito ou dez pessoas sentadas, esperando. No meio delas, o padre se detém, murmurando uma prece para si mesmo.

O velho de barba entra então e todas as pessoas olham. Ele vai até o padre e senta-se ao lado dele.

Newman estava perdido. Não sabia o que havia no filme que o perturbava. Notou então a quantidade inesperada de cochichos na plateia à sua volta. Algumas fileiras mais para trás, uma mulher estava falando em tom de conversa normal.

O velho de barba começa a falar com o padre. Ele descobriu que os alemães planejam enforcar a "eles" dentro em pouco. O padre pensa e diz que está na hora de agir.

O velho se levanta e abre o livro. Os homens e as mulheres da sala olham para ele devotamente. Ele começa a rezar, oscilando enquanto as palavras estrangeiras saem de sua boca. O padre se põe de joelhos e de cabeça baixa reza também.

O público se movia numa agitação lenta, contínua. Não havia tosses. Era uma agitação que ia além do movimento dos corpos. Newman estudou a tela e de repente o filme inteiro entrou em foco.

O velho era um rabino, era isso. E as pessoas na sala eram judeus.

Os homens rezam com os chapéus na cabeça e as mulheres se cobrem com xales.

Então toda a tela é preenchida com a figura do padre ajoelhado. Ele está rezando, olhando diretamente para a plateia.

Atrás de Newman um assento bateu com ruído...

A sala toda é mostrada outra vez. O padre está se levantando. Junto com o rabino, ele conduz as pessoas pela porta, para fora do apartamento.

Newman sentiu que seus olhos se expandiam por toda a plateia. Estava vendo o que viam as pessoas à sua volta, e estava vendo com a cabeça delas. Sabia por que a plateia estava agitada. Os personagens eram judeus e em sua maioria atores bem bonitos. Embora morenos, nenhum deles tinha nariz adunco e sorriso torto, e o público do cinema não gostou daquilo. A tela novamente o atraiu...

O pequeno grupo de pessoas está acompanhando o padre e o rabino por uma rua da cidade.

Chegam a uma praça. No centro do espaço, uma série de altas forcas. Em torno das forcas, muitos soldados alemães à espera. Fora isso, a praça está vazia.

O cortejo atravessa a praça vazia até as forcas. Agora os prisioneiros que vão ser enforcados aparecem.

O rabino e o padre param na frente de um oficial alemão. O rabino começa a fazer um discurso. Diz que os prisioneiros são inocentes. Diz que eles não devem ser mortos apenas por serem judeus.

"HA!"

A risada burlesca e isolada voou como uma estrela pelo ar negro da plateia. Veio detrás do sr. Newman, um pouco mais à direita. Cabeças se voltaram. Na terceira fila um homem se pôs de pé, de costas para a tela. O sr. Newman não conseguia ver seu rosto, mas ele pareceu examinar o público. Depois, sentou-se.

"Está procurando o quê, Abraão?"

O sr. Newman não podia virar a cabeça. Em torno dele, muitos se viraram para olhar. Alguns ficaram imóveis, olhando a tela.

> No filme, o padre salta para a plataforma das forcas. Começa uma grande confusão entre os soldados alemães, que tentam subir e trazer o padre para baixo.
>
> O padre grita que não é cristão matar aquela gente, e que homens cristãos não deviam ter aquilo em suas mãos. Os soldados o arrastam para fora da plataforma... Ele tenta fazer ouvirem suas palavras... O velho rabino está caindo com sangue a correr da boca.

Dois lanterninhas percorriam os corredores para cima e para baixo, observando o público. Ficaram patrulhando, calmamente. O sr. Newman não enxergava mais a tela. A agitação agora era intensa em torno dele, tomavam fôlego.

Relaxou os punhos quando grandes bandeiras surgiram na tela: americana, britânica, russa e outras. Uma banda estava tocando. O letreiro FIM engoliu a tela e se apagou.

O "WB" colorido irrompeu. O desenho animado.

O público riu, as pessoas cochicharam entre elas.

> Na tela, o famoso porquinho estava atravessando uma floresta com um rifle pesado. Um coelho segue bem atrás dele num patinete.

O sr. Newman entregou-se ao colorido alegre e infantil do desenho animado. Depois de um momento, olhou para Gertrude. Ela ainda estava segurando o casaco fechado junto ao pescoço.

A tela pareceu rasgar-se, e o rosto bochechudo do porquinho irrompeu. Com a patinha ele fez um gesto de adeus e gaguejou, comicamente: "Po-po, po-por hoje é só, pe-pessoal!".

E com uma risada desapareceu.

O sr. Newman sentiu uma pressão na perna quando Gertrude se levantou. Olhou depressa para ela, que se ergueu e se pôs de pé rapidamente. Chegaram ao corredor e ele acertou o passo com o dela quando seguiram para a porta de saída.

A luz da marquise estava apagada agora. Só um vago refulgir da luz do saguão mantinha a noite afastada da calçada diante do cinema. Um velho de costas curvadas estava parado na sarjeta com um maço de papéis debaixo do braço. Newman o reconheceu da noite da reunião no salão. Ele ainda estava com o chapéu-panamá, mas agora, na mão esquerda, exibia às pessoas que saíam do cinema um jornal intitulado *The Brooklyn Tablet*. Poucos metros adiante dele, na calçada, cinco rapazes e um velho estavam parados em grupo, observando o saguão vazio.

Newman percebeu que os cinco estavam junto com o velho que vendia o jornal. Entendeu isso no instante que levou para percebê-los todos. Não estavam ali à toa. Estavam observando o saguão. Durante um segundo, seus olhos se detiveram no rosto do velho. Depois prosseguiu com Gertrude. Ela estava andando depressa.

O escuro da noite então os cercou. Mais uma vez ele ouviu o bater dos saltos dela, descompassados com os seus.

Caminharam dois quarteirões em silêncio, e estavam atravessando para o terceiro quando ele falou.

"Não sabia que era isso que estavam passando", desculpou-se.

Ela expirou com força pelo nariz.

"Gert, você tem de parar de agir assim."

Até então ele não pegara o braço dela. Ousou pegar agora, como se temesse que ela fosse fugir dele. Ela se livrou com um repelão. Estavam andando bem depressa agora.

"Gert, pelo amor de Deus, o que você quer que eu faça?"

Ela exalou o ar pelo nariz outra vez.

"Ora, pare com isso!", ele disse com firmeza e agarrou seu cotovelo. Ela parou e olhou para ele ali no escuro.

Em voz baixa, querendo muito que ela acreditasse, ele falou: "Não seja boba. Não vai acontecer nada".

Ela se virou e caminhou de novo, mais normalmente agora. Ele continuou segurando seu cotovelo, depois deslizou a mão por baixo do braço e a puxou para mais perto. "Nós não fizemos nada, Gert."

"Você não leva a sério de verdade. Nunca levou."

"Não sei o que quer dizer com levar a sério..."

"Vá falar com Fred. Eu quero que você vá, está me ouvindo? Eles só estão esperando o fim da guerra para atacar."

"Não tenho mais nada para dizer ao Fred."

"Tem muita coisa." Ela falou depressa, com urgência, como se a escuridão tivesse ouvidos. Os terrenos entre as casas estavam mergulhados em sombras negras, cheios de montes de terra. Não havia nenhum tráfego, a não ser um trailer que passava de vez em quando. A voz dela estava cheia de ar. Ele podia imaginar a intensidade de seus olhos agora, porque estava com a cabeça lançada para trás. Ficava como um homem assim, ele pensou. "Tem muita coisa a dizer", ela repetiu com um rápido assentir de cabeça para si mesma, "muita."

Ele não tinha resposta. Tinham chegado à mesma velha muralha intransponível. Caminharam em silêncio.

"Está ouvindo?", ela perguntou.

Ele esperou um momento, pensando em suas palavras finais. Queria ser mais alto que ela agora, e não da mesma altura, assim poderia olhar para ela de cima para baixo e forçá-la a concordar. Não olhou para ela de jeito nenhum e falou com o mesmo comedimento de seus passos. "Só vou fazer uma coisa, Gert."

Ela estava ouvindo. A determinação dele chegou a ela.

"Vou viver como sempre vivi. Não vou mudar nada. Acho que você entende que eu não acredito no que a Frente acredita. Acho que nunca acreditei."

"Não é uma questão do que eles acreditam..."

"Eu sei, mas é, sim. Eles estão fazendo uma coisa em que acreditam. Não posso agir assim. Mesmo que eles resolvessem que tudo bem, eu não poderia me juntar a eles."

"Não poderia?"

"Não."

Atravessaram a quarta rua. A dois quarteirões, bem fraca, dava para ver a luz da confeitaria. Ele respirava mais fundo agora, subiu para a calçada. "Não poderia", disse, "e nem você. Você é uma pessoa muito boa."

Ela não respondeu. Ele esperou. Podia ser que ela estivesse procurando mentalmente um jeito de se expressar.

"Tem conversado muito com ele, Lully", afirmou, determinada, acenando com a cabeça para a luminosidade à frente deles.

"Não depois que pedi para ele se mudar", ele se apressou em garantir.

"O que eles dizem é que nunca fazem nada de errado. Igualzinho no filme, são sempre os cordeirinhos inocentes. Não mostram para a gente as coisas que fazem."

"Você está errada, Gert. Está errada nisso."

"Você tem conversado demais com ele...!"

"Não tenho conversado nada com ele." Sua voz ficou mais forte, argumentativa. "Mas estou pensando comigo, isso, sim. E você devia pensar também. Simplesmente não acho certo as pessoas saírem por aí batendo neles. Não acho que esteja certo, e não quero ter nada a ver com isso."

"Você não vê Fred espancando as pessoas pelas ruas. Ele tem um posto. Você não leva isso a sério. Já falei muitas vezes para você."

Atravessaram a quinta rua e subiram à calçada. "Só posso dizer o que já disse", ele falou. "Nós temos uma casa, bons empregos e... Acho que se a guerra acabar logo você pode parar de trabalhar."

Ele não pretendia de fato dizer isso, mas funcionou bem — o braço dela relaxou em sua mão e ela chegou mais perto do corpo dele.

"Está falando sério?", perguntou, excitada.

Ela devia estar sorrindo agora, ele pensou, contente. "Claro, meu bem. Eu..."

O ruído foi leve. Uma batida como um pingo de chuva. Mas lá estava. Tirou as palavras de sua boca e o deixou ali, de queixo caído. E veio de novo. Um bater suave de solas na calçada. Várias... pisando juntas... agora separadas...

Atrás dele. Talvez menos da metade do quarteirão de distâncias. Várias... ele não conseguia distinguir exatamente quantas, batendo de leve na calçada. Ele contou... um par... dois... três... perdeu a conta, e o ritmo dos passos se sobrepôs. Ela levantara a cabeça. Automaticamente os dois estavam de novo andando muito comportados. Ligeiramente — centímetros a cada passo — ganhavam velocidade.

De alguma forma era certeza, ele sabia... Havia uma onda mental conectando os que caminhavam atrás e ele próprio. Pessoas em grupo nunca caminham sem falar. O silêncio deles ali atrás criava uma vibração no escuro que ele sentia na coluna.

Atravessaram a sexta rua, subiram à última calçada. Na esquina seguinte, virariam em seu quarteirão. Newman viu a luminosidade amarela da loja o chamando como o final aberto de um corredor em um sonho. Um brilho invadiu sua cabeça, cegou-o de esperança enquanto os passos ressoavam atrás dele. Estavam indo pegar Finkelstein. Só podia ser isso. Seria um bom lugar para entrar se fosse ele o procurado. Ou ali mais adiante, onde metade do quarteirão era de terrenos baldios. Hoje era Finkelstein. Pobre sujeito... bom, ele não devia ter se mudado para um lugar onde não era bem-vindo. Seria ruim, porém, se a menininha ainda estivesse ali, mas era tarde da noite e ela provavelmente estava na cama agora. Graças a Deus por Finkelstein. Como era de se supor que não havia ninguém a favor dele no quarteirão... ele devia sair correndo agora, correndo o mais depressa possível... Pobre homem, pobre judeu... Eles eram fortes, aqueles rapazes, com os músculos volumosos debaixo dos suéteres daquele jeito — jogadores de futebol americano. Quem era o homem mais velho com eles? Era assim que deviam estar fazendo. Um homem mais velho para manter os rapazes na linha. *Meu irmão,* como estavam quietos! Quase marchando. Por que não iam mais depressa, o alcançavam, passavam por ele e seguiam? Espertos. Provavelmente esperando para que ele chegasse em casa antes de entrarem em ação. Não era bom terem de ficar esperando muito perto da loja. Era chegar e *bang*. Claro, no tempo certo. Ninguém nas ruas. Talvez ele devesse parar, deixar que passassem, estavam chegando bem perto agora, não mais que quinze metros, se tanto. Não, não podia parar no escuro ali. Manter um bom passo. Não deixar que dissessem nem uma palavra. Continuar andando. Nossa, mas Gert andava depressa. O braço dela parecia uma pedra. Seu coração... seu coração não devia bater tão forte assim, ele pensou... Por que o coração dela estava batendo daquele jeito...?

A esquina chegou e eles não diminuíram o passo ao virar, continuaram seguindo por seu quarteirão. Estavam na calçada oposta à da loja. O bando atrás deles devia estar atravessando agora, atravessando... bem... agora.

Agora.

Agora.

Agora!

"Ô Jacó, aonde é que vai com tanta pressa?"

Era o homem mais velho... uma voz grave, fleumática. Ele não hesitou, continuou andando, Gertrude puxando-o mais depressa. Era indigno. Com todo seu terror, ele se recusava a ir mais depressa, assim estava bom: se ao menos estivesse chovendo, ele e Gertrude poderiam correr até em casa.

Correram atrás dele. Uma risada de rapaz. Apareceram na frente dele... em volta dele. Com o rabo dos olhos, viu que a luz do poste tinha sido quebrada. Apenas a luz da loja lançava uma luminosidade sobre o rosto bonito e o suéter verde do rapaz mais alto... alguma coisa brilhando em torno de seu pulso esquerdo. Eram cinco. Dois atrás dele, três à frente. O homem mais velho estava além da periferia do círculo, assoando o nariz e observando.

O rapaz alto estava com as pernas separadas. Sorria. "Qual é a pressa?"

"Eu..."

"Hã?", caçoou o rapaz grande.

Ele sentiu uma mão nas costas. Virou depressa, chocado. "Pare com isso!", ordenou, cortante. Seu queixo tremia.

Ele ouviu uma corrida atrás de si, virou-se, viu o rapaz alto e dois outros correndo para a loja de Finkelstein, viu os dois entrarem depressa e recebeu um soco na lateral da cabeça. Caiu no chão e se esquivou ao ver pés vindo na direção de seu rosto. Levantou-se com o casaco se abrindo. O homem mais velho o empurrou por trás, na direção dos dois rapazes que avançavam para ele. Sem dar impulso ao braço, Newman atacou e bateu no braço de um rapaz, que pareceu ficar furioso de repente, feroz, e deu-lhe um golpe forte na orelha. Ele girou e caiu na sarjeta, se pôs de pé de novo. Mais uma vez sentiu as mãos do velho nas costas e foi empurrado para os dois rapazes que avançavam para ele. Começou a levantar um braço quando sentiu que seu casaco estava sendo levantado nas costas. Entendeu de repente, despiu o casaco dos ombros e escapou das mangas antes que pudesse ser enrolado em cima de sua cabeça... tinha visto isso ser feito nos filmes, ficou perplexo de fazerem isso com ele, tomado de repugnância por fazerem isso com ele...

Um momento, um momento límpido se abriu diante dele. Onde estava Gertrude? Ele havia corrido dez metros e virou-se. Estavam dançando na direção dele agora, punhos levantados. Ele viu que eram muito técnicos, sentiu a presença da orientação do homem mais velho, que estava entre os dois rapazes, avançando, murmurando para eles, limpando o nariz com o dorso do polegar. Estavam vindo agora. Ele não podia fugir, não podia correr para casa com os rapazes atrás dele. Era impróprio e ridículo para ele, então parou e viu que sua mão estava apontando, apontando para a loja.

"Vão!", ele gritou, ouviu a própria voz e parou de gritar.

Ignoraram o que ele apontava, "Vão", ele gritou, a boca aberta puxando o ar. Gesticulou para que se afastassem, um gesto bobo, feminino, pensou, mas continuou gesticulando, recuando enquanto avançavam para ambos os lados dele, o velho na frente. Se eles ao menos virassem, fossem para a loja... seus joelhos estavam prontos para se dobrar em súplica, ele sentiu que estava verde, enojado, apontando a janela iluminada atrás deles...

A loja irrompeu. Do silêncio para um gigantesco monólito de som de uma única garganta, um urro torrencial que irrompeu de dentro da loja, e Finkelstein deu um grande salto para a calçada, um taco de beisebol em cada mão, os três que haviam entrado correndo atrás dele errando os socos, puxando sua roupa. Como uma máquina de braços compridos ele os atacava com os bastões, eles desviavam quase brincando, graciosos, olhando a ginga dos outros, cuidando uns dos outros, meio sorrindo, gostando da brincadeira...

Newman sentiu o sapato no estômago, um sapato de sola grossa, e caiu de costas com o chute, não conseguia soltar a barriga. O ruído de saltos altos. Ele virou a cabeça. Ela estava correndo... *Gertrude... Gertrude!* Eles o empurravam para longe de Finkelstein agora. Sentiu o interesse deles mudar, agora que os bastões estavam girando na rua. Não estavam mais brincando, mas queriam acabar, e ele correu em torno deles para a calçada, parou quando um deles escalou uma cerca para pegá-lo e Newman foi direto para Finkelstein, identificando-se aos gritos. Finkelstein nem virou para ele, mas o taco da mão esquerda parou de girar e foi estendido para ele. Ele agarrou a cabeça do bastão e sentiu um terrível golpe metálico no osso lateral da cabeça, dançou de lado pela calçada e caiu de quatro na sarjeta. "Filho da puta!", gritou em tom de soprano, a voz coberta de visgo ao correr fugindo da luz, abaixado, ouvindo os pés atrás dele. E então, quando recuperou o equilíbrio o bastão estava solidamente entre as duas mãos, ele girou correndo e sentiu a solidez macia do ombro que atingiu. Uma parede gigantesca pareceu despencar dentro dele, e uma grande onda de luz prateada banhou seu corpo. Tinha molhado a calça e sabia disso, mas mesmo assim girou de novo e xingou a si mesmo por errar, gritando "*Seu filho da puta*" e partindo para cima do rapaz de suéter verde, que recuou... O homem mais velho estava gritando agora. Newman virou na direção do grito e correu como se tivesse ficado mais leve, imaginando até que só agora havia se livrado do casaco. O homem mais velho se abaixou, e ele não continuou perseguindo-o, mas continuou correndo na direção de Finkelstein. Havia só dois em cima de Finkelstein agora, mas o sangue jorrava de seu nariz enquanto ele protegia o corpo volumoso atrás de cada golpe do bastão. Ficaram juntos agora, um virado para cada lado. Os quatro rapazes restantes avançavam de dois em dois para os bastões, e recuavam quando suas mãos estalavam contra a madeira dura...

"Parados."

Nem mesmo um grito. Era tão incrivelmente bem ensaiado que o homem mais velho apenas disse parados e os rapazes relaxaram, vigilantes, mantendo a guarda, e se afastaram num círculo cauteloso.

O homem mais velho estava perto da loja, em plena luz. Ele percebeu e saiu de lado, para o escuro. Sua voz soou: "Tudo bem, seus judeus filhos da puta. Isso foi o aquecimento. Vamos embora, meninos".

O de suéter verde, quase chorando, disse: "Vou ficar aqui".

O homem mais velho atravessou a rua e foi até ele. "Nós vamos embora, venha."

Pegou o rapaz pelo braço. O sr. Newman e o sr. Finkelstein ficaram parados, puxando o ar no meio da rua. As costas quase coladas, e ainda seguravam os tacos de beisebol com ambas as mãos, como varas de pescar. Podiam ouvir a própria respiração agora, e ouviam a respiração dos rapazes e do homem mais velho, que apertou uma narina e assoou a outra na calçada. Na esquina, os cinco pararam de andar de costas, viraram, seguiram para a avenida e desapareceram.

O sr. Finkelstein estava bem de frente para a esquina. O sr. Newman deu uma volta para olhar a esquina e parou ao lado dele. Ficaram assim um minuto, esperando.

O sr. Newman olhou para o rosto do sr. Finkelstein e viu o sangue escorrendo de uma narina. Tirou o lenço e pôs no nariz do sr. Finkelstein. Ele se virou e caminhou para a loja como um bêbado. O sr. Newman o seguiu em silêncio e entrou.

O sr. Finkelstein sentou-se na cadeira de madeira sem encosto, tirou o lenço do nariz um momento, viu quanto sangue estava saindo, inclinou a cabeça para trás e apertou o lenço na narina outra vez. Ainda segurava o bastão com tanta força que ele permanecia na vertical, a base apoiada em sua coxa.

Newman foi até ele e pegou o bastão, mas Finkelstein não soltava. Newman olhou seus olhos voltados para cima, os olhos cansados, desamparados, e parou de tentar pegar o bastão. Ele não parava de olhar, fixando os olhos de Finkelstein. Era como ver Gertrude de novo do outro lado da mesa de Ardell naquela vez, vê-la mudada, humana. Ele pôs a mão no bastão outra vez e disse: "Não vou machucar você". Não era o que queria dizer, mas Finkelstein pareceu entender e deixou o bastão escorregar de sua mão. Newman tentou encostá-los pela extremidade ao lado de um mostruário, mas eles começaram a cair. Ele os pegou de novo e tentou equilibrá-los contra o vidro, mas sua mão começou a tremer, e ambos tombaram e bateram um contra o outro como pinos de boliche, até pararem de rolar pelo chão. Ele sentiu que ia sentar no chão, e a incapacidade de se controlar deu início a um soluço que rolou de seu peito, até que sentou-se no chão, quase caindo de costas. Olhou para Finkelstein, que estava virado para o teto e ouviu que ele soluçava baixinho, enquanto o sangue se espalhava por toda a brancura do lenço. O gosto do vômito picou sua língua, ele chorou alto e continuou soluçando.

Finkelstein resmungou alguma coisa debaixo do lenço.

"Nada!", Newman sacudiu a cabeça, esfregou os dedos nos olhos e continuou sacudindo a cabeça por causa das lágrimas que escorriam.

Finkelstein virou para ele com esforço, mantendo a cabeça para trás ao mesmo tempo. Depois de olhar Newman um minuto, perguntou: "Por que está fazendo isso?".

Newman enxugou os olhos na manga e olhou para ele.

"Entre na sua casa", ele disse. Seu estômago ainda não havia assentado inteiramente. "Vamos, eu levo você."

Finkelstein estava respirando depressa.

"Seu coração é bom?", perguntou.

Finkelstein ergueu uma sobrancelha que queria dizer mais ou menos.

Sentaram-se assim. Aos poucos, Newman sentiu as entranhas desenrolando, descendo pelo pescoço. Respirou e o ar entrou mais fácil. Rolou para um lado, apoiando-se no mostruário, e se preparou para levantar.

"Venha", disse, tremendo.

Ao seu toque, Finkelstein levantou-se. Seu braço pesado estava tremendo, molhado. O sangue ainda aumentava na mancha que cobria todo o peito da camisa. Newman segurou o braço dele e passaram pela porta, deixando a loja. Finkelstein esperou amortecido na calçada enquanto Newman puxava a tranca e fechava a porta. As luzes continuaram acesas. Newman conduziu o amigo pela calçada, pelo caminho de sua casa, até a varanda, onde abriu a porta da frente para ele.

"Sua mulher não está em casa?", perguntou.

Finkelstein sacudiu a cabeça. "Levou o menino e o velho para o Bronx. Para a casa dos parentes."

Newman levou-o até a cozinha e acendeu a luz. A camisa estava encharcada demais para desabotoar, então eles a rasgaram e jogaram na varanda dos fundos. Da geladeira, Newman tirou uma bandeja de cubos de gelo, esvaziou-a num pano de pratos e pôs na testa de Finkelstein. Segurando o gelo assim, fez o judeu se sentar numa cadeira com a cabeça para trás, apoiada na mesa de pinho claro.

Newman olhou em torno e ficou de pé, a mão segurando a compressa. A cozinha era incrivelmente limpa. É verdade, pensou, os judeus são um povo muito higiênico. E então lhe ocorreu que o que se achava é que eram sujos. Com a lateral da cabeça ainda latejando e as mãos ainda tremendo, olhou o rosto pálido de Finkelstein. Quando se virou, seus olhos toparam com um espelho pendurado ao lado da porta e ele viu sua imagem ali. A maçã do rosto estava azul. A gravata, completamente desfeita. Lembrou-se do sobretudo. A ponte central dos óculos estava cravada profundamente na carne acima do nariz... ele devia estar apertando aquilo contra o rosto o tempo inteiro, pensou. Circundou os pés de Finkelstein, mudou a mão que segurava a compressa, chegou perto do espelho e piscou sonhadoramente para seu rosto.

Em toda sua vida nunca conhecera tamanha calma, apesar da torrente de sangue que corria dentro dele. Dentro de seu corpo enraivecido, crescera uma quietude muito vasta e muito profunda, e ele olhou sua imagem sentindo a textura dessa paz. Era quase um som que ele escutava, uniforme, grave e distante. Ficou ali parado, ouvindo.

Depois de colocar Finkelstein na cama, saiu da casa, entrou na loja e apagou as luzes. Mais uma vez o som daquela calma ressoou em seus ouvidos, e ele ficou parado na loja escura como se para tornar o som mais claro, tentando compreender por que o deixava tão seguro e livre de medo. Foi até a porta, testou para ver se estava trancada, depois entrou de novo na casa e deixou a chave da loja na mesinha do telefone. Com a mão no interruptor da sala, fez uma pausa e olhou em torno. Suas narinas estudaram o ar. Uma e outra vez passou os olhos por todas as peças de mobília, como se esperasse descobrir alguma coisa estranha.

Esperou na sala. E esperou um pouco mais. Nada estranho lhe veio, era uma sala humana, comum.

Sua mão apagou a luz e ele saiu depressa da casa.

Na rua, olhou de um lado e outro antes de seguir para sua casa. Não havia nenhum carro de polícia. Ele atravessou depressa para seu lado da rua, caminhando a passos largos e sentindo uma dor abaixo das costelas pela primeira vez. Só então pensou em Gertrude e em como ela saíra correndo sem uma palavra. Havia uma raiva martelando fundo dentro dele e no entanto disse em voz alta que tinha sido melhor ela não gritar, mas correr para casa e chamar a polícia. Era muito melhor, e no entanto... Se ela ao menos tivesse gritado e pulado em cima deles. Teria sido uma coisa boa, teria sido uma coisa muito boa. Se ela ao menos tivesse feito isso e se sentido como ele se sentia agora que tinha lutado, ele nunca teria de explicar para ela por que...

"Lully?"

Estava errado. Instantaneamente entendeu que ela não estava saindo da casa certa. Ficou parado olhando para ela na varanda, depois viu Fred saindo e fechando silenciosamente a porta de tela atrás dele. Não via seus rostos no escuro. Ela estava esperando que ele subisse a escada até ela, mas ele ficou parado, triste. Não era certo ela sair da casa de Fred dessa vez. Ou da casa de qualquer pessoa que não a dele. Era tão tristemente errado...

Ela desceu da varanda e parou na frente dele, debaixo da árvore da calçada.

"O que estava fazendo aí?", ele perguntou em voz baixa, sabendo o que ela estava fazendo ali.

"Venha para a casa de Fred", ela disse.

Como resposta, ele estendeu a mão e tocou delicadamente seu cotovelo.

Ela agarrou seu braço estendido. A voz dela estava firme, como daquela vez no parque com a garota histérica. "Venha", ela insistiu, em voz baixa. "Eu expliquei para ele. Sobre a Costa Oeste e tudo o mais."

Ele retirou o braço. A histeria da briga pareceu voltar dentro dele, e temeu chorar se tentasse falar.

Ela não soltava seu braço. "Venha, Lully. Fred quer falar com você."

Ele deu um passo para trás e ela começou a puxá-lo pelo braço, na direção da varanda de Fred. "Chamou a polícia?", ele perguntou, tolamente.

"Quando cheguei aqui a coisa já tinha praticamente acabado", ela explicou. "Venha..."

"Mas eu podia ter sido morto..."

"Nós íamos sair para acabar com aquilo", ela prometeu, agora inclinando o rosto perto do dele.

"Mas, Gert, eu podia ter sido morto enquanto você..."

"O jeito mais rápido de parar era com Fred, não era? Nós já estávamos quase..."

"Gert!", ele gritou. Aquilo irrompeu de sua garganta. Ele estava soltando um lamento desamparado através das lágrimas e, com as mãos agarrando os braços dela, começou a caminhar para trás pela calçada, soluçando: "Gert! Gert!".

"Ora, pare com isso!"

"Você nem gritou! Você fugiu... Gert, você fugiu e me deixou...!"

Ao toque da mão em seu ombro, ele se sacudiu, em choque. Não podia ver o rosto de Fred, mas sentia o cheiro de charuto do sujeito.

"Quero falar com você, Newman", Fred disse, em voz baixa.

Gertrude saiu de trás dele e ficou olhando para o marido ao lado de Fred. Os dois queriam falar com ele. Ele ouviu Gertrude dizendo que estava tudo bem, que estava tudo certo, Fred só queria falar com ele e pedir desculpas...

Enquanto caminhava, podia ouvi-la chamando insistentemente. Ele sabia que estava andando, mas se havia batido em Fred ou não... não conseguia lembrar o que o tinha feito começar a andar. Os chamados exaltados dela foram ficando mais esparsos, ele continuou andando e tudo se aquietou. Algo macio roçou seu tornozelo. Ele parou, pegou o casaco da calçada e ao virar a esquina o vestiu.

A avenida estava escura como se fossem três horas da manhã. Ele estava pegando uma boa velocidade contra o vento que rangia nos ramos duros das árvores acima de sua cabeça. O vento ardia em seu rosto como sabão na pele cortada, e a dor inchava em seu peito enquanto caminhava, e ele tomou consciência de toda a força que ainda restava nele. Seus olhos pareciam estar muito abertos, e devorava o escuro com eles, sentindo um louco desejo de ser desafiado. Lembrando que tinha tentado afastá-los com um gesto na direção da loja, ele se retesou com repulsa e pediu que os agressores o enfrentassem na próxima árvore... ou na próxima... Ele ia acertar aquele homem que tinha assoado o nariz na rua! Atacar, era preciso atacar. Ah, meu Deus, se viessem agora! Se ele pudesse lutar até seus braços caírem...!

Vendo a luz da estação de metrô, ele diminuiu o passo, satisfeito de ter caminhado a distância entre duas estações de metrô sem perceber. Uns bons cinco minutos. Uma espécie de prova, ele sentiu. Os primeiros cinco minutos que ele jamais passara sem medo.

Virou na calçada, atravessou depressa a avenida e continuou por uma rua lateral, estudando o bairro num esforço para se lembrar exatamente até onde tivera de ir. Lembrando, ele deixou o ambiente em torno desaparecer da cabeça e pensou em Gargan e na cidade. A cidade e milhões e milhões de pessoas enxameando por ela — e estavam enlouquecendo. Ele via isso com tanta clareza que nem era alarmante, porque entendeu que não tinha mais medo. Estavam enlouquecendo. As pessoas nos hospícios, com medo de que o céu caia sobre suas cabeças, e aqui milhões andando por aí tão enlouquecidos como alguém que teme a forma de um rosto humano. Eles...

Um espasmo de tremor o dominou, e ele abotoou o colarinho, mas o frio não ia embora. Começou a bater os dentes. O vento varria seu corpo por baixo das roupas, e ele foi mais depressa até chegar a uma esquina e virar. Poucos metros além da esquina, viu as luzes verdes ao lado da porta, foi depressa até o edifício e entrou.

Diante dele estava uma sala de paredes marrons com canos de vapor à vista ao longo das paredes. Havia mesas marrons nuas e um balcão. Era sossegado, e tinha cheiro de vapor e poeira. Um policial em mangas de camisa estava sentado ao balcão à luz de uma arandela verde torneada. Alerta e sereno, ele levantou os olhos do jornal.

Newman foi até o balcão e olhou para seu rosto queimado pelo vento. O policial o examinou com um olhar de cima a baixo. "Algum problema?", perguntou, desconfiado.

"Meu nome é Lawrence Newman. Moro na rua Sessenta e Oito."

"Qual o problema?", o policial insistiu.

"Fui atacado e espancado agora há pouco."

"Ele roubou o senhor?"

"Não. Eram seis. Cinco jovens e um homem mais velho. Um grupo da Frente Cristã."

O policial não se mexeu. Franziu a testa. "Como sabe?"

"Vinham ameaçando fazer isso há bastante tempo, já."

"Tem algum nome?"

"Não, mas posso reconhecer dois ou três deles, principalmente o homem mais velho."

"Bom, isso não adianta muito. Não dá para procurar pessoas sem nomes."

"Bom, eles precisam ser presos, só digo isso."

"Qual rua o senhor disse?"

"Sessenta e Oito."

O policial pensou, depois fez um A com a boca. "A rua que tem a confeitaria na esquina."

"Isso mesmo."

"É", ele lembrou, com um olhar vago para o balcão, "é uma rua complicada." Levantou o rosto. "Precisa de um médico ou pode falar?"

"Posso falar. Estou bem, obrigado."

O policial estudou a beirada da mesa, formulando suas perguntas. Newman observou seu rosto largo, irlandês. "Quantos de vocês tem naquela rua?", o policial começou, tentando fazer um plano.

"Como é?", Newman sussurrou, em voz baixa.

"Naquela rua", o policial repetiu. "Quantos de vocês moram lá?"

"Bom", Newman disse, molhando os lábios... e parou.

O policial esperou a informação olhando para ele. O sr. Newman examinou seu rosto em busca do menor traço de animosidade, mas não encontrou nenhum. Então não seria covardia se corrigisse o sujeito, pensou, porque a verdade era que ele não era judeu. Mas o policial presumiu que era, e agora parecia que negar seria repudiar e macular sua própria fúria de purificação de momentos atrás. Parado ali a ponto de responder, ele desejou profundamente que um raio pudesse de um só golpe romper com as categorias de pessoas e mudá-las de forma que não fosse importante para elas de que tribo provinham. Não pode mais ter importância, ele jurou, embora em sua vida tivesse tido a maior importância. E, como se suas palavras fossem ligá-lo para sempre à sua fúria de momentos antes, e separá-lo para sempre daqueles que odiava agora, ele disse:

"Tem os Finkelstein na esquina..."

"Só eles e o senhor?", o policial interrompeu.

"Isso. Eles e eu", confirmou o sr. Newman.

Então se sentou, o policial pegou um lápis dos muitos sobre a mesa e começou a registrar sua história. Ao contá-la, o sr. Newman sentiu como se estivesse se livrando de um peso que por alguma razão vinha carregando havia tempos.